U0020139

小說

九歌一〇〇年小說選

侯文詠 主編

九歌一〇〇年小說選
年度小說獎得主

吳鈞堯

〈神的聲音〉

吳鈞堯　得獎感言

近四年，我嘗試以十六篇獨立的小說完成長篇，〈神的聲音〉是其中之一。它寫婦人為病危的丈夫殷殷求神。人跟神的界限終因深刻的懇求而消解。人跟神，再不天地分家，而人神共融。雖是神救了人，然而，人也啟發了神。

近十多年來，我的書寫重心是金門，這個以酒、刀跟糖聞名的島。除此外，它在政治、文學跟論述上，都是臺灣的邊緣。多少個夜裡，我隱忍激情跟悲壯，奔赴我的命運，即使那可能是黑暗的。我在這樣的黑暗中，遇見許多故事。他們提醒我，人間世，多艱苦的。

好奇侯文詠先生如何挑出這一篇小說來。他的遴選需要勇氣。那依然是面對黑暗的勇氣；這黑暗，來自自我的舉證與辯駁……我只能相信，當他喃喃自語、崩解瓦裂之際，正巧聽到，神跟他說話。

CONTENTS

主編序

它們全都是充滿創意、有趣的小說

侯文詠

作為編者，先說我唯一的辯詞：

選入這本年度短篇小說選的這十四篇小說，各自有完全不同的風貌，相同的只是，它們全都是充滿創意、有趣的小說。

儘管我的辯詞有些像市場的吆喝，但讀完的人應該知道，我不是。

對於只喜歡好好閱讀小說，享受閱讀的樂趣的人，你可以跳過後面一大段，直接從小說選文開始讀起。因為這就是我要說的全部了。

1

選年度短篇小說不是容易的工作，首先要窮極碧落下黃泉，把一年來在臺灣發表的短篇小說找出來，接下來是耗費心力的篩選、閱讀。初選出小說之後，更頭痛的是整體的通盤考量以及取捨的掙扎。

我兒子曾對我感歎過，覺得人生選擇比努力重要。他的論點是：只要選擇正確，就算努力不夠，都還有機會。反之，一旦選擇錯了，哪怕再怎麼努力，恐怕也是凶多吉少。

關於人生，我或許沒有那麼斬釘截鐵，但把這論點放到年度短篇小說選的編選工作，我倒是完全同意的。

進一步，我不免想起，過去那些歷史上留下來的，所有那些我們有機會讀到的一切，包括經典名著、歷史文獻、各種說法、定論，應該也經歷了這樣的過程吧。

那麼，到底是誰決定了那些可以留下來，那些不被留下來。而這些存在的，果真比消失了的那些更值得留下來嗎？

因此，當選出來的稿子整整齊齊地擺在桌上時，我並沒有努力完成了其他工作時應有的欣慰。老實說，一點也沒有——正因為出版社授予了我一人獨斷的權柄，因此，油然而生的一股毛骨悚然，反而更能精確地形容我的心情。

2

是非題考題：

一〇〇年短篇小說選所選的十四篇小說，完整地代表了這一年度整體的臺灣短篇小說的樣貌。

面對這樣的題目，我相信大部分人會認為標準答案是（〇）。但由我作答的話，我的答案應該會是（X）。

並沒有唱反調的意思，我的理由其實也不難。只要看看臺灣報紙上每週的華文小說暢銷排行榜，不難發現，我所選出來的大部分小說，並不是那分被輕文學、網路文學、羅曼史文學、奇幻文學占據的排行榜裡面的主流。換句話，這十四篇小說（儘管是我心目中非常精彩、有趣的小說），從數量來看，代表的其實只是臺灣讀者閱讀的樣貌的一小部分。

既然如此，問題又來了。所謂的《年度短篇小說選》，或者是說這個傳統，到底在選什麼？代表的又是什麼？又選給誰讀的？

幾十年前我的小學畢業旅行目的地是日月潭。那時環潭公路還沒有開通，加上交通不便，我們一群小學生又是坐車、坐船，先到這裡，然後是光華島、德化社⋯⋯儘管花費時間很多，但處處都賣不同的特產，處處都有不同的驚喜，至今回想起來，那是一場充滿想像與回憶的旅行。這些年再度驅車遊日月潭，發現環潭公路開通之後，環潭一圈只需半天不到，到處賣著來自相同供應商的特產、驚喜也不似當年⋯⋯便捷、快速固然是我們樂見，但是對於發現過程失去了它原來的多樣性、豐富層次，卻也形成了一種說不出的喟歎。

作為一個資深小說讀者，一路閱讀小說的經驗，似乎也對應了這個旅行演變的過程。過去出版市場或許沒有今日這般蓬勃，但樣貌豐富、充滿創意的小說，在報紙副刊、文學雜誌、日常生活的話題中，占據著一定的發言權與影響力。時至今日，報紙副刊版面減少、文學雜誌停刊、作為日常生活話題的功能也逐漸被影視娛樂取代……

這個全球化、資本主義化的過程，從政治、經濟、商業學術、文化……幾乎滲透到了所有的領域，舉世皆然。這個過程中，憤憤不平的人有之、感傷失落的人有之，甚至覺得小說這門精彩的技藝會隨著時代逐漸消失。

我倒沒這麼悲觀。

就像套裝旅行風行一時之後，就有人願意放棄套裝旅行的便宜、方便、效率，而想擁有要有更精緻、更個人經驗的自由行、居遊、學習旅行……一樣，在我看來，更深刻地認識這世界的渴望，閱讀有創意、多層次的文學作品的慾望，永遠是人類內心世界無法自抑的需求。

因此，對我來說，編選年度小說選，與其說呈現臺灣主流閱讀的品味，不如說，堅持一種好小說的標準、樂趣，希望讀者能因而發現更多小說樂趣的可能性，並且陶醉在其中。

（啊，原來小說可以這樣。太有趣了！）

堅持、改變，為文學的閱讀世界發現新的出路。私心地說，這個有點接近「革命」的概念，是吸引我這個樂觀主義者，來主編年度小說選，最重要的誘因。

為了展現小說不同的樂趣與可能，我盡量地選入了各種不同樣貌的小說。這在我的辯詞裡面第一句話就說了：

選入這本年度短篇小說選的這十四篇小說，各自有完全不同的風貌。

這當然不是偶然，而是從一開始，我就希望它們變成這樣。

3

至於小說的分類，在我心目中，最重要的分類只有兩種：一種是有趣的。一種不是。感謝年度短篇小說選的作者們，如果不是因為他們寫出來的精彩小說，編輯這本書時的種種意圖，無非都只是空中樓閣。

說到有趣，小說讓我們聯想到的往往是：精彩情節、深刻刻畫、動人感情……這些固然都是有趣，但有趣的小說不僅僅是這樣。如果把小說當成一個舞臺，在這個舞臺上，發生的一切，不管是劇情、對白、演技、服裝、造型、燈光、音樂、觀眾的氛圍……一切想像得到的，想像不到的，都可能是有趣的。

在這十四篇作品裡，類似這樣出乎意料的的創意，比比皆是。

像是顛覆。

在駱以軍的〈小三〉中，顛覆了所謂小三是「男人在老婆之外，另一個不被主流社會價值認可的女人」的定義。反過來，男人也可以是小三，在虛擬的網路世界裡被那個另類的「主流」社會排斥。在黃正宇的〈土匪〉裡，一場郵局搶劫的紛亂之後，搶人者和被搶者的定義不再是原來我們認知的那個關係了，更進一步想，我們發現，我們原來相信的，可能是有問題的……

像是隱喻。

在袁瓊瓊〈太陽〉裡面的盲人以及他們看不見的太陽之間黑暗與溫暖的對比，在鍾旻瑞〈醒來〉裡面關於嗜睡與一場不願醒來的青春的相應，在張英珉的〈有塵室〉，高科技的無塵室與化糞池水肥的突兀，在任曉雯的〈槍聲如雨〉裡面從未現身的前妻以及夢中的槍聲……

像是觀點。

在蔣曉雲的〈百年好合〉裡，關於百年的切入，在彭寬的〈禁武令〉中，對於「俠」的引申，在李桐豪的〈非殺人小說〉，藉由一則命案帶我們看到一棟公寓裡，百無聊賴的日常生活，在鍾文音的〈臺北發的末班車〉，帶我們見到故事人物急於逃離故鄉這個宿命之地，創造新命運的堅決。在張曉惠的〈月光迴旋曲〉，到我們用一種紀錄片式的觀點，帶我們進入一種災難的情緒、真實的情感……

像是敘述。

在吳鈞堯〈神的聲音〉裡，用一種如夢似幻的敘述，講了一個風獅爺違背了神的沉默，拯救凡人的故事。在包冠涵的〈耳與耳〉用了最溫柔的娓娓道來說了一個最悲慘的故事，在謝文賢的〈鏡子〉用一種史詩般的關照，講述一則家族的興亡盛衰……

這些種種，讓小說在乾淨的字裡行間，在生命淺淺的表像外，一層一層添加了令人驚心動魄的厚度。在在讓我們看到小說這個有趣的技藝，無限令人驚喜的可能。

當然，小說的創意，和有趣，不僅僅是這樣，更多的風格、對白、譏諷、挑釁、人情世故、生命、時間的喟歎……都是在其他領域稀有，但閱讀精彩的好小說時，很容易享受到的獨門樂趣。

4

這些差不多就是我的辯詞（或者吆喝詞）了。

也許有人要問。對一個主編年度文選的人來說，為什麼不是權威的評論或導讀，而是辯詞或吆喝呢？

事實上，作者寫了好作品，編者很努力地把它們挑出來，這固然成就了一些事，但光是這些是不夠的。

如果說選擇真的比努力重要，從這個觀點來看，截止目前為止，我做到的，無非也只有比較不重要的那個部分而已。

最後是什麼決定這些被挑出來的作品，能不能留下來呢？

我心裡很清楚，是讀者的選擇。

因此，容我再吆喝一次：

選入這本年度短篇小說選的這十四篇小說，各自有完全不同的風貌，相同的只是，它們全都是充滿創意、有趣的小說。

真的。請不要錯過。

小說

記念特集
day

小三

駱以軍

文化中文系文藝創作組、國立藝術學院戲劇研究所畢業。曾獲聯合文學小說新人獎推薦獎、時報文學獎短篇小說首獎、臺北文學獎、第三屆紅樓夢獎……等。曾出版小說《經濟大蕭條時期的夢遊街》、《西夏旅館》、《我愛羅》、《我未來次子關於我的回憶》、《降生十二星座》、《我們》、《遠方》、《遺悲懷》、《月球姓氏》、《第三個舞者》、《妻夢狗》、《我們自夜闇的酒館離開》、《紅字團》等。

她知道無數個漫漫長夜，我是那麼屈辱，像油燈煎燒，脣乾舌燥，一直盯著空白螢幕上緩緩閃爍的光點，只為了等候收件匣像上帝的福音叮噹出現她的名字……

許多個夜晚，我盯著電腦那藍光屏幕，監控著那女孩的動靜，事實上我的心像電影上的那些在自家對面租一間公寓，用望遠鏡窺看妻子在自己不在場的屋裡幹什麼的病態丈夫，我的心被長滿毛的蜘蛛腳爪一般的嫉妒給鉤撓住了。

我有時會寫一封充滿激情、繁複隱喻和音樂性的長情書給她，有時會淡淡的只用兩句冷淡的話（意圖用我這邊厭倦這段感情的姿態來釣她胃口），或把別人寄給我的某些弱智的網路笑話轉寄給她（我想那些較貼合她的品味）……但更多更多的時光我是在一種悲慘的等待狀態。

她通常不回信給我，像那沒心肝的，畢業旅行離家露營玩瘋了永遠忘記出門前對可憐老爸允諾一定會打個電話回家的高中女孩。她知道無數個漫漫長夜，我是那麼屈辱，像油燈煎燒，脣乾舌燥，一直盯著空白螢幕上緩緩閃爍的光點，只為了等候收件匣像上帝的福音叮噹出現她的名字。

而她即使來信，那信件也簡短、敷衍、陽光燦爛地讓我懷疑那是同時發給三、四十個人的群組，像一個女王在安慰她貧凍交迫、哭哭啼啼的子民們，她總會簡短地寫上：「好想你喔！給一百個吻！」然後用電子信箱附贈的功能，貼上一枚閉嘴親吻的小人臉的表情。

而我會在那樣的夜晚，潛行進她的臉書（感謝這個偷窺盛世的偉大發明！）那流閃而過的一條條她和那些不知道是什麼人的這個星球的低等生物，在那裡調情、互虧、加油打氣（最常使用的套句是：甘巴嗲）、發學校某個綽號叫「壁虎」之人（我不知那是位老師或同學）的牢騷、告訴對方我愛你、宣布自己要「追」某一部你以為是《追憶似水年華》的大長篇ＢＬ漫畫、三重什麼路哪一家火鍋店服務生非常雞巴以後打死再也不去了（這裡你會發現這女孩性格裡某種霧中風景般的孤獨自我品質：她不會說「奉勸大家以後千萬別去了」，而是說「我不會再去了」）……

這一切訊息都在不超過二十個字的短句裡，它們像雨夜驅車行駛在陌生城市，那嫣染著流麗霓虹閃光的擋風玻璃上，每十秒便細瑣無聲（卻又讓你有如此喧鬧的錯覺）點點布滿的雨或小水滴，十秒後便嘩啦一下被雨刷橡皮墊片抹去，然後又像麻雀的小足跡，一點一點無足輕重地出現……，我看著她變成虛幻碎片卻真實置身其中的那個閃耀著紛沓訊息我卻讀不出一個靈魂輪廓的畫面裡，感覺那正不斷無聲破碎的、朝上流淌移動的，會不會是我的眼球內壁弧凹悲傷的淚花折光……。

我抓到妳了。小妖精。我心裡想。妳在這裡虛耗青春，在我那枯等竟日的信箱空室，卻吝於花上打兩行字的力氣。

但是我能做什麼？殺了她？在某個她與我在旅館狂亂如處女獻祭的極美性愛後，當她玉體橫陳臉蛋無一絲人世間陰影地熟睡時，把她搖醒，把預藏的手槍插進她小巧的嘴裡，要她說出那個男人是誰？但我太清楚知道像她這麼美的女孩，從少女時期就像梅花鹿存活壓力在林徑迷宮脫逃獵犬四面八方的圍捕，她太知道臉部表情如何沒有一秒猶豫地跟不同的男人撒謊。

我不是不只一次，在這些旅館正跟她交歡銜合時，她男人的電話打來，我狼狽地翻身抓起香菸和長褲躲進那些玻璃門小廁。我不願意她就當著我的面對她男人撒謊（那時我便預知了，只要看了她的演出，那懷疑的小蛇便會鑽進我的心竅，寄居那折藏陰影間，十年二十年後還不會離去）。

但即使如此，我仍為偶爾聽到她（其時正衣衫褪盡，身上有另一個男人剛留下的性愛氣味）慵懶地對電話那頭的男人說：「嗯……剛睡醒……好煩喔！」然後嘰哩咕嚕講一串她朋友之前打電話來讓她心煩的瑣事。諸如此類，到我這樣的年齡，我要什麼？真相嗎？說實話我要的只是一種劇院舞台上演出者和下面觀眾之間的虛偽禮儀和尊重默契。

請不要在我和我的演員們唸著羅密歐與茱麗葉臺詞時讓你的星際大戰手機鈴聲大響。有一次我沒忍住，在她那湊聚著可能是她哥們的臉書，那喧囂其實被這世界遺忘在無人知曉角落的小池塘裡，飛快鍵入一段猥褻或華美的詩句，我認為她會認出那是我和她的密語。

誰知道我拋下我的國王袍服後，約有一個小時，包括她，那裡頭的那些呱呱咕咕小生物們突然全靜默了，留言紀錄一直停在我的那段普希金風格的濃烈懺情詩句。老實說，我也在譫笑著看她會如何反應？刪了我的留言，然後寫一封情書到我的信箱，責備、撒嬌、道歉，但要我保證以後不要那樣闖入她和她同齡朋友胡亂打屁的「愚蠢小世界」？或她會（在臉書這個國度）將我封鎖？

但是更糟的狀況出現了。一個署名叫「雞雞歪歪你去吃大便吧」的小帥哥（因為他的留言旁貼上一張大頭貼）浮出水面宣戰：「你是哪來亂的小孬孬？我可以公布你的資料。在某某站台那有你的資料對不對啊，你等著人肉搜尋吧你。等我把你ＩＰ查出來，你家可就難保了喔哈哈。」

接著，在這個簡直是當街吐檳榔汁的小混混恫嚇留言下方，立刻出現了二十多個「讚」。

親愛的，我對我女兒說，那是我從離開青春期之後，至少三十多年了，第一次清楚聽見自己因為恐懼而發出的心跳聲，那就像有人在隔壁規律而用力地擂牆。他提到的那個網站，我真的曾用匿名在上頭發表過兩三篇炫學卻又嘻笑怒罵的偽論文，到底這女孩在她的世界裡，都跟什麼樣的人混在一塊啊？

有一次我們聊起「小三」，我對女孩說，在我童年的時光，在我永和老家那天光盡被整片九重葛葉片攪碎的院落裡，我總是這樣被喊喚著：「小三，到弄口林老闆那幫你爸買瓶冰啤酒。」「小三，幫我去寄個信。」「小三，問你哥是不是該去補習了。」小三。沒錯，如果妳記得《牯嶺街少年殺人事件》裡，張震演的那在憂悒年代夢遊的少年，正叫做小四；妳或能理解：那一輩的外省父親，似乎心不在焉把在家，眼皮下亂跑的孩子們，連取個阿狗阿貓的渾名都懶，直接以數字插標：老大、老二（似乎只有前兩個被冠以「老」字）、小三、小四、小五……。也就是說，我對於自己在這個世界被辨識，被喊喚的第一個稱謂，正是「小三」。

我跟女孩說：「在小三們還不叫做小三的時候，我就是小三了。」

——原載二〇一一年九月十三日《中國時報》

太陽

袁瓊瓊

新竹出生，臺南長大，常住臺北，偶而跑北京。祖籍四川眉山。臺南高商畢業，曾參加一九八二年愛荷華作家工作坊。曾獲聯合報小說獎及散文徵選首獎，及時報小說獎首獎。電影劇本入圍金馬獎。多年跨足文藝及演藝兩界。以寫劇本維生，寫小說養志，寫雜文自娛。目前在《壹週刊》寫「故事會」專欄。近年作品《或許，與愛無關》，《情書》四種。

八點了，小越還躺在床上。他進房去看她。整個房間黑黑的，窗簾又厚又重垂著。他坐到床邊，小越裹在被子裡，幾乎看不見，只是個昏昏的形體。他沿著被子覆蓋住的線條摸過去，高低起伏。小越沒睡著，她說：「別碰我。」

他說：該起來了。你去店裡要遲到了。

小越說不想去。她說：「太陽太大。」

她說這話是奇怪的，小越是胎裡瞎，一出生就是瞎子。她這一輩子沒見過任何東西，更別說太陽。不過她似乎對氣候有種奇怪的感應。有時候她就會賴在床上不起來，跟他說：太陽太大了。她語氣非常愁慘，幾乎接近痛苦。他從來不跟她說她的感覺多麼精準，不用告訴她，她知道。

她不願意起床的日子，天氣總是非常好，陽光普照，萬里無雲。美好的大晴天。小越躺在被窗簾，以及她的瞎所包裹住的黑暗裡，但是她就是知道天氣很好，知道屋外是煌煌的太陽，金光閃閃。有時候他不相信她看不見。至少，她也許不是用視覺在看，也許用皮膚，或者用髮根，用汗毛。在小越的世界裡，天氣是溫度，介於吐氣和灼燒之間；是觸覺，介於癢和痛之間；是撫摸，介於柔軟和粗礪之間；也可能是氣味，介於濕鹹和辛辣之間。

他又問一遍：「真的不去？」

她不回答。索性整個人往下縮，深埋到被子裡。

他離開，讓她自己留在屋裡。

他有一家按摩院。或正確的說，是阿星有一家按摩院。阿星喝到假酒失明，之後學了按摩的手藝給人按摩。他時常去找阿星，後來阿星說想開店，他便提供資金，讓阿星掛名開了這家按摩院。

店裡真正有視力的人只有他一個。不過一般客戶看不出來，他僱用的按摩師非常像正常人，不會不自覺的翻白眼或做奇怪的表情。盲人的眼睛長在臉上總顯得多餘，似乎一個擺放在錯誤位置的擺設。或許盲人對自己的眼睛是無意識的，那器官閒置在臉上，隨時一副要離開的模樣。

他看得見，因此知道一般人對於純粹盲人的不適感。他們會半翻眼白，有時候是眼珠向相反方向逃離，或者一上一下。那種滑稽模樣是不自覺的，因此益發彰顯了不正常。他喜歡找阿星按摩就是因為阿星總是閉著眼睛。然而某些盲人會有很美麗的眼睛，眼珠沉黑，濕潤的，眼角微微下撇，充滿悲哀。是像書上說的：菩薩的眼睛。

小越的眼睛便是這樣。她不知道世界，也不知道她自己的模樣。但是她有一種非常悲哀的神情。極安靜。似乎準備隨時消失。

她是他一手調教的，告訴她穴道的位置，經脈路線，下手的力道，指頭如何在人體的地圖上游走。小越瘦弱，細細的臂膀，但是開始給人按摩之後，手臂便粗壯起來。指頭也長了指結，手變得方方的。她是很美麗的女孩，不過她自己不知道，因此他可以隨自己心願去塑造她，要她成為自己喜歡和需要的美。他教她用腳趾去刺激客人的經脈，用大拇趾踩住人體，鉗緊，並且擠壓。她的腳趾頭便變得非常強壯，連帶小腿也有了肌肉。她非常輕盈，可以站在人身體上而不讓人感覺到重量，卻又非常強壯，按摩時力道直透肌理。

但是他畢竟不是盲人。盲人看人的方式他學不來。他們總是全然把人看「透」過去，畢竟，對於他們，面前的人並沒有形狀，只有聲音和溫度，和空氣的推擠感。他們很自然的望著虛空，同時看不見並且看見。這是他做不到的，所以他在店裡總是戴黑眼鏡。

有時候在室外也戴著。如果太陽太大。

小越沒有錯。太陽太大。陽光清水一般潑灑。萬里無雲，藍透了的天，顯得異常遙遠，並不屬於這世界。店子在兩條街外，他沿著人行道走過去。一邊走，一邊也覺得藍天像巨大的氣球，正遠遠的，遠遠的升空，離去，之後或許剩下空白，剩下黑洞，剩下一些雲霧。他不喜歡沒有雲的天氣，讓他記起一些事。

母親開計程車。父親過世之後，她把父親的車換成計程車來開。她選擇這樣不適合女性的行業，據說是為了他。這樣才可以把他帶在身邊。他坐在前座上，和駕駛座的母親一起。她載客的時候他就喝牛奶，吃飯，睡覺。更多的時候，只是看著玻璃窗上的藍天。

母親不說話，不跟他說話，也不跟客人搭訕。那小小的車廂中世界凝固，堅硬，粗礪。流動的是窗外，不動的是車子裡的空氣。他看著天空，看著雲在車窗玻璃上逐漸消失，但是如果沒有雲，就什麼也沒有，只是正在飄離的藍天。大片車窗框著世界，天上沒有雲的時候，那些建築物，天際線，變得像假的。像外星生物一樣，從窗口探頭看他，之後離去。

他在母親的車上坐到快十歲，後來那件事後，母親被抓去關。他就再也沒見過母親。他不喜歡坐車，他寧願走路。一直這樣。

他也不喜歡沒有雲的天氣。就像小越不喜歡太陽。

他為什麼會開按摩院？阿星聽了他的故事之後就說：是因為那件事。因為那件事，所以他幾乎是不自覺的，到任何地方都會去找人按摩。專找盲人的按摩院。在按摩院裡，他會仔細打量按摩師，注視那些盲人的臉，注視他們的眼睛。他喜歡跟他們交談，問他們失去視力的原因。

沒有任何一個人說是因為注視太陽所以瞎的。

他注視過太陽。不是有意的，只是要看看天上有沒有雲。那時候天上沒有雲，至少，是看不見雲的。太陽非常亮，炫目，他看了一眼，覺得光線衝進自己腦門裡，輝煌的白，把整個腦腔塞滿，好像霎時間一切化去，陽光像要從內部將自己融化。於是他飛快的低下頭來。世界開始陰暗，一切恢復正常。

他回到母親身邊。母親把車停在樹蔭下，他拉開車門坐進去。整個車廂裡水一般陰暗，並且涼。母親問說：「你做了。」

他點頭。母親別開頭去。

他們在車裡坐了很久。看不見防波堤，但是海風把魚腥味送過來。魚腥味是鹹的，他聞了覺得肚子很餓。他說：「我餓了。」

母親不說話，面無表情瞪著前方，並不是在注視什麼，就像盲人的表情。幾乎讓人以為她瞎了，或死了。起初魚腥味很強烈，後來就消失了。

他們開車離去。母親把他帶到阿媽家裡。之後去警察局自首。沒有人來問過他，因為他只是小孩子。他直到當完兵後才回憶起整件事。他在海防部隊，有許多時間。他時常站在防波堤上抽菸，把菸蒂扔下去。

防波堤總是非常空曠，乾淨。白天他待在碉堡裡，防波堤被太陽照射著，發白，幾乎要融化。熱空氣浮在堤上，因為折射，扭曲了堤防的線條。透明的煙霧，流蕩的玻璃。堤防上熱空氣流動蒸騰。

接近十年之後他才想起這件事。離開防波堤的時候，他回頭看了一眼。小嬰兒的形體幾乎看不見，只看到光影流蕩，熱氣緩緩上升。

在發生那件事之前，母親開著車，無數次經過那個地方。不過他完全沒注意，也不知道。開計程車總是要經過相同路線的。他以為只是這樣。

後來，那一天，他在前座上瞪視著天空。母親不在車上。她把車停在路邊，跟他說：你等我一下。

他看著天上，試圖要發現一些雲。並沒有。是正午，藍天被太陽輝耀成淡藍色，好像被漂淡了。之後母親猛力拉開車門，激動的坐進來。她很快的踩油門，車子急速駛動，轉彎時，她腿上的東西發出嚶嚀一聲。這時他才看到，母親腿上放著一個嬰兒。

剛好放在母親岔開的兩腿腿縫間。車子拐彎時嬰兒便撞到方向盤，發出細微的呻吟。母親一直開到海邊。期間嬰兒都躺在她腿上，偶爾搖晃，後來便不哭了，只瞪著大眼睛溜溜看。靈活漂亮的眼睛，很像小動物。她在陌生人大腿上顛沛晃動，吸著大拇指，看著他，又看著其他。

開到堤防的時候太陽還很大。奇怪的是並不熱。只是平穩的溫暖。母親把孩子交給他，說：把她扔掉。

他抱著那小嬰兒往防波堤去，周圍似乎沒有溫度，不熱也不冷。嬰兒有點重，但是他抱得動。他聽到海浪聲，啪啪拍打堤岸。嬰兒並不哭，他抱得很好。後來到了堤防上，他看著下面，海還很遠，堤防下是大塊的水泥擋牆，底下，黑色海水之間布著白色的石頭。

他把那嬰兒放在堤防上。

並沒有想很久。他只是擔心嬰兒如果撞到石頭或許會哭。他把她放在堤防上，深信海風會把她颳下去。嬰兒很開心，睜著大眼睛，舞動小手小腳。看著天上。他於是抬頭看了一下，只是要看一看天上有沒有雲。

那是害死了他父親的那一家人的孩子，新生的嬰兒。後來他才知道這件事。母親去自首時全說了，她知道了嬰兒並沒有死，之後便不願意見他。她只關了八年，出獄後沒回家。

或許只是純粹的移情。他並不知道小越是不是那個嬰兒。但是小越討厭太陽。小越說太陽讓她頭痛，覺得好像要爆炸。太陽的溫度似乎以某種方式烙印在她體內，並且在有陽光的日子燒灼她。

他甚至不知道那個嬰兒是不是瞎了。他只知道當時那張粉嫩的小臉上，那兩顆黑色的、濕潤的眼珠向上仰看著，直視太陽。帶著近乎信任的姿態，無從迴避，且也不想迴避的直面陽光。

他只是猜想小越或許經歷過相同的事情。在第一次注視世界時，陽光劈啪爆裂在臉上，在瞳孔裡，霎時間世界完全變成空白，炫亮的空白。

之後便永久空白了。

——原載二〇一一年一月十六日《聯合報》

醒來

鍾旻瑞

一九九三年生，臺灣臺北人，國立師大附中三年級學生。曾獲臺北市青少年學生文學獎，師大附中火鳳凰文學獎散文組首獎，第十三屆臺北文學獎青春組散文首獎，台積電文學獎。

成年的一個多月前我的女友V像是忽然想起什麼一樣，有一天傳了簡訊說，「我們分手吧。」我們沒有吵架也沒有冷戰，接到簡訊的當下我立刻回撥電話，每通卻只短暫響起一聲便被犀利快速的切斷，我幾乎可以聽見她按下按鈕的啪嚓聲響。

而V和我分手那天以後，我便患了嗜睡。

起初只是為了逃避悲傷。

隔天早上，我們同時抵達學校大門，她和我對眼零點五秒便面如死灰毫無表情的從我身邊快速通過，我嘗試呼喚她卻越走越快，頭髮像是鐘擺隨著她的腳步晃動。到了班上心裡的不甘和羞辱滿溢，越想鼻頭便越酸，一點也聽不下老師講課，沒上幾節課，便趴下來睡了，一個夢也沒做。醒來時夕陽已西沉，我的左臉被西曬的毒辣陽光曬得紅熱，影子猖狂的斜躺下來比我身高還長，伸手抓背發現身上貼滿了班上同學惡作劇的紙條。教室裡已空無一人，唯有我，掙扎著，從了無邊境的睡眠甦醒。才醒，悲傷失落的感受像突然吃胖那樣，沉重起來，壓得我胃也難受。

原本我以為那天的長眠只是一場意外，但我一覺不醒的情況一點也沒有改善，連假日也是，才悠悠轉醒，早餐和著午餐吃了，便又跑回床上睡去，一天睡眠時間超過十四小時。班導又憤怒又憂心，在第七天氣急敗壞的把我用力搖醒，抓著我的領子去辦公室，在我面前打電話給我媽。媽不知如何是好，跟班導不斷道歉，然後解釋說我平常不會這樣懈怠的，會這樣子也許是……也許是生了什麼病，感冒發燒之類的，只是我自己沒有發現，還逞英雄的來學校上課，也許該帶他去看個醫生，「那孩子，最愛逞強了。」媽媽在電話的結尾這麼說。

然後我便回教室，收拾書包，在大家的注視下離開教室，不巧在走廊時正好打起下課鐘，撞見了離開教室的V，她見到我的瞬間震了一下，隨後將視線移開，望著遠方走開。我眉頭皺起，她到底想怎麼樣呢？

醫生問了我一些關於嗜睡的問題，你最近有沒有撞到頭？你有沒有長期依賴酒精？咖啡因？現在突然戒除？問到後來我意興闌珊，幾乎是反射性的搖頭。然後他問，「那你最近有沒有經歷什麼感情上的打擊？」我驚嚇得心臟縮了一下，以為醫生參透了我的心，「問這個做什麼？」我小心翼翼的問。他解釋說，「有些嗜睡症的病因是來自憂鬱症，你看起來沒有，只是例行性的問一下，你不要太緊張。」

最後他說我的症狀持續不夠久，無法立即給我診斷是否得了嗜睡症，而嗜睡的處方藥，多半是興奮劑，不能莽撞開藥給我。

「再多觀察幾天吧。」

媽媽聽見我和醫生的對話，緊張的問我在學校發生了什麼事，我搖搖頭說沒有，她有點無奈的說，「你真的不必這樣。」「怎樣？」我有點不開心的問。她皺眉回應，「這樣抑鬱。」她拿出手機，撥了電話給班導。

班導得知我的狀況後，就再也沒有試圖在上課的時候把我叫醒了。同學間也將我這樣癱軟如爛肉的睡眠視若無睹，我還是每天到學校，可是一到教室立刻便睡了，有幾天完全沒有和同學講到任何一句話。我離他們愈來愈遠，像是我被留在另一個世界。我有時候會想要保持甦醒，去便利商店買高濃度的咖啡，可是喝完，嗜睡的毛病並沒有改善，反而心悸得快要窒息。和面對V時一樣的感受，難受得快要窒息。

後來我開始做夢。

那些夢總是與V相關的回憶。而且總是真實得讓我不想醒來。

第一個夢是我和V還未真正交往時，有一次地理老師帶我們去野外實察。我和V的班級，正好被安排在同一天。那天一到目的地的山腳，便掃興的下起雨來，土黃的坡地，被雨淋得濕滑、滿是爛泥，我小心的走著，手突然感受到一陣重力下拉，我回頭看，一臉驚嚇的V腳呈半蹲，地上還被鞋子畫出兩道軌道，「對不起，我差點滑倒。」V一邊道歉一邊扶正重心，卻沒有要將手放開的意思，對看十五秒後，我繼續向前，她也跟著向前。

我感受到她餘悸猶存的顫抖，和她汗濕的手掌。我們就這樣維持牽手的姿態在山路裡行進，我的臉漲紅，心跳也加速起來，不知她什麼時候才會將手放開。後來，似乎是安心下來後發現其他人的訕笑，V突然迅速將手收回，低著頭快速向前將自己隱身在隊伍中。回程的車上，我和她對眼，她有點尷尬的向我比了一個「V」，然後用脣語說謝謝。

自此以後，我便開始叫她V。

夢走到結尾的時候，我淡出一般緩緩的轉醒。身上還留著當日狼狽不堪、鞋襪盡濕的沉重感，甚至手心裡彷彿還有V的汗水。又是已經放學了，我揹起書包，準備離開學校。腦中恍恍惚惚想著方才的夢，眼角瞄見V和她的朋友站在校門口，手裡各拿著一杯飲料，我肩頭一沉，連招呼的勇氣也沒有，快速的穿過大門。

「欸！」

我回頭，竟是V在叫我。趴睡使得眼睛都失焦了，我走近想看清楚她的臉，卻隱約看見她向後退縮了一步。於是我站定，故作冷漠的說：「怎麼？」

「我上次碰到你們班的，他說，你生病了？」

「還不確定，也許是嗜睡症。」

「喔，那你還好嗎？」

我一時間不知道如何回答，抓抓頭，「就一直睡覺啊。」

「那……祝你早日康復。」她的臉尷尬的染上紅暈，聲音不自然的顫抖。我想起剛才的夢裡，她用相同的語氣怯懦的說，「對不起，我差點滑倒。」我不知道她這樣突如其來的示好有何意義，是後悔分手嗎？還是就只是關心我的病而已。和她分開後，我發現我為了這短暫的對話，心情整個都好了起來。

吃完晚餐後，我看著電視便在沙發上睡著了，臨睡，還隱約看見老媽皺著眉頭，將毛毯蓋在我身上。我又做了一個和V有關的夢，這一次，是我們初次接吻的回憶。

那是夏天剛開始的時候。

我和V放學後約在巷口的咖啡廳，各點了一杯聖代，我芒果，她巧克力。V看起來心情很好，笑的時候臥蠶鼓鼓的安棲在眼睛下方，還有一對酒窩，左邊的比右邊的淺。我有點想吃吃看她的聖代的口味，問話剛出口，才想到我們從來沒有共食過什麼，也許她會害怕我的唾液，便打住不說。她逼問我剛剛想說什麼，我搖搖頭說沒事沒事，她有點生氣，皺著眉頭，用力的把我的聖代挖了好大一塊去。

「你不怕我的口水？」我嚇一跳問，她搖搖頭。我鬆了一口氣，低頭握著湯匙往她的聖代那挖，一邊開玩笑的說，「那我們就可以接吻了。」等我抬頭，她已從座位上站起，彎著腰將臉湊近，快速的、不著痕跡的，像鳥捕食獵物那樣，在我嘴巴上啄了一下。

我瞠目結舌看著她。她狡猾的笑起，靠躺在椅背上，咬著手中的湯匙，眼睛呈半月形。像愛麗絲夢遊仙境裡那隻亦正亦邪，總在愛麗絲碰到難以解決困境時，出現給予建議的貓。沒有那隻貓，愛麗絲早在夢裡死於非命了吧？

夢到這裡，我便醒了。冰冷快速的抽離。

就像是V向我提出分手的方式，沒來由的，在最好的時刻說她不快樂。

我發現我開始沉醉在這樣過於寫實的夢裡，無法自拔。甚至開始期待它的到來。比起面對醒時V的尷尬和不自然，也許我寧願長久的活在夢裡，活在回憶裡。

從V和我分手差不多一個月的時間，醫生開始願意給我一些微量的藥，每日一次。我總是背著媽媽，每天吃藥時間將那些膠囊從餐桌上的藥盒裡拿走，偷偷溜回房間，放進夾鏈袋裡，丟進一個洗乾淨的存錢筒，藏在那裡。把夢通往現實的鑰匙密封保存著。

誰能阻止我做夢？那些夢那麼真實，那麼美好。

比真實還要美好。

面對我一點都沒有改善的症狀，媽愈來愈擔心。我盡力在她面前保持清醒，在她幫我約的掛號時間裝睡（後來我便真的被這樣的行為制約了，每每一到看病的時候我總會突然無力睡著），而媽似乎也有感受到我的抗拒，總是趁我醒時問我到底發生了什麼，我總是搖搖頭然後閉上眼睛，身體會很聽話的沉沉睡去。

我繼續不斷做夢，一個個回憶重複經歷，清點、細數我和V相處的過程，有時候回憶裡的內容過於浪漫像是小說情節，我會懷疑我在無意識的狀態下擅自竄改了那些事實，將未曾發生過的事編纂進記憶裡。我學會一種逃避現實的方式。

而後某天，我從班長的口中得知，V和她們班的一個男生愈走愈近，好像快在一起了。當天放學我便親眼撞見他們兩個一起回家，V一如既往，看見我時停頓了一下，又別開視線視若無睹的走開。我沒有什麼難過的情緒，只覺得心裡空空的，失去了什麼，像是剛起床那樣口乾舌燥。

當天，我夢見V傳簡訊和我分手的那天。

看到簡訊時我從書桌前跳起，焦慮的繞室疾走，眼淚都快被逼出來。趕忙撥電話給她。在現實裡沒有接通的電話，夢裡竟接通了。

「喂。」她的聲音冰冷，像具死屍。

我歇斯底里近乎咆哮的對她狂吼：「妳憑什麼這樣？」

「妳憑什麼這樣一封簡訊逼著我長大？我們一起做過的那些夢呢？沒有你我該怎麼辦？」

她嘆了一口氣然後說：「你可不可以不要那麼脆弱？你不覺得你太細膩、太易感了嗎？你不覺得你把太多人、事、物看得太重要了嗎？如果他們都只是過客呢？你憑什麼覺得自己該永遠擁有他們呢？你沒有發現你因此變得尖銳又矯情嗎？你為什麼要把自己想像成那些文藝小說中，強忍著悲傷，不願造成他人負擔的那些做作主角呢？」

她停了很久很久，我只聽得到自己因為激動而產生的巨大喘息聲。像是從深井傳出的聲音，她說：「你將十八歲了啊，你還記得嗎？」

我哭著醒來，全身汗濕像是掉進一灘水裡。

我和V像是站在山谷的兩端，相互叫喊，我的問題一字一句像是落葉隨著山谷間吹起的風搖擺，V的一席話卻以極快速的方式落下，擲地有聲，瞬間塵土飛揚煙霧瀰漫，地面被撞擊出巨大的、深黯的洞。

其實在不斷被拒接的後來，我是痛哭失聲的回傳簡訊給她：「為什麼？」她冷靜而果決的說：「我突然意識起我即將成年，然後我問我自己，你懷抱的那些理想、那些夢啊，真的有實現的可能嗎？為什麼我要跟你一起負擔失落的風險呢？尤其你那麼纖細、那麼脆弱，你一定覺得我是個現實的人吧。也許我是啊，也許十年後我們都沒有夢了，也許我們現在就該醒了。」

我亦如V一樣，霎時之間忽然發現自己再過兩天就將滿十八。

我像是一個在遊樂場門口排隊的小孩，看著裡面那些七彩如夢似幻的繽紛氣球，那些或因恐懼或因興奮，尖叫嘶吼的雲霄飛車上的髮絲翻飛的乘客，那些在旋轉木馬上忘情擁吻的情侶，我幻想自己也在裡面，卻在買票入場的前一刻，打烊。我躺在地上哭喊叫喚，渴求遊園內的那些吉祥物忽然就又開始行動了，而不再只是個空殼子。沒有用啊，沒有用。韶光已逝，青春不再。

什麼是夢？也許那都是我自己想像出來的。

心亂如麻，喉嚨乾得幾乎燒起，我走向餐廳像失水的魚大口大口喝水。我不能再這樣自溺啊。夢醒的時候到了，我彷彿聽見心中巨大的鐘塔噹噹噹喪心病狂的敲著。我蹣跚走回房間，雙腿還因為錯誤的睡姿麻痺著，我拿出那些能將我從無邊的夢中偷渡出來的藥丸，一顆顆平擺在桌上。我拿起一顆貼近嘴邊，只要鼓起勇氣吃下去，就不用再做夢了。

就不能再做夢了。

這樣的念頭一起，我頓時又雙眼朦朧，頭昏腦脹，雙手無力的將藥丸鬆開，眼睛闔上前，我看著那顆藥丸滾落，在地上旋轉幾圈後，掉進床底……

不知道什麼時候開始我已站在沙上，看看四周是海邊，卻想不起來。啊我想起來了，那是暑假時候的事啊，我們一群朋友浩浩蕩蕩說要享受成年前最後一個夏天，搭上駛往墾丁的火車，在那邊經歷了令人驚詫難忘的一個夜晚。

啊，對啊，我想起來了啊，我們在那樣美麗的海邊潑水、嘻鬧、追逐，放肆使用那些未來終有可能混濁老朽的笑容，之後完全不需假冒成年的輕易在遠離市區的便利商店買到啤酒，一群人初次面對無限暢飲的酒精，在民宿的房間裡不知節制的喝到滿臉漲紅，有人聒噪的分享起自己的內心祕密，我愛誰、我對不起誰，有人只是癱倒在旁邊沉沉睡去，或不明所以的哭起。

我和V微醺卻還算是保持清醒，兩人穿上夾腳拖鞋搖搖晃晃的走到海邊的躺椅上。她靠在我肩膀上眼神迷濛就要睡去，我慢慢說著我所能想到我這一生一定要做的事。聽海潮規律拍打岸邊，星星在醉眼下迷幻的飛梭起來，整個世界都旋轉起來，整個世界都是屬於我們的，十七歲的我們的。

「嘿，妳願意相信嗎？有一天我將成為一個偉大的人。」我轉頭對她說，下巴輕靠在她的額頭上。

她慵懶的說：「我羨慕你是一個擁有做夢能力的，迷人的人，雖然我庸俗且平凡，但如果可以的話，我願意和你這樣一直做夢、一直做夢下去，不必醒來。」

「好啊，」我笑著回應。

「反正我也未曾真正醒過。」

——原載二〇一一年八月九日《聯合報》

本文獲第八屆台積電青年學生短篇小說二獎

土匪

黃正宇

一九八九年生，臺灣新北市人。就讀臺灣藝術大學進修電影系是寫作的興趣起點，作品〈黑魔〉獲中興湖文學獎佳作。目前於馬祖服役。

許多人擠在郵局內，但沒有一個人打算向前。周易又忍不住偷看時鐘。這時一位頭戴安全帽的壯碩男子，從大門匆忙來到櫃檯前。周易回頭時，閃亮的槍管已經頂著他的額頭。「安靜，誰都不許動。這是搶劫！全都給我趴在地上。」搶匪大聲吼著，隨後對著天花板開了一槍。一盞日光燈被射破，碎片立刻掉落在白色的磁磚上。所有人都趕緊趴到地板上。

細細的春雨，飄滿今日的早晨。雨雲消散後，太陽露出滑嫩的臉蛋。沐浴在午後的光暈，山巒顯得生氣勃勃。梯田小徑邊，成熟的木瓜從樹上摔落；田雞和蟋蟀始終沒有停止鳴叫。空氣瀰漫一股土壤潮濕的味道。

尖銳的山頭拱起了藍天。蒼鷹緩慢的盤旋，在高空尖嘯。深灰的烏雲浮在遠山後的天際。山頭下，平原的北方籠罩了大片的陰影。茶葉上的露珠還沒消失，無情的濃霧就遮蔽了視線。

翠綠的梯田上，採茶婦頭戴斗笠正勤奮的採著茶。坪林山丘可見零稀的房舍座落在樹林間。半山腰的小村落是下山前必先經過的地方。這裡的店家多半販售自家耕種的茶葉給假日的遊客；剩餘的店面則銷售簡單的生活用品。另外一個當地人聚集在此的原因是郵局，僅一層樓高的小郵局。

●

胸口別著郵局經理的牌子，周易坐在窗口前，臭著臉。蓋了一個早上的章，秤了一個下午的重量，點了整天的錢。最後一個小時，他努力克制不去看牆上的時鐘。對他而言每天開始於早上八點，結束於五點。但今天是星期一，這天事情總是特別多又繁雜。而每個人總愛在今天把事情延後，甚至拖延他下班的時間。他不懂，匯款和寄送包裹這類的小事為什麼不能提早？他痛恨那些在郵局下班前幾分鐘才趕來的人。不管是誰拚命的套交情，苦苦哀求，他都不會心軟。五點一到他一定準時下班。

濃厚的人情味使他噁心，清新的空氣使他窒息，亮麗的風景更讓他鬱悶。而今天郵局裡只剩他，另一個職員偏偏在今天請了喪假。

「該死的星期一。」周易自言自語的說著。

收下眼前的包裹，他趕緊打發眼前的老太婆。臨走前，她還好心遞給周易一顆翠綠的芭樂，然後特別叮嚀箱子裡裝的水果是要寄給生病的妹妹。

等老太婆走後，周易故意將箱子粗魯的丟到一旁，還把芭樂扔進了垃圾桶。

他嘴裡嚷著：「該死的星期一。」

這三年來什麼也沒多想，他只希望能夠調派到城市。這樣一來日子會好過一點，也能順便讓聒噪的妻子閉嘴。

從住在這開始，他的日子一直不好過。只要一有機會，妻子就會對他說教；把氣還有過錯全怪在他頭上。就連今早綁鞋帶慢了她也說：「你就是不夠圓通，不懂得諂媚、拍馬屁。害得我跟你一起待在這鬼地方。你這直腸子，什麼人都要得罪。現在就連鞋帶也跟你唱反調。」

她除了睡覺會安靜外，其他時間嘴裡吐出的都不是好話。周易只希望今天回家時，能夠享受一點安靜。他起身回頭整理了信件後，又忍不住看了時鐘；分針才跑了兩格。看著日曆上的這一頁、這一天，周易滿肚子火。他走向前將日曆撕下，揉成球，扔進垃圾桶。

現在，星期一和芭樂一起被困在垃圾桶裡。

周易坐回椅子，拿下眼鏡，不慌不忙的將鏡片擦乾淨。櫃檯前雖然空蕩，但郵局內還有不少人。重新戴上眼鏡，周易看見阿美和勝佑這對夫妻在填單的桌上爭吵，他們的女兒揹著書包靜靜的等著。對面的提款機前則是站了一名鬼祟的男子。體型矮胖，身上穿的西裝乾淨得發亮，看上去不像是本地人。另外在面對他的深綠色座位上，頭戴斗笠的農夫似乎睡著了。

●

許多人擠在郵局內，但沒有一個人打算向前。周易又忍不住偷看時鐘。這時一位頭戴安全帽的壯碩男子，從大門匆忙來到櫃檯前。周易回頭時，閃亮的槍管已經頂著他的額頭。

「安靜，誰都不許動。這是搶劫！全都給我趴在地上。」搶匪大聲吼著，隨後對著天花板開了一槍。一盞日光燈被射破，碎片立刻掉落在白色的磁磚上。所有人都趕緊趴到地板上。

周易看著燈管的碎片嘆了口氣，他冷冷的說：「該死的星期一。」

搶匪似乎聽見了。他拿著槍生氣的指著周易問：「你剛說什麼？」

周易沒有回答。他起身打開抽屜，將所有的錢整齊的交給搶匪。

搶匪收下錢後，一動也不動。

郵局裡安靜的嚇人。周易回到座位上，將手托著下巴，一臉無奈。

「怎麼才這些？錢到哪去了？」搶匪拿起桌上的錢後，生氣的指著周易問。

周易冷靜的回答：「一個小時前被運鈔車收走了。」

「這裡才四萬多塊！這怎麼夠！」

雖然看不見搶匪的臉，但可以感覺到他慌張的幾乎要哭了。

「你怎麼會想來搶這裡？這可是間小郵局。錢最多的時候，也才不過二十多萬的現金。你應該去山腳下的銀行才對。」

周易嘲諷的安慰著搶匪，這時趴在地上的某個人說話了。

「你是阿全嗎？」

搶匪聽見這個名字，反應很大。他回頭大吼：「閉嘴！通通給我閉嘴！我不是阿全。」

勝佑抬頭說：「可是你的聲音聽起來像住在山頭上的阿全。」

老農夫也跟著答腔：「你這一說，還真有點像阿全。」

搶匪又對著天花板開了一槍，又一盞燈破了。他怒吼著：「我不是阿全！」

周易沉不住氣，生氣的對著搶匪罵：「拜託你不要再把燈打破了！這些都是我要自己掏錢換的。」

不知道為什麼，搶匪竟然點頭道歉。

「你明明就是阿全。你母親美霞我也認識。我從小就看著你長大，你怎麼會跑來搶劫呢？」阿美似乎也認出了他。聽見她這麼說，搶匪趕緊回頭，再次慎重的否認自己就是阿全。黑色的安全帽遮住了整張臉，沒人知道搶匪在想什麼。只見他一個人自言自語，拿著槍來回踱步。

周易仔細看了他手上的槍。小巧的掌心雷在粗壯的手掌中顯得可笑。然後他回頭瞄了一下時鐘，又哀怨的嘆氣。

這時，搶匪又走到了櫃檯前。他不好意思的問：「先生，請問你，現在有什麼辦法可以籌到五十萬？」

「只有山腳下的銀行有。」

「可是我不能下山啊。」

「為什麼不能？」

「我一下山你們就會跑去報警，這樣錢都還沒拿到，就會被逮。」

「我不會報警，你相信我。趕緊下山吧，這樣機會比較大。」

周易拍胸跟他保證，其他人也發誓不會報警。搶匪這才朝著大門走去。大家開心的看著將要離開的搶匪，但他卻在門口忽然停下腳步。

「不行，你們一定會報警。我現在就要在這裡拿到錢。快！每個人都把你們的包包和皮夾交出來。」搶匪快步的走到那對夫妻身邊。

勝佑很快的就把錢包交了出去，阿美也是。可是他竟然連小女孩的書包也不放過。阿美起身緊抓住女兒的書包不放，她生氣的說：「這只是她上學揹的書包，你別這麼殘忍。」她哀求著，但搶匪硬是要搶。兩個人不斷拉扯。書包還在小女孩的身上。小女孩非常乖巧，她連一滴眼淚也沒流。只是任由他們擺布。

搶匪搶走書包後，還將裡頭的東西全倒了出來。除了書本，還有一疊藍色的鈔票也一起散落在地。

大家都露出了驚訝的表情，連勝佑也不例外。

「你這說謊騙子，虧妳還敢說從小看著我長大。」

這話說完，搶匪才發現自己掀了底。但意外的是，勝佑竟然從地板起身，對著阿美狂罵。

「妳這賤女人！老跟我說沒錢。原來我辛苦賺來的錢，都被妳藏起來了。」話還沒說完，他將阿美拉起，狠狠的賞了一記耳光。

被打的跌坐在地，阿美也不甘示弱的回嘴：「你的錢？你還敢說！你這沒出息的水泥工，工作有一天沒一天。這錢是我靠採茶賺來的。」

被羞辱後，勝佑更是生氣。他吼著：「這下非教訓妳一頓不可，敢跟老子這樣說話。讓妳瞧瞧這個家是誰做主。」

他扯著阿美的頭髮，就是一頓拳打腳踢。阿美不肯乖乖就範，拚命反抗。

「你的錢都花在了山腳下那賤女人身上，你以為我不知道嗎。山腳下那間按摩店。你要不要臉？」

雖然父母吵架，又動粗，但小女孩沒有哭，她睜大雙眼靜悄悄的看著。

「你們這是在做什麼？當著自己孩子的面前吵架，多丟臉。」搶匪趕緊向前將兩人拉開，氣不過的阿美嘴裡又蹦出了一段話：「自己的孩子？我告訴你，這孩子根本不是他生的。他的種就跟他的人一樣沒用。不瞞你說，這孩子是隔壁村，阿豪的種。」聽到這番話，大家心裡明白，這下糟了！

小女孩開始放聲大哭。勝佑先是愣住，接著臉色發白。他嘴裡重複說著：「我一定要殺了妳！我一定要殺了妳！」

正當他準備出拳時，搶匪惱羞成怒，再朝天花板開一槍。

「給我閉嘴！你們的家務事，等我搶完後自己回家處理。再吵我就開槍把你們打死，讓你們去地府慢慢算清楚。現在不管錢是誰的我要定了！」

小女孩繼續哭。惱羞成怒的搶匪把槍對準她小巧的臉蛋，但她沒有停。

「不是叫你不要再把燈打破嗎？」周易在櫃檯內對著搶匪吼。

「閉嘴！閉嘴！都給我閉嘴！下一個你，把值錢的東西都給我交出來。」

外地人什麼也沒說，乖乖的把皮夾交了出去。

「才幾千塊，這麼少。這樣根本不夠。」搶匪翻開了皮夾後聲音變得哽咽，最後放聲大哭。

老農夫抬頭好奇的問：「阿全，究竟發生什麼事？我記得你很憨厚，是個老實的孩子啊。」

在關心的問候下，搶匪脫掉安全帽。他似乎止不住自己臉上的淚。

這一看，阿美興奮的和丈夫說：「果然沒錯，我就說是阿全。」勝佑狠狠的瞪著她，什麼話也沒說。

此時村裡的人全聚在郵局外看熱鬧。他們看著阿美、勝佑、民代、阿全、阿土伯，這一群熟識的人被押上車，卻不知道究竟誰是搶匪。他們七嘴八舌的猜測，最後出來的人應該就是搶匪。但沒想到，最後出來的竟然是……

阿全露出可憐的模樣，哭哭啼啼的和大家說：「我欠了地下錢莊五十萬，這裡只有十三萬，我該怎麼還？如果不還錢，他們會把我的手指頭都給剁光啊。」他邊哭邊亮出左手掌。這時，大家才注意到，手掌上的小指和無名指失蹤了。

老農夫說：「你怎麼會欠錢莊這麼多錢呢？」

「還不因為做夢。」

阿美好奇的問：「為什麼做個夢會欠錢呢？」

「我夢見了六個數字，以為這下肯定發財。就和錢莊借錢，簽了六合彩。沒想到，開獎後，連一個號碼都沒中。」阿全悲慘的跟著小女孩一起哭。兩人就像是在和歌。阿美不知道為什麼也哭了。她難過的說：「那些狼心狗肺的人，竟做些喪盡天良的事。我可憐的小妹，也是被錢莊逼到跳樓自盡。」

雖然搶匪情緒崩潰，但手上還是拿著槍。沒人敢輕舉妄動。稍微平靜後，阿全又變回了搶匪。他表明了要老農夫交出袋子，老農夫沒有說話。搶過袋子，阿全從裡面拿出了一把刀。大家驚訝的看著老農夫。

「阿土伯，你帶把刀來郵局做什麼？」

看著阿全從袋子裡拿出閃亮的開山刀，大家都有相同的疑問。

「阿全我先問你，你槍怎麼來的？」

「從我胞弟的房間偷來的。」

「你胞弟怎麼會有槍呢？」

「他跟他朋友一起在山腳下替人討債。」

「那你手指頭是誰切？」

「就是我胞弟切的。」

「阿全我和你一樣，也是來搶劫的。」阿土伯先是沉默，才又結巴的把話說完。

「你不是在山腰有塊地嗎？為什麼要來搶劫？」

「我那塊地欠了銀行錢。姓邱的民代說為了開發觀光，硬是要把地徵收。地沒了我也不想活下去。除非，把貸款給繳清。我和你一樣，也是走投無路。」

「邱姓民代？他叫什麼名字？」

「邱宏光，坪林區的民意代表。」

搶匪臉上的淚水還沒乾，老農夫臉上又落下了淚。小女孩很會哭，他的養父沒有安撫她。

「邱宏光，我剛在皮夾看到這個名子！他人就在那。」阿全舉起殘缺的左手掌，指著角落。阿土伯驚訝的轉頭看著趴在不遠處的男人，生氣的起身，硬是要將阿全手上的槍搶走。

「別攔住我！我要殺了他！那塊地可是我們家族代代相傳的祖地。今天老天有眼，就讓我斃了他，替天行道。」

兩人爭著槍，槍卻不小心走火。三聲巨響後，大家趕緊檢查自己的身上是否多了個洞。這時周易卻在座位上冷靜的計算著損失。

三顆燈泡三百，牆壁上的洞六百，提款機申報。現在時針指向數字五。明天是星期二，一切都會好起來。

「我的屁股！我的屁股啊！」躺在地上的民代發出了哀嚎。

阿土伯見狀笑得忘我；阿全慌張的說：「槍是你打的，這下你是共犯了。」聽完這番話，兩人對望。阿土伯再也笑不出聲。

這時，周易起身。他冷靜的提起公事包，準備走人。阿全見狀趕緊攔住了他。

「搶劫還沒結束，你這是要去哪？我手上可是還拿著槍！」

「你剛把六發子彈都射完了，我敢打賭你肯定沒帶多餘的子彈。還有，五點一到，我就要下班。再見！」

周易什麼也不管，硬是要走出大門。阿全丟下了槍，跪在地上悔恨的痛哭。

沒人料到，就在事情要結束時，一大群警察踢破大門的玻璃，闖進了郵局。

周易呆站著，嘆口氣後開始數著破掉的玻璃門。一片、二片、三片，總數是三千八。在一陣慌亂中他又重複說了一次：「該死的星期一。」

警察進門後立刻拿著槍將每個人押在地上。

帶頭的刑警緊張的詢問：「誰是搶匪？剛剛誰開槍的？」

除了小女孩的哭聲外，沒有人答話。

「你是小孩的爸爸嗎？怎麼不安撫她？」刑警指著小女孩旁的男子。

勝佑冷冷的說：「她不是我女兒。」

「那誰是她媽媽？還不趕緊安撫她。」

「是我！她是我女兒。」

「那你先生呢？」阿美指向了勝佑。

「可是他剛跟我說他不是爸爸？算了，先把小女孩帶走。」

隨後，小女孩被警察抱出了郵局。

接著刑警又問：「誰是搶匪？地上這把槍和刀是誰的？」

「快救命啊！我是坪林區的民意代表。我告訴你誰是搶匪，是那個農夫。他還開槍打我屁股。」

警察一聽是民意代表後，趕緊要將他送醫。可沒想到農夫也回話。

「警察大人！民代他才是搶匪。他把我山腰的那塊地給搶走了。」

抓住脫身的機會，阿全指著阿土伯說：「沒錯！沒錯！他就是搶匪。」

阿美看著阿全，不敢相信的說：「明明你才是搶匪，你怎麼連可憐的阿土伯都要拖下水？虧我還是看著你長大的。警察先生啊，他才是搶匪，他還拿槍對著我女兒。」

刑警困惑的壓著阿全問：「你就是搶匪嗎？」

阿全嚇的全身發抖，他急忙辯解。

「大人，不是我。那婦人才是搶匪。她搶了自己丈夫的錢。」

「沒錯！警察先生。她不僅偷錢，還偷漢子。就連小孩我也替人白養了十幾年。」勝佑憤怒的指控阿美。

阿美急忙的澄清：「大人，他根本就沒有拿錢回家。錢是我自己辛苦賺的。他這負心漢還在山腳下和女人廝混，我臉上的傷就是他打的，你一定要幫我討公道。」

「公道？大人！我才需要討公道。我告訴你，隔壁村的阿豪趁我辛苦工作的時候和我的老婆廝混。我不僅要驗孩子的血，還要他賠償。」

「你怎麼可以出賣我？明明就是你先搶郵局的。」

「可你不也有意思要搶嗎？我說的是事實。」

郵局內又亂成了一團。昏頭的刑警氣呼呼的說：「誰讓你們亂哄哄的在這吵成一團，我問的是誰帶槍搶了這間郵局。其他的事情我一概不管。別再跟我廢話。」

「大人，槍是我胞弟的。」

「那你胞弟呢？」

「他住在山腳下。」

「他怎麼可能一下在半山腰搶劫，一下又飛下山？」

阿全沒有回答，負責的刑警已經開始頭痛，他下令將所有人帶回去。就在所有人被押出去時，周易稍微整理了襯衫，提著公事包準備離開。但刑警把他攔住。

「先生你是誰？你這又是幹嘛？」

「我是這間郵局的經理，你看不出來嗎？現在已經是五點十五分，我要下班了。」

「對不起，現在情況有點混亂，可能要請你跟我們回去做筆錄。」

「不需要，我幫你省點時間。搶匪是那個沒有手指頭的年輕人，他叫阿全。另外一個戴斗笠的老頭意圖搶劫。至於罪名是否成立那是你們的事情。再見！」

怒火中燒的刑警，硬將周易壓制在地。他給周易上手銬後，硬將他拖出去。周易眼看下班時間被延後，憤怒的喊著：「你不能這樣做，五點一到我就要下班。該說的我都說了。你這是暴力！濫用職權！我恨這爛地方，我恨該死的星期一。」

●

此時村裡的人全聚在郵局外看熱鬧。他們看著阿美、勝佑、民代、阿全、阿土伯，這一群熟識的人被押上車，卻不知道究竟誰是搶匪。他們七嘴八舌的猜測，最後出來的人應該就是搶匪。但沒想到，最後出來的竟然是郵局的經理。

周易的妻子也在混在人群裡。她奮力的擠出群眾，看見周易就哭喊：「你就是這麼傻，不懂得變通。只要熬個兩三年就能離開，為什麼要搶錢？這下連最後的希望也被你毀了。」

看著妻子在一旁聲淚俱下，周易更是憤怒。他對著妻子吼：「妳這黃臉婆，給我閉嘴！我都告訴警察搶匪是誰，他們還要我回去寫筆錄。我都下班了，還把我押走。簡直跟土匪一個樣。」

「你敢說我們是土匪？你沒看見我們身上的徽章和制服嗎？」

周易看了看刑警腰間掛的槍後，不屑的說：「穿制服有什麼差，還不都拿把槍。全都一個樣啊！」

——原載二〇一一年十月三、四日《中國時報》

本文獲第三十四屆時報文學獎短篇小說首獎

臺北發的末班車

鍾文音

臺灣雲林人，淡江大學大眾傳播系畢，曾赴紐約視覺藝術聯盟習油畫創作兩年。現專職創作，以小說和散文為主，兼擅攝影，並以繪畫修身。被譽為九〇年代崛起的小說家與散文家。曾獲聯合文學、中時、聯合報、世界華文小說等多項重要文學獎、臺北文學獎創作、雲林文化獎、吳三連文學獎、林榮三文學獎等。二〇〇六以《豔歌行》獲「開卷」中文創作十大好書獎。持續寫作不輟，已出版多部短篇小說集、長篇小說及散文集多部。二〇一一年甫出版百萬字鉅作：臺灣島嶼三部曲《豔歌行》《短歌行》《傷歌行》，備受矚目與好評，陸續翻譯成日文與英文版中。

那年小小西螺鎮從兩萬人一日暴增八萬多人。

那年義孝殺人。沒有母親的她在鍾家愈發沒有地位了，後頭厝出這種見笑事，每個人見到虎妹都以奇異眼光殺向她。虎妹割稻時，常把眼淚流向稻田，她背對天，望向地，她想只能以這樣的姿態過活嗎？難怪多桑三貴當時告訴她，嫁給同村鄰人妳最好心裡有準備，因為娘家的大小事都會傳到婆家的。婆婆花葉對她一向沒好感，這下子望她的眼神就好像她也是殺人共犯似的。

到處都在流傳義孝殺人這件事。虎妹常見到一群人窸窸窣窣的聚在一塊說著話，見到她走來，聲音就關掉了，見她走遠了，聲音又如收音機響起。

爾後，她回到娘家，像一個刑事似地混在群眾裡，她仔細地看著槍殺現場。之前大哥在她的協助下，已經脫掉了血衣，現下不知逃亡到哪了，忽然在觀看的人之中有人低聲說著警察已經抓到義孝了。她忍住悲傷，靜肅地看著，擠在丟下鋤頭的農民之中，眼睛望著那灘血跡，還有打斷的扁擔，被踹過的門，搖搖欲墜的門鎖，追打的痕跡，有些是義孝受傷的血跡，虎妹認得出來，因為剛剛接應大哥時，她看見他的頭和腳都滲著血，暗紅色的那種，和被槍殺瞬間流出的大片腥紅血漬顏色不太相同。虎妹突然對義孝產生了一種哀憫的感覺，她看見哥哥被人一路追殺的狼狽樣，也見到他不得不反擊的那種憤恨。只是這一擊，也把自己擊斃了。

爾後，沒有人記得義孝曾經是秀異的讀書人，也沒人記得他為了爭取水源而挺了出來，大家只記得他是個殺人犯。而虎妹是殺人犯的妹妹，虎妹像是共犯，她日日等待著離鄉日子的到來。催促著北上的若隱，趕緊偕他們上臺北。即使餓死臺北，她也要離開這個完成她前半生的出生地，結婚地，生產地……

在還沒離開小村前，又發生了一件讓虎妹悲慟欲絕的事。入夜，妹妹阿霞忽來敲門，虎妹探出頭來，都還沒認出是阿霞時，阿霞劈頭就是阿清出車禍，死去了。同父異母裡對她最沒有分別心的小弟躺在舒家前院，那樣俊美的臉孔被車輪滾過，哭死了舒家女眷。虎妹第一次看見繼母廖氏的臉扭曲，她也知道這人間是有悲傷事的。但這無助於她們的和解，繼母厭惡虎妹出現，她想這女人是來笑話她的嗎，她不知道虎妹的悲傷不亞於她。

這幾件事都讓虎妹知道是該離開這傷心小村了。

虎妹自此覺得和她相親相愛的人上天都會提早徵召他們。母親廖超，小弟，大哥，西娘……所以她暗自決定此後絕不善待自己的孩子，要兇要狠地對待他們，要把愛隱藏起來，這是她心中的想法，即使她被孩子誤會也依然要行使不誤，為了防止上帝奪其愛，她以打罵教養孩子，那種打罵也只有虎妹做得出來，她寧可讓孩子氣她氣得牙齒緊咬且心很痛。她的孩子不解她的苦心，她怕所愛的人會被命運帶開，只有所欠所憎的人才會留下。

孩子不解，她的教育讓心靈敏感的女兒尤其受創。

對小孩而言，那年喜歡一棵樹和喜歡一個男生也許也是混淆不清的，何況童年她的心理狀態還摻著許多來自於原生的匱乏情愫。女兒小娜成天喜歡待在外面玩耍，因為那感覺於她有說不出的熱鬧和安全，不像她的家只有母親和老是躲進黑暗的老父。小娜進門總得把書包大力地往床上一摜，發出很大的聲音好嚇走躲在空氣的精靈。一開燈就是慘白，她外婆的往生肖像一直掛在化妝檯上方，化妝檯就在客廳，空間十分窄仄。小娜凝視外婆肖像，一張停格在年輕的臉，她媽媽總是在肖像下日日重複對著她說著一樣的話，一樣的故事。說的盡是外婆二十五歲就往生，當時來臺灣的美軍每天都癡想美豔的外婆，可惜她很早就過世，「那時媽媽還不到四歲，就已經知道生離死別了。我為了早點有個家，就嫁給妳這個愛飲酒老爸，妳那老爸也是膨肚夭壽人，惜酒如命。」

小娜故事都聽膩了，她媽媽每天還是像禱告似地每晚必說一回，並領著她在外婆的肖像下的白牆，以刻度來量身高。虎妹對著肖像說，阿依，妳可別讓妳這查某孫長得沒三塊豆腐高喔。小娜總是盯著肖像看，每一天都發覺肖像裡的外婆愈來愈年輕，長得愈來愈像是伊自己，直到有一天見到外婆的肖像上停著許多黃色的小蝴蝶，小蝶搧著粉翅，像在對伊拋媚眼眨眼睛，小娜忽然自言自語了一句愛是蝴蝶變的。當時虎妹在車衣服，聽了女兒胡言亂語，只淡淡說妳永遠別去肖想有錢人家的男人。小娜取出紙張，畫下有著兩扇炫目豔色銀光翅膀的蝴蝶。

蝴蝶總是到處飛舞，妳也一樣。虎妹說。

那妳是什麼？小娜反問母親。

虎妹手腳停頓半晌，搖搖頭說我是妳母啊。

小娜聽了噗嗤一笑，原本在心裡想的是母親是一粒回不了海水的貝殼，無法回到海洋，在岸上總有一天會被曬乾。死掉的貝殼空有美麗的外表，沒有靈魂。小娜在心裡胡思亂想。

童年小娜喜歡南方小村，虎妹笑她沒見過世面。

虎妹不斷地告訴她臺北有好多東西，傻瓜才要住在小小的尖厝崙永定厝。等了多年，終於輪到她自己可以作主的人生了。那天只要路上見到虎妹的人都曾目睹過她周身散發出來的懾人光芒，她再次被這種奇異的光暈籠罩住。

虎妹騎著孔明車到了西螺，她突然覺得西螺這個鎮很小嘛，延平街原來不過是一條極為平凡的小街罷了，她現在看這個地方的每條大街小巷都覺得好小，一點都不值得她留戀。她直直地往一家極為熱鬧的貨運公司行去，她見到許多和她一樣的移動者，他們在南北兩端移動，賺進許多財富，老闆的貨車排滿了空地，讓虎妹在貨車的車陣裡走走停停，四處摸著，這些物質新世界讓她很激動，她懷想著若隱開著車子的神氣模樣，那是她該有的生活，只是這人生被延遲罷了，她一直都這麼相信著自己的夢想，她認為只想而不去行動的人都是落伍的人，她的夢想從來都是可以實踐的。她欣賞完車子完美的機械線條後，她很滿意地走到老闆的辦公室，老闆的電話接不完，她卻不急，這一點都不像急性子的她，因為她正陶醉在「電話生意」接不完的夢想裡，她想這才是生活啊，自己絕對不要在小村裡沒有尊嚴地仰息著，何況西娘阿太走了，那個原鄉老宅院早已沒有她留戀的人事物了，那裡只剩無盡的傷夜與苦痛，除此空蕩蕩的。等老闆終於放下電話後，她仔細地告訴老闆她要預訂一輛貨車，且貨車的車齡要在三年內的喔，要安全的啊，她說話的口氣像是大客戶似的。

藍色發財車來到小村時，許多婦人都在自家的門口看著即將北上的虎妹一家人，他們露出很欣羨又很不屑的神色。有的孩子倚著貨車不走，還被婦人叫罵回家。有婦人蹲在門檻餵食孩子，湯匙常停在半空中，她們想，這虎妹好厲害啊。

虎妹搬了幾樣屬於她自己這一家子的一些壞銅舊錫後，她再次定定地望著這鍾家老宅，她確信直到這座鍾家老宅傾頹她也都不願再入駐。當貨車駛離鍾家稻埕後，轉了右彎，經過烏山頭水庫流下的水源支流，虎妹環視著這水，這奪去生命的水，這剝去哥哥義孝自由的水，她聽見水流嗚咽，她瞥見女兒小娜的貓臉掛在貨車的車桿上不知在瞇眼看著何方，那瞳目和睫毛很迷人啊，她第一次覺得女兒漂亮，她幻想著女兒將來在臺北可以去學鋼琴學跳舞。接著當貨車彎近舒家前的竹籬笆時，她並沒有要貨車停下好和繼妹們道別，她覺得眼前沒有這種煽情的必要，衣錦榮歸才要緊。她看著生活近三十年的小村被車子拋離，落魄的舒家和落敗的鍾家飛離了視線，生命雖是依然飛沙走石，但被拋離的原鄉卻讓她感到一種前所未有的暢快。

虎妹站在鍾家稻埕望著自己從少女變成少婦之地，忙碌的子宮，孕育著恐懼。從子宮吐出的孩子有四個活下來，有多個無緣者。（很多年後，她才告訴女兒來到臺北時，為了打拚生活，拿掉很多可憐的無緣胚胎。她很懊悔，懊悔的是她老是天真地想，要是當時沒有拿掉，也許這些孩子會比這個死查某鬼小娜孝順呢，彷彿該拿掉的孩子是小娜……）無緣的胚胎或者半成品嬰孩都被那時候的女人悄悄墳埋，來不及悲傷，子宮又入主了另一個想要霸占皮肉宮殿的房客了。她們常流淚卻不懂什麼叫悲傷。她們常大笑卻不知什麼叫快樂。她們常移動卻不知什麼叫旅行。要往上臺北大城市移動夢想開始轉動了，南方移民潮省道的動線上有一輛貨車上將載著臉上線條永遠堅毅如石膏像的虎妹與一群骯髒如貓臉的孩子。

●

離鄉這一天終於來了，這也是虎妹阿太西娘六週年祭日了，虎妹唯一夢見西娘的一回，她看見西娘的背後是高樓大廈，那樣的城市景觀是虎妹一生從未見過的那種高度。那些樓房的高度啊，簡直是媽祖起駕，讓她心生豔羨。西娘依然穿著斜襟藍染，那雙小腳對應著背後的浮塵大廈，予虎妹目不轉睛。西娘說虎妹啊，妳要離開這座沾滿血跡的小村，去大城市吧，那是妳的天地，但這天地的得來必須付出感情的代價。

虎妹醒轉，腦子裡充斥的是那些吸引她縱身一躍的由高樓所切出的各種華麗峽谷，峽谷下有車，有時髦男女，那是她嚮往之境。而西娘所說的感情是她最嗤之以鼻的東西，自從「看錯照片」嫁錯人後，感情就不再是她生命裡所屬之物了。她覺得當女人成天裝扮的結果不就是等著讓男人睡，這有什麼好的，除非裝扮是為了讓自己快樂那她就覺得值得，她的人生除了孩子就是自己，她當時以為感情是最輕最蕪的事物。（然而當幾年後她發現若隱在大城市有了別的女人且又成日喝酒買醉的事實後，她願意去承認感情是影響生命最巨大的風暴時，她已經沒有能耐去裝扮年華了。）

夢見西娘那年女兒小娜也已然六歲，成天爬芒果樹像野貓，或者在廊下發呆如空癲囡，要不就是成天跟著養蜂人趴趴走。這讓虎妹感到害怕，她總覺得這小村潛藏一種消磨人意志的不可見之沉淪力量，三個兒子芳顯、赫德和小龍（只有這個名字是虎妹自己取的，這麼多孩子裡她最喜歡的名字，龍年生的龍子，她常幻想他以後很將才，但「龍」這個字虎妹永遠也不會寫。）已經陸續讀過永定國小和國中了，加上芳顯考上臺北明星高中，小村歡欣鼓舞，催促虎妹上臺北好培養孩子。孩子的父親來信已經安頓淡水河邊，於是她就帶著四個孩子北上了。

確定離開鍾家老宅前的三個星期，虎妹又陷入了奇異的如夢時光，就像當年她以為要嫁給鍾若水前的一種奇異幻覺萌生，她的整個人都散發著光。要是當時鍾家的呷菜阿嬤還在的話，一定會說菩薩和護法神環繞在虎妹旁，那種環繞周身之光，是只有對生活產生巨大能量者與慈愛者才能獲致之境，就像鍾家案上的楊枝淨水手持甘露與蓮花的觀音像，晝身總是布滿光。或者離小村最近的一座小教堂裡環繞聖母和聖子周身的光，具有一種讓人目光不移的光環。那時見到虎妹的人都不免多看她幾眼，或者總是想盡辦法停下來和她說話，好像她是傳道者似的，每個人都要上去和她說幾句話好沾些光。虎妹不知當時自己具有一種讓人趨近的光，她庸俗（她一直有這個部分，她一個人時想著這些俗事或事物壞的一面時，光就消失了。）地想著大家靠近她是「看得起」她了，二、三十年了她一直覺得村人隱隱地看不起她，沒有母親是這麼一回事，赤貧是這麼一回事，被婆婆花葉屏棄又加深了這一回事，哥哥義孝槍殺了人則注定這一回事，現在他們要上臺北了，大家都看得起她了，她覺得村人無情，趨富驅窮。

但實情並非如此，虎妹的喜悅是具有感染力的，她在終其一生裡都忽略了這件事，這使她偶爾出現的如夢靈光常剎那升起又瞬間消失。

能目睹她身上散發這股奇異的熱光者也愈來愈少了，因為虎妹的人生喜悅時光說來並不多，最後一次目睹虎妹身上散發光熱的人是小娜。她在某個雷大雨的午後和母親坐在公寓陽台，那是八十年代初臺灣錢淹腳目，小娜見著母親在數著從股票和大家樂賺來的錢時的那種大笑神采，小娜心想母后這笑容能否停格？停格吧，讓我目睹神蹟的存在。小娜遙想著孩提時的某一年，母親也曾經綻放過如此的光之笑容，那笑容的背後也和錢有關，母親數著鈔票，一張一張地數著，好像數不完似的，還要她幫忙將鈔票摺平，每一張鈔票每一個銅板在陽光下都閃閃發亮。那種開心，那種對生活的無憂，都讓人有了光。而這光強烈折射在陰暗的虎妹身上時特別顯得明亮，這光強烈融合在巨大的虎妹身上時也特別顯得強韌。

錢可以買得尊敬，錢可以免除其在日常生活所受的苦，錢可以買她的開心。

離開南方，猶如丟了被釘在原地的十字架。穿行一夜的南方小村，被她丟在腦後。前方是新世界，新的大城，新的人種。流言的小村不值得她回首，流血的老宅不值得她回顧，流淚的床枕不值得她回眸。往後只要有人提起這座小村，或者提起她的阿叔或繼母，她都會出現制式的表情，慣性的嘴角上揚，冷淡的眼色，鼻孔更是彷彿要噴出仇恨的怒火。這時除非有人提起鍾家阿太西娘，才能足以澆熄她體內的厭蔑之氣。

於是當她隨著貨車被運到臺北，見到臺北城時，虎妹整個人受到震盪與激動。原來世界還有另外這一端，這麼多樓房，她竟然鄉巴佬地完全不知道，她想一定要在這座城市擁有自己的房子。

很幸運地她離開了讓她勾起痛苦的水稻田——男人的水稻田，命運的水稻田，勞動的水稻田，無眠無休的水稻田……讓她在這裡遇見媒人婆的這場婚姻，讓她在這裡狠狠抽打因涮尿屎在褲底且發燒還舔吃著冰棒的三歲女兒，讓她晚年膝蓋十分痠疼的水稻田……她痛恨水稻田。她渴望離開……渴望離開生活大半輩子的雲林不過才三十幾歲，彼時虎妹大兒子已先來臺北讀書，是建中高二生，她聽聞別人說起時露出的神采，因此一定也讓她感到極其榮耀，雖然建中是啥咪哇糕她也不知道。彼時貨車載著他們離開尖厝崙，小女兒小娜還一臉貓臉地靠在米袋旁睡著了。她摸摸小女兒的臉頰，略微燒著，但她不擔心，反哼起歌來，她想到了進步的臺北就什麼都有，還驚怕什麼，只怕沒錢哩。

隨著貨車後退的木麻黃小路，月光忽隱忽現，夜裡靜靜吹起的沙塵像風中獨舞，後車燈投射出飛揚的線條。

以前覺得討厭的東西，都因為離開而變得可愛了。

月光下，她看著車子逐漸靠近的紅色西螺大橋，濁水溪河床濁沙滾滾，連續幾個像半彎月形的猩紅色橋端立荒莽的兩岸。她生日過後不久的某一天，她離開家門，好奇地隨著村人一起往大路走。這天不是聖誕節，也不是行憲紀念日，這天是雲林人才記得的西螺大橋落成紀念日，一場像是作醮的通車大典。虎妹以送別之心目視著即將遠去的橋，她忽然回憶起少女時的某日一早番薯簽沒煮好，被繼母用鍋子敲了一記頭，撫著頭感到痛恨與恥辱，但繼母比自己高大且強勢，自己還只是個大孩子，於是只能跑開，只能在繼母的謾罵中跑開。

妳好膽就麥返轉，假哮，無信妳不返轉，外面沒通呷，還不是乖乖返轉，做臺北人，做肖空夢……繼母在她後面繼續叫囂著。

車經西螺大橋，她回憶起童年第一次走上這座橋的往事，彷彿才昨日而已，但人事全非。最疼愛自己的阿太西娘已辭世，她想起阿太時會感到一陣心疼，無來由地想掉淚。她知道西娘從民國四十二年起，每個夜晚總是獨自傷心流淚，西娘的三個男孩在西螺大橋一周年慶時，她未來的叔公鍾聲被槍決，她未來的公公鍾鼓和未來的厔叔公鍾流雙雙被送綠島。她想自己還是比阿太幸福啊，至少自己終於可以離開這塊傷心之地了，這塊沾滿血腥之地，她不想再想起。（她到晚年才知道這島嶼哪裡不傷心呢，哪裡不流血呢，但她已逃無可逃。她將自己的逃亡權給了女兒。）

後頭厝唯一相依為命的大哥義孝也入獄了，自此這故鄉再也沒有值得她一絲一毫勾起留戀之處。做囡仔時有夠憨傻，沒老爸或沒老母的囡仔世事生疏，她看著月色中遠去的橋，心想這裡神廟如此多，但卻貧瘠異常，當年村莊遭連坐罪者眾，男的非死即坐牢，留下的非小即老，這裡真正成了傷心女人村，有人以淚洗面，有人以苦度日。但虎妹不願意如此，她得離開，她想飛，她要讓自己的孩子有未來。

貨車在省道裡繼續走著，貨車司機為了兼賺點外快還去了大盤果菜市場載了幾籃貨後，才繼續往北開。直到畜獸屎臊味遠離鼻息時，虎妹知道故鄉這一刻是真的遠離了，貨車刻意載著她們母女駛上當時尚未全線通車的高速公路，一條新穎公路，讓她聞到新鮮的刺鼻柏油氣味，那一刻她忽然意識到這刺鼻氣味將原生不幸的命運鎖鍊隔離阻絕了，那一刻她看到外表的青春時間已然結束，而內在的青春時間卻才要展開，拜一座城市之賜。啊，臺北！虎妹在心裡喊著。

整個番薯島那時非常需要他們呢，他們往南或往北流動。但當年他們十分無知，不知道什麼是高速公路、鐵路電氣化、石油化工廠、核能廠……他們只認得鈔票，有的人連鈔票上是誰都不知。虎妹離開赴北，是整個尖厝崙的女人移動始祖，雖然她最遠也只抵達臺北城。當時家鄉到處流言四竄，有人傳說去高雄造船廠的年輕黑手們都成了造船大王，到臺中港、蘇澳港的輝仔柳仔開舶來品店，去蓋高速公路的矮仔發仔開賓士。（事實是，他們只是和那些閃亮店家和風光物資前合影拍照，寄回家鄉而已。）離開者的心頭卻十分篤定，他們確定自此一去，世界將轉，風光頓變。就像虎妹早從義孝大哥那裡聽到他說未來的車子會在天空飛來飛去，未來世界不只有人腦，還有電腦和機器人，未來的人種頭殼都會很大。

在點油火的無燈鄉村成長，她在貨車中見到點點燈火的臺北城時，趕緊搖醒了小女兒，指著前方的臺北橋說快看，真水真水的橋啊！那口氣就好像搖醒孩子看西螺大橋的複製口吻。

小娜揉揉眼睛，小女孩說出了也不知在哪學的石破天驚之語：「我要在這裡長大，長很大，要有名。」這口吻讓虎妹想起四歲時隨著義孝大哥見到鍾家的歸國才子鍾聲在屋頂放送古典樂的身影時，吐出了驚人之語：「我要和伊結婚。」

那一刻她跟著女兒笑了，虎妹說有名要做什麼，憨囡仔，要在這裡有錢啊。

故鄉自此成了異鄉，虎妹喜歡這樣的結果，她就是不喜歡小村。小女兒在臺北萬家燈火裡回神見到母親的神色如發燙的鋼鐵，那神色讓她提早長大，她也被母親那果決的熱情燙到了。

這小村於虎妹是失母失兄失子之地，是血印之地，是飢餓之土，是悲慘世界，是她一切的悲傷源頭，她頭也不回，如有人此刻要她掉頭回去，除非槍斃了她。

——原載二〇一一年六月十三、十四日《自由時報》

非殺人小說

李桐豪

臺灣臺南人，淡江大學英文系、復旦大學新聞研究所畢業。紅十字會救生員，著有《綁架張愛玲》、《絲路分手旅行》。也翻譯過《愛情的文法》、《雞飛狗跳的英倫大轟炸》、《卡朋和他的暴力黑手黨》等等。曾獲二〇〇五年「開卷好書美好生活」推薦。

星期四，猴子去考試

張先生向來循規蹈矩，人生中最大的罪過不過是在圖書館借來的書畫線寫字，然而下班在自家公寓大樓門口看見警車，心臟還是猛烈地跳動起來。

警車車頂警燈閃爍，左紅右藍。在出版社當編輯的張先生想起以前編過一本科普書，知道藍紅雙色是冷暖兩色系的原色，如此鮮明對比更能引人注意。那些對生活一點實質幫助也沒有的冷知識，張先生總是記得比誰都清楚。

張先生走進中庭瞧見人群簇擁著一名警察。「張先生，你們那個五樓之一的空姐出事了，凶殺，怪可怕的。」二樓的洪太太看見他，憂心忡忡地說著，咧著嘴，面頰肌肉隱約地抖動，像一種笑意。

「張先生嗎？」那警察將頭轉向他，問他是否認識五樓之一的蘇小姐，星期三凌晨一點是否在家、是否聽見有人爭吵，看見可疑的人進出？群眾目光全都轉到他這邊來了，張先生低下頭，怪不好意思的。「不算認識吧，就是在電梯碰上會點個頭。」「是的，我在，可我睡了，並沒有聽見什麼。」

張先生有問有答，回話的時候腦中卻浮現出蘇小姐的臉。

一回下班回家他鑽出捷運站不巧碰上一場雨，他撐傘站路口等紅綠燈，一名女孩靠到傘的邊緣來，他轉頭發現是蘇小姐，他們如同在電梯相遇那樣略略點頭。

「好端端的，就下起雨來了。」女孩說。

「欸。」張先生搭腔。

兩人挨在傘下，靜待綠燈轉亮。他暗暗將傘挪過去，肩膀暴露在黏答答的雨水中。綠燈亮了，蘇小姐側過頭對他說謝謝，然後用手掌護住額頭，疾疾奔走起來，張先生見狀便大踏步向前與她並肩。

「哎呀，不用了，」蘇小姐笑說：「雨不大，馬上就到了。」蘇小姐額頭、頭髮全是雨水，語畢，又鑽進雨中。張先生手上的傘撐著不是，不撐也不是，索性收起來，亦步亦趨陪她淋了一路的雨。

蘇小姐腳踩一雙長筒及膝的紅雨靴，張先生注意到她似乎很愛那雙靴子。在另外一個晴朗日子裡他與張太太在電梯遇見她。牛仔褲、棉格子襯衫和那雙紅雨靴。他背地裡與張太太議論這女的大熱天也穿雨靴，真怪。張太太笑出聲來，「那是威靈頓靴，一雙要四、五千塊，戴安娜王妃、林青霞、凱特．摩絲都穿的，什麼雨靴?!你太可笑了。」

張先生心不在焉地想著往事，他悄悄地退出人群，開信箱取信。走到電梯門口，眼看電梯門正要闔上，併步上前按了開關鑽進去。裡頭站著住三樓的王太太和四歲的男孩融融、住四樓的老婦人，抿著嘴像埃及獅身人面像般嚴厲，身後的印傭懷抱紅色貴賓犬。他低頭說聲不好意思，見門闔上了，又徐徐敞開，一個穿西裝的中年男子站在門口，那是四樓的另一個住戶。那人愣了一下，然後說：「喔，你們先上去好了。」

電梯門闔上。「媽媽、媽媽，那個叔叔最討厭狗了。」融融說。王太太摸著融融的頭要他不要亂說。「真的啦，」融融不甘寂寞地念起童謠，「星期一猴子穿新衣，星期二猴子肚子餓，星期三猴子去爬山，星期四猴子去考試……」融融抬起頭對王太太說：「媽媽，媽媽，今天猴子要考試啦。」

今天星期四。

張先生來到家門口，見對門已拉起黃色封鎖線。他掏鑰匙開門進屋，第一件事即打開電視轉新聞台，他轉身擱下鑰匙和公事包，脫襯衫西裝褲換運動短褲，「新北市板橋區前晚發生一起離奇死亡案件，一名三十歲的蘇姓空姐今早被發現陳屍家中，背部、胸前有多處刀傷。鑑識人員表示，蘇女橫躺在大門邊，然而令人費解的是餐桌擺著鮮花、燭台和紅酒，並無打鬥的跡象，且大門門鏈鎖上，形成推理小說那樣的密室，究竟是他殺還是自殺，有待警方進一步釐清。據了解蘇姓空姐一個人自住，家人多在國外，只有一個妹妹住在新竹。因為週三出勤未到，公司聯絡空姐妹妹，妹妹來到空姐住處，發現大門反鎖，找了鎖匠鉸斷門鏈，才發現死者躺在血泊中，研判死亡時間約週三凌晨一點到兩點左右……」張先生聽著新聞，腦中冒出一段鋼琴旋律，那旋律相當熟悉，但他再怎麼努力也想不起來那是什麼。

他帶著那段鋼琴旋律打開了冰箱，一個個樂扣保鮮盒堆疊在一塊，全出自張太太的手筆。張太太在報社當編輯，下午三點鐘到公司。她中午煮好飯菜約莫兩點鐘出門，回家大約是半夜十二點，因就寢、起床時間不同，和張先生分房睡覺。作息不同的兩個人基本上在一個屋簷下各過各的生活。

張先生獨自吃飯洗碗看電視倒垃圾，日子和其他的日子相較沒什麼兩樣，可今天不同，今天他家隔壁死了一個人。他躺在沙發上，一邊讀《郵政法考前猜題》，一邊在各節的整點新聞溫習懸案的種種細節。

半夜十二點張太太回家，他對張太太說隔壁那個空姐死了。

張太太說她知道，她晚上還處理到這個版面。她說張先生出門沒多久，電視台記者、警察全來了。張太太說著說著便岔開話題，她說她星期六放假要回斗六一趟，她外公失智愈來愈嚴重，連舅舅也不認得了。她星期五一下班就搭夜車回去，星期日上午從斗六回來就直接進報社上班。張先生問是否要陪著回去，她說不用。她走進浴室盥洗，然後隔著門呼喊：「過一陣子再去跟房東殺價，先前姿態擺這樣高，現在好了，房子旁死了個人，沒準還能多砍一成。」

張先生與她道過晚安然後回房。他躺在床上，可是一點也睡不著，他如同喝了咖啡那樣亢奮，太陽穴隱約有什麼跳動著。時間也許過了一個小時，也許還要更久，他懶得看錶，並不知道。他起身到廚房喝水，張太太看完電視早已回房入睡。家裡一片安靜，冰箱壓縮機嗡嗡作響。樓上住戶似乎有人剛洗過澡，天花板上嘩啦啦的水聲沿著排水管往下竄。他腦海中突然又冒出那段旋律。

蕭邦。《夜曲》第九號第二首。

他想起來了，蘇小姐被殺的那天晚上，他聽見牆壁對面傳來蕭邦的《夜曲》。新聞中一個一個的關鍵字如琴聲一樣迸出來：紅酒。刀傷。門鏈。他們兩戶人家空間格局是一樣的，客廳挨著客廳，浴室貼著浴室，生活像鏡子一樣清楚地對映著。黑鍵。白鍵。黑鍵。白鍵。他閉上眼睛，在黑暗中看見那個女人端著紅酒杯以行板的速度在屋裡走動著，她在悠揚而恬靜的旋律中被刺了好幾刀，每個音符都沾滿了鮮血。

張先生悄悄地走到門口，掛上門鏈，便製造了一個密室。「刀傷穿過肋骨，直達心臟冠狀動脈，大量出血壓破心臟，引起心包膜填塞……」他想起新聞報導中的內容，那多像是推理小說中常見的字句，而如今他也活在一本殺人小說裡了。

星期五，猴子去跳舞

張先生整夜沒睡好，但隔日仍精神奕奕地到出版社去。早上九點半他準時進公司，在自己的位置坐下，扭開檯燈就是一個漫漫長日。聯絡作者確認進度、填印版單、跟國家圖書館申請ISBN、叫紙……繁瑣的庶務日復一日，但今天有些小小的變動。他快快地把手邊的事做完，利用空檔悉心地閱讀空姐凶殺案的網路新聞。訊息鋪天蓋地而來，空姐的三圍、情史、部落格，上過綜藝節目素人正妹卸妝的YouTube都被起了底，簡直跟抄家一樣。張先生心想，人在斷氣中結束生命，可在殺人小說裡，故事卻在人死之後才開始。報紙說警方調閱大樓電梯、前後門和停車場監視器錄影帶，發現並無可疑人士進出，若非自殺就是大樓內住戶所為。換言之，那是密室殺人，雙重的密室。

他打開Word檔，在電腦上打上了幾個字。

一樓：管理員先生。

二樓：洪太太一家人；二樓之一：一對gay couple？

三樓：王太太、融融一家人；三樓之一：？

四樓：怕狗的男人；四樓之一：楊老太太和她的印傭

五樓：張先生張太太；五樓之一：蘇小姐。

六樓、六樓之一：？

七樓：攝影師；七樓之一：？

八樓、八樓之一：？

電腦上的問號是其實他也不知道這些鄰居是誰。鄰人的臉都像英文生字，看上去既眼熟又陌生，期期艾艾念不出來。他坐在辦公室椅子向後滑開，凝視著電腦，嫌犯就在這名單當中了。他看著這份名單，非常雀躍，彷彿那些字句可以組成一篇小說。他腦海出現了一個句子，「張先生向來循規蹈矩，人生之中最大的罪過不過是在圖書館借來的書上畫線，然而下班回家在自家公寓大樓門口看見警車，心臟還是猛烈地跳動起來……」

年輕時創作的熱情又回來了。

張先生年輕的時候寫過一些小說，在BBS亦好發尖銳文學意見與人筆戰，但張先生後來發現自己資質不過平庸，文字魔力又沒有強大到足以掩飾人生經驗的匱乏，不過認清這一點也沒有什麼壞處，至少不用在文學獎季節開獎時忍受一遍又一遍的失望。而他也犯不著因為讀懂幾本羅蘭·巴特、米蘭·昆德拉，就必須追求與鄰居那一班三姑六婆不同的價值觀。

此時此刻他非常亢奮，他從椅子上站起來，走了幾步又坐下來。連女主角的性格、個性都是現成的，擺在那兒等著他去抄襲。他點進了她的部落格，首頁是她在一盤義大利麵前支頤微笑。網頁文章大多描述她在國外買來的包包、香水戰利品，也開放代購。

她在自我介紹的欄位上寫著：「一百分的男人難找，不如找十個十分的湊齊一百分，套句松嶋菜菜子在《大和拜金女》的話：接吻只有兩種，一種是和有錢人的接吻，另一種是和窮人的接吻。沒有錢的男人，管他是死是活，我都當他不存在。我的人生不是餐廳、客廳就是咖啡廳。姊妹們，一起享樂吧。」

空姐的部落格就叫做「三廳電影」。

美麗、拜金，這女人完全符合推理小說的刻板想像，臉上根本就寫著屍體或者凶手兩個字。張先生心想如果這女人落在阿嘉莎·克莉絲蒂手上，她會怎麼死？如果是瑞蒙·錢德勒，他又會如何透過菲利普·馬羅的嘴，奚落這一切？說說宮部美幸吧，這個日本大嬸應該會對這一切有更溫暖的解釋。

張先生想到一個節骨眼上卡住了，起身上廁所，看見社長先他一步走了進去，於是調頭走往茶水間，裡頭有嘩啦啦的笑聲，幾名編偶像寫真集減肥書的同事躲在裡面像在講什麼八卦，看見他進來，噤了聲，張先生倒了一杯茶離開，然後聽見背後炸起嘩啦啦的笑聲。

這些年紀小他近一輪的同事沒有排擠他的意思，他們只是與張先生不搭嘎。張先生並非食古不化的人，他用臉書，也會對朋友轉貼堵爛時局的文章按讚。他甚至知道綜藝節目上那些長得像路人，歌聲卻無比嘹亮的人是出自哪個歌唱節目、哪一屆的。然而他比較像是海外僑民，隔海接收故鄉的一切。他們是另外一國的，已婚者之國。可是張太太肌腺瘤難受孕，婚姻八年沒有小孩，與社長、總編們那些繞著孩子打轉的婚姻生活又不盡相同，他們比較像新移民，被陌生的風俗包圍著，所到之處都是他鄉異國。

下午六點半下班時間一到，辦公室的同事有相約看電影，有要去跳佛朗明哥舞的，也有吆喝著去吃麻辣火鍋，有人客套地問他去不去。他笑笑搖著頭，孤立於所有飯局、派對、約會之外，晚上七點鐘準時回家。

上樓前開信箱，電話水費帳單、大潤發折價印花、寵物旅館的傳單、燙金雪銅紙的春夏女裝型錄。扁薄寒酸的帳單是他的，華麗厚重的服裝型錄是蘇小姐的。他住五樓，蘇小姐是五樓之一，鄰居的信件總是投到他的信箱來。

他握著百貨公司VIP之夜封館派對手冊，護照尺寸大小，刷刷翻過，香奈兒羽毛珠寶腕錶、LOEWE限量鱷魚皮手袋、CHAUMET藍寶冠冕，種種奢華物件在紙面上發光，請帖上藤蔓一樣捲曲的英文，如某個異國簽證上的字體，允諾一個他們無法企及的遠方。

來到電梯門口，一名白衣黑裙的高中女生站在那兒，津津有味地啃著一只蘋果，張先生不動聲色地盯著那蘋果上的齒痕和唾沫。兩個穿著同樣款式背心短褲的短髮男子牽著一隻柴犬從外頭走進來，張先生彷彿幹了什麼壞事被看穿一樣，心虛地避開這些人，走樓梯回家。

他一階一階往上爬，大樓裡每一家門戶都長一個樣，然而樓梯間洩漏的遠比自己想像得還要多：二樓洪太太家門口鞋櫃胡亂地塞著花花綠綠的女鞋，男鞋就是那麼一千零一雙，乾癟癟、灰撲撲的阿瘦皮鞋。二樓另一戶住戶則是剛剛看見兩名牽狗的男子，那門口自端午節掛上去的艾草並未取下，每天晚上最誘人的飯菜香總是由這戶人家傳出來。

三樓樓梯間停著一輛兒童三輪車應當是王太太家小朋友的，一個燒金桶似乎是這一、兩日新擺上的，之前沒見過。四樓老太太的印傭偷偷跑到三樓來，坐在階梯上窸窸窣窣用他聽不懂的語言講手機，哀戚聲調彷彿在抱怨著什麼。

四樓另一戶怕狗的男人屋內電視開得很大聲，像在收看《海賊王》一樣的卡通，嘩啦嘩啦的笑聲當中，隱約有人爭吵，「你講道理一點好嗎?!」一個女人的聲音這樣說，卡通人物格鬥的吆喝聲蓋過了男人的回答。張先生在半夜偶爾聽見這對男女自樓下傳來的爭執。兩人感情似乎很差，但張先生每天早上又會看見這對男女一起出門，女的瘦瘦小小的，但總能輕易地挪開擋住自己去路的重型機車，女的騎機車載男的出門，這男的不但怕狗，還不會騎機車。

他們公寓和所有的公寓沒有兩樣，這些夫妻和其他的夫妻也沒有什麼兩樣，但現在死了一個人，每個人都有嫌疑。身處在一本殺人小說，他必須精確地繞過真相，胡亂地揣測幾個人，消耗多餘的篇幅。

星期六，猴子去斗六

星期六張太太一早就去了斗六，張先生睡到十點鐘起床，到樓下閱覽室看報。他巡視一遍閱覽室書架上的刊物，《漢聲小百科》、《公寓導遊》、《奧修傳記》、《地獄遊記》……他印象中這架子上似乎有克莉絲蒂的《東方快車謀殺案》和《羅傑·艾克洛命案》，突然就不見了。四歲的融融坐在沙發上安靜地畫畫，王太太、洪太太併幾個鄰居聚在那邊議論命案的最新進度。

一群女人誇洪太太昨天出現在電視新聞裡很上鏡。「呵呵，」洪太太自覺地摸摸自己的頭髮，說：「根本是老太婆啦。」他一邊看報紙，一邊竊聽著這些女人的對話，張先生有一種錯覺，好像死了一個人，讓大家的感情都熱絡起來。空氣中瀰漫一種節慶的氣味，眾人義憤填膺地講蘇小姐的點點滴滴。她們無私地分享蘇小姐的每一則八卦，言談中有抓姦的憤慨，但也間接得到了通姦的快樂。

張先生岔出心神聽著，突然有人拉拉他的袖子，他回過頭，融融仰著頭看著他。「叔叔給你，」融融把畫畫遞給他：「張阿姨，我畫的。」張先生訝異地說謝謝，接過畫一看，血液倏地衝上腦門，學生頭、黑鏡框，那是他太太的模樣沒錯，那雙蘇小姐的紅雨靴卻穿在他太太的腳上。他的耳朵一陣熱辣，全是轟轟然的耳鳴。這是怎麼一回事呢？他接過畫，點頭告退上樓。一進門蹲下打開鞋櫃沒找到那雙鞋子，旋即又到張太太房間打開衣櫃，薰衣草香氣撲鼻而來，櫃子上頭擱著幾個紙袋，打開其中一只，就看見那雙威靈頓紅靴。

那鞋、那衣櫃的東西他全不認得：乾洗過後套著塑膠套的大衣，喊不出名堂的布綢絲棉，他全沒看張太太穿過。拉開抽屜，看著那些疊得整整齊齊的內褲，棉質的、蕾絲的，那感覺異樣又熟悉，感覺上回在床上折騰已經是很遙遠的往事。結婚八年，性變得像倒車入庫那樣理所當然和無趣。他帶著懷念的心情把內褲攤在床上，掌心感受那柔柔的觸感，突然間一股熱意自胯下傳來，一顫一顫的。

他溫柔地剝除女孩的內褲如同剝一瓣柚子乳白色的薄膜。掰開了就是滿手的汁水淋漓和晶瑩的果肉。

全都回來了，年少時的荒唐回憶，以及生猛的性慾。

柚子有時是研究所同學，有時候是大學部學妹，那時他念碩二，周旋在不同的女孩之間。他有個自大二就在一起的女友，有一天在圖書館讀書的時候，他發現大學部的學妹把圖書館借書清單夾在他的字典裡，《我坐在琵卓河畔，哭泣》、《在德黑蘭讀羅莉塔》、《想說就會說的表達力》、《你的桶子有多滿》。最初不明就裡，可他後來把書名首字連結起來，「我在想你」，一切就有了意義。

此後，他輪流帶著女孩們去雜誌上介紹的餐廳吃飯，在蔡健雅、孫燕姿的MV場景擁抱和接吻，年輕人的道德觀跟交通規則一樣，隨時都可以打破。三個人戀情持續到他當兵，學妹跑去女友面前謊稱她懷孕了，用計逼退了女友。但他知道了也沒多說什麼，他只是緊緊抱著學妹，揉著她的頭髮說她怎麼這麼傻。那時候，人生多美好，前程遠大，一個晚上好幾次。可現在回想起來，那已經是他人生的巔峰了。

他預計當完兵去英國讀書，退伍後申請學校的空檔有個出版社找他去上班，第一年操盤的書就得了獎，整個人志得意滿。第二年因母喪沖喜，他很快就和學妹結婚，出國的事也就給耽擱下來。家裡本來給他預備了買房子的頭期款，可父親經商失利，所有的錢都填上，他和學妹在外面租房子，兩人生活以存錢為最高目標。他們不到外面吃飯、不看首輪電影，也不在家宴客。學妹變成張太太，突然什麼都有了算計。婚前她早上會貼心地幫他擠好牙膏，婚後她開始指責他牙膏總是從中間擠。他用完廁所總是不隨手關燈、洗衣服的時候洗衣粉倒太多、冰箱的剩菜沒用保鮮膜包好，他們在日常的細節中爭執，在爭執中改變。他開始困惑，婚前兩個人各賺各的，生活很有餘裕，何以結婚了兩份薪水反倒不夠用？

後來，張太太到報社工作，兩人錯開作息，一天說不上幾句話。偶爾碰上在家一起看DVD，兩個人窩在一張沙發上，以往如同兩隻湯匙完美地疊一整夜也不覺得累，但如今擁抱著，他僅能聽見衣服與衣服的摩擦，骨骼與骨骼的碰撞，那一聲嘆息。

婚後他和別的女人上過床，有一年他到北京參加書展，酒店櫃檯有電話打來問要不要叫小姐，說有個吉林來的像Jolin的女孩，很清純。他的道德、理智、身體的每一個毛細孔都在喊「不要」，可喉嚨吐出來的聲音卻是「好」。女孩上樓來了，哪裡像Jolin，那根本是《全民大悶鍋》裡戴假髮的九孔。張先生不懂拒絕，和那女人狼狽地接吻，零錢還從口袋滾落出來。嚴格說起來，那背叛其實短短一分鐘不到，他覺得那沒什麼，那個妓女就併著擦拭過精液的衛生紙被丟到馬桶沖掉。他沒有任何情緒，只要他想隱瞞，他就可以一輩子瞞下去。

他盯著那內褲，腦中萬念紛飛，如此一個敢愛敢恨的女孩被他愛得這樣平凡，愛成……一個嫌疑犯？他盯著紙袋，彷彿那是一盤填字遊戲，可以藉由紅鞋填滿妻子與殺人犯之間的空白格。

他的視線轉到牆壁上去，想起剛搬來這房子的那一天，那兩房一廳的房子空蕩蕩的，他和新婚的妻子商議著床要擺哪裡，書架要放哪裡，他與新婚的妻子在空屋中快樂地打轉，突然就勃起了。空房間讓他亢奮，他把妻子推到牆上狠狠地吻著。新漆的牆壁雪白如稿紙，彷彿可以寫下任何字，什麼都有可能，可是轉眼之間就剝落髒污了。

星期七，猴子刷油漆

隔日，張先生去買了刮刀滾桶油漆，帶著懷念的心情把客廳刷過一遍。期間有刑事大隊的人來問話，他意態闌珊地回答。刷白了一面牆就過了一天。深夜，張太太回家看了新漆的牆，愣了一下，但也沒多說什麼，她只是坐在沙發上稀哩呼嚕地吃著肉羹麵。張先生坐在沙發的另一頭看著他的妻子，突然心生一股衝動，想伸手將她攬過來，對她坦承那些餐桌上的緘默、那些無法四目相交的心虛，他想對她供出一切，甚至包含北京的那次買春，但他坐得太遠，手太短根本搆不著。「明天記得繳瓦斯費。」張太太吃完麵，洗澡，與他互道晚安，然後進房間。

他一個人在客廳。不開燈的房間，狹小如公車車廂，他是週日的末班公車唯一的乘客。

早上他上班，張太太還在睡覺，他與他的妻子似乎只剩下晚安可以說了。蕭邦的旋律又浮現腦海，他閃過了一個念頭：「出門的時候，妻子真的在房間睡覺嗎？」黑鍵。白鍵。黑鍵。白鍵。視線穿過白牆，他看見相關人等鉸斷了門鏈，進了門，看到屍體，驚慌的驚慌，報案的報案，全亂成了一團。以常理推斷，應該沒有人會在這個當下冷靜地將整個房子巡視過一遍吧。假使凶手本來就一直藏匿在房間裡呢？黑鍵。白鍵。黑鍵。白鍵。張太太在蕭邦的旋律中優雅地從蘇小姐的床底或衣櫃走出來，那混亂之中，一個好奇關心的鄰居出現現場完全合情合理。

就這樣，張先生解開了密室的謎。他低下頭，心裡就有了盤算。

星期一，猴子穿新衣

星期一上午八點半，張先生離開家搭捷運去上班。到了辦公室那一站，他仍鎮定地坐在椅子上，他在車廂裡傳了簡訊進公司，說拉肚子不進去了。他在離電影城最近的車站下車，看了場早場電影，然後走進一家牛仔褲服飾店。

張先生婚後少買衣服，走進流行服飾店家，竟心生一種異樣的怯意。反摺褲、垮褲、AB褲……那些不同款式的名稱疏離得像是學術用語，他不知如何是好，只好指著海報上穿著帽T垮褲，眼歪嘴斜的陳冠希說：「給我一模一樣的衣服和褲子。」

他在更衣室換了衣服。褲子鬆垮垮的，褲頭如同土石流鬆動一路滑下，滑到離青春比較接近一點的位置，半截內褲都露出來了。他覺得很彆扭，又把褲頭往上提，提到中年人的位置。面對鏡子，帽T垮褲，他是穿嘻哈裝的菲利普．馬羅。

下午一點鐘，他穿著新衣服回到自家公寓對面的簡餐店。點了紅茶，盯著窗外漫不經心地翻雜誌。兩點鐘。蘇小姐從大樓走出來，墨鏡，格子衫牛仔褲，紅色威靈頓靴，喔，不，那不是蘇小姐，那是張太太。他快快結帳跟著出去，他低著頭盯著那紅靴子。紅靴子上了捷運，紅靴子下了捷運，紅靴子往報社相反的方向走去，來到了一家百貨公司。

張太太摘下墨鏡，在百貨公司門口，俯下身盯著玻璃櫥窗一雙麂皮涼鞋許久，然後優雅地走進了一家名牌服飾店。

他透過櫥窗望進去，均勻的光線撒滿整個空間，張太太在裡面如同逛美術館那樣緩緩地移動，旁邊亦步亦趨跟著西裝筆挺的俊美男孩，臉上掛著洗練的微笑，張太太在更衣室換了一件新洋裝走出來，她在鏡子面前比畫著，男孩不知在她耳邊說了什麼，張太太就笑了。她換下衣服交給男孩，走到櫃檯結了帳。

張太太拿著提袋走出了服飾店。他遠著距離低著頭盯著那紅靴子，紅靴子走進另一家珠寶店，不到十分鐘又走出來。紅靴子突然停下來。張太太一個轉身，他來不及躲避，視線就撞在一塊了。

兩個人都愣了一下。

「你在這幹嘛？」張太太問。

「妳在這幹嘛？」張先生反問。

「買衣服。」她說今天是百貨公司的Family Sale，她請假來買衣服。她拷貝蘇小姐的穿著，拿著蘇小姐的邀請卡買打折品。

她變成蘇小姐，偷偷模仿另外一個女人的生活，那就是她的罪行。

「幹嘛這樣偷偷摸摸的？」張先生問。

她說：「沒有一個女人抄襲另外一個女人的穿著會想讓人知道，好嗎？」

他腦海閃過融融的童謠，他說：「星期一猴子穿新衣。」

張太太蛤一聲問他說什麼。

他說：「你記得猴子的童謠吧，就是星期一猴子穿新衣那個?!」

他們順勢在百貨公司中庭的音樂噴泉邊緣坐下，張太太把童謠念了一遍。「星期一猴子穿新衣，星期二猴子肚子餓。星期三猴子去爬山。星期四猴子去考試。星期五猴子去跳舞。星期六猴子去斗六。星期七猴子刷油漆。星期八猴子吹喇叭。星期九猴子去喝酒。星期十猴子死翹翹。」

他說：「你不覺得這隻猴子很虛榮嗎，一個星期的開始就把錢都花在新衣服上，肚子餓，要考試了書也不好好念，前一天還去爬山，成天玩樂酗酒，然後就死掉了。」

「所以這是一隻虛榮的猴子，過勞死掉的故事？」張太太問。

他點點頭，回答：「所以這是一隻虛榮的猴子，過勞死掉的故事。」

張太太打了他一拳說，「你罵我猴子就是了。」張太太反問他何以穿得這樣怪模怪樣。他盯著玻璃窗內的菲利普．馬羅，說出了這幾天內心的百轉千迴。他說出了他的推理，說他誤以為張太太是凶手，除了北京買春的事，他什麼都說了。張太太聽完翻了一下白眼，罵他有病，但嘴巴掛著笑。

「那我的行凶的動機是什麼？」張太太問。

他遲疑了一下，搔搔頭然後說：「殺了鄰居，讓公寓變成凶宅，然後讓房價下跌吧。」

「那是真的喔，我昨天在公司上網查了一下，凶宅真的比一般房價便宜兩成到五成呦。」張太太說。

一名推著嬰兒車的女人從他們面前走過，車裡探出一個狗頭，她說：「這年頭嬰兒車上面坐著的多半是狗。」張先生像是被這話螫到，身體抖了一下。「酷卡，那疊邀請卡，快，妳帶出來沒有？裡面有張寵物旅館傳單，快，蘇小姐有養一隻狗對吧！」張太太不解地從包包取出傳單，他按上面的電話打過去說自己是蘇小姐的朋友，詢問蘇小姐是否有狗寄放在這？電話那頭答：「哎呀，我們看了新聞很傷心說，想說菲菲不知道要怎麼辦？她星期二傍晚把菲菲送過來，誰知晚上就出事了，多漂亮的一個女孩子……」張先生沒等對方說完就把電話掛了。

「她在被殺害的當晚把狗送去寵物旅館，」他拉高音量對張太太說：「可她在家和人喝酒，這不合理，唯一的解釋是與她喝酒的那個人怕狗。」所有的謎底已經揭曉，填字遊戲的空格已經填上，他幾乎是用喊的喊出那個名字。

怕狗的男人。

張先生說：「完全密室殺人是不可能的，殺人行凶掛上門鏈然後逃逸根本辦不到，但假使門鏈是被害者掛上的呢？假使凶手殺人根本沒有檢查被害者是否斷氣，然後慌張逃開，假使被害者最後一口氣不是用來求救，而是把門鏈掛上……」

張太太沒有搭腔，她豎起食指輕碰嘴唇要張先生閉嘴，她起身走到一家甜甜圈店，那門外電視牆正轉到新聞台。張先生走向前，與太太並肩。他們看到怕狗的男人出現在電視上。

電視上的記者說自稱死者鄰居的周姓男子稍早到警局自首，坦承犯案。他與蘇小姐是大學時代的戀人，婚後搬到目前所住新家才發現蘇小姐是樓上鄰居，兩人再續前緣。他欲與妻子離婚和蘇姓被害人復合，可蘇小姐不肯，兩人爭執，他一時氣不過拿起水果刀刺傷蘇姓被害人。畫面一轉，怕狗的男人與警察回到自家公寓大樓重建犯罪現場，大批記者圍上，閃光燈此起彼落，怕狗的男人突然雙腿一軟掩面哭泣，他說：「她說謊，她說她拜金，她是騙人的，她交男友只是不想讓我為難，有壓力，她在維護我，她到死都在維護我……」怕狗的男人發出了像狗一樣的哀鳴，被遺棄的小狗在深夜發出的那種哀鳴。

張太太轉過頭看著張先生，說：「你破案了，菲利普．馬羅。」

時間還早，毫無同情心的兩個人一起逛書店和無印良品。他們在美食街吃了好吃的拉麵，甚至在湯姆熊逗留一會兒，玩了一回射擊遊戲。因為張先生今天是菲利普・馬羅，所以分數很高。

他們搭捷運回家，他望著對面車窗上他與妻子的身影，玩累了的蘇小姐依偎在菲利普・馬羅的肩膀睡著了，眼皮微微跳動，睡得很熟。如果在殺人小說裡，他希望小說在這個句子結束：「他們家隔壁死了一個人，他們從此過著快樂幸福的日子。」

快到家了，他遠遠看著停在家門口的警車正要開走。他沒來由地想起有一次小學遠足他睡過頭，父親騎機車載他到學校，可趕到校門口遊覽車已經開得遠遠的了。錯過了在動物園散步、錯過了參觀汽水工廠、錯過車上和同學分享零食打電動，想到自己已經錯過一個歡樂假期，他委曲地啜泣起來。父親甩了他一巴掌要他不許哭，於是他哭得更大聲了。

警車如遊覽車消失在路的盡頭，他想起往事，此時的心情大致如此。人生並非殺人小說，他的假期到底是結束了。

——原載二〇一一年十二月十八日～二十日《自由時報》

本文獲第七屆林榮三文學獎短篇小說二獎

槍聲如雨

任曉雯

一九七八年生於上海，復旦大學新聞學院畢業，獲文學碩士學位。一九九九年開始發表作品，出版有《飛毯》、《島上》、《她們》、《神聖書寫帝國》（學術著作、合著）等，小說發表於《人民文學》、《鐘山》、《花城》、《天涯》、《中國時報．人間副刊》等文學期刊。作品入選三十餘種重要選本。二〇〇九年，長篇小說《她們》獲得華語傳媒文學大獎提名獎。創作小說之餘，另有詩歌、評論、隨筆、譯文等散見於《書城》、《芙蓉》、《東方》、《二十一世紀》（香港）等學術文化期刊。

王飛超從手機上抬起眼，抽了抽鼻子。空氣裡有股速食麵的麻辣味。一個鎖骨畢現的男孩飛跑而過，將一張旅行社宣傳單扔在他手上。王飛超抖了抖手，走向大電子屏。螢幕上紅字一行行滾動。廣播女聲在重複遲到車次。一個拎蛇皮袋的鄉下女人撞了王飛超。他瞥了瞥她，摸摸放錢包的褲子口袋，走到大廳角上，看一眼手錶。

窗外，陽光暖得人心癢癢，一隻小蟲貼住落地玻璃。王飛超噘嘴吹了一口氣，蟲子不動。他又看一下手錶。這時，有人叫：「加州陽光！」一個女孩側著脖子，慢慢穿過人群。她似在看王飛超，又像看他旁邊的人。「加州陽光？」她又叫了一聲，站住。

王飛超擠出一個笑：「妳是那個……什麼洛麗？」

「是啊，我是，深深藍洛麗，」女孩舒了口氣，鼻梁笑皺起來，「你跟照片很像。」

「哦。」

兩人僵站了幾秒。

王飛超道：「深深……那個誰，吃過飯了嗎？」

「火車上吃了餅乾。」

「那……還想吃點嗎？」

「隨便啊。」

「那就吃點吧。」

女孩穿粉紅格子連衣裙，裙襬的白色鑲邊發灰了。當她走動時，小腿肚微微顫動。女孩停下，回頭道：「加州陽光，我們去哪兒？」

「叫我張超好了，」王飛超指了一指，「先過天橋。」

女孩蹦上梯坎。春風撩起她的裙襬。她的白內褲有些緊小，屁股肉滾滾擠出來。王飛超瞄了一眼，加大腳步，上到與她並肩。「包重不重？」他問。

女孩道：「還好。」

王飛超接過她的粉色雙肩包，拎在手上。他們沿著天橋邊走，女孩一直望著橋下。

「啊呀，」她忽然道，「那輛是不是跑車？聲音好響哦。」

王飛超不答。

女孩又道：「上海真熱鬧。等我畢業了，一定要來上海工作。」

「妳什麼時候畢業？」

「明年。我在QQ上和你說過。」

「哦。」

「我什麼專業的？」

「什麼？」

「專業，我什麼專業的？我跟你說過。」

「英語嗎？還是會計……」

「我讀中文系。」

「哦，妳喜歡文學。」

「不喜歡。不過心情不好的時候，偶爾也寫點，放在QQ空間裡。你讀過嗎？」

「可能吧……」王飛超道，「我大學時喜歡文學。我們有文學社。」

「哦，你也寫東西？」

「不寫。年輕時寫過，誰年輕時沒寫過幾筆歪詩。」

「哦，你還寫詩？」

「很早的事了……想吃什麼？妳看對面，全是飯店。」

女孩拱起手掌，搭住眉骨，眺望了一下：「那兒有個大招牌，是什麼菜啊？」

他們下了天橋。女孩又道：「那個大招牌是什麼菜？」

王飛超說：「川菜。太辣了，而且都用地溝油。」

「什麼叫地溝油？」

「妳不看報紙嗎？」

「我上網。」

「地溝油有毒，別吃川菜。要不試試小吃？上海小吃很有特色，底下好幾家呢。」

「大招牌邊上是什麼？好像也是一家飯店。」

「現在不是吃飯時間，飯店可能不營業。妳看那個中式速食，轉角那兒，看見沒有，乾乾淨淨的。」

女孩猶豫了一下，道：「行啊。」

●

他們走進速食店。店內刷成橘紅色，天花板掛著兩排鳥蛋型的燈。靠門一排亮著，靠牆一排暗著。空氣中有清潔劑的味道，女孩輕咳幾聲。王飛超點了糖醋小排套餐。女孩要了紫米露、蜜豆牛奶冰和椰香咖哩牛肉套餐。她想坐靠窗位置。他瞧瞧窗外，一名路人也恰好扭頭看他。「坐裡面吧，」王飛超說，「安靜，能說說話。」

女孩說：「靠窗也安靜的。」但她乖乖跟著王飛超，坐到最靠裡位置。

他們把托盤放在桌上。女孩說：「你吃得真少。」

「我胃口一向不大。」

「怪不得身材不錯。」

「有小肚子了。」

「我看看，」女孩側到桌邊，瞄了一眼，「還好。你臉有點胖，身上不胖。」

「不是胖，是虛腫。」王飛超摸摸自己的面頰，順帶摸摸下巴。

「為什麼會虛腫？」女孩問。

「年齡大了。」

「你是個帥叔叔，就是有點眼袋。」

王飛超聳聳肩，拿起筷子。他們吃起來。

片刻，女孩道：「你不是要說說話嗎？」

「哦。說什麼呢？」王飛超將米飯劃拉到一處，看看錶，「知道現在幾點嗎？」

「幾點？」

「一點半。」王飛超放下筷子，拿出香菸和打火機。他撥動打火機，「叭嗒」一聲。

「可以嗎？」他問。

「可以，上海男人真紳士，」女孩說，「等等，你要不要嘗嘗紫米露？太好吃了。」

「那妳吃。」

「嘗嘗嘛。」女孩挖了一勺，遞過去。

王飛超掃視一下周圍，張開了嘴。他注意到女孩的手。

「手長得真好。」他說。

「是嗎？」女孩叉開五指，正反地看，「他們都說，我的手很有福氣。」

「嘿，手背上四個酒窩，」王飛超抓住她的手，「還這麼滑。」他說。

女孩微微笑著，注視他們闔在一起的手。王飛超放開她。

女孩繼續吃紫米露。王飛超抽著菸，不時吁一口氣，將繚繞的煙霧吹開。他觀察她的細眼睛，她的肉鼻子，她的薄耳朵。她低下頭，頸間顯出一道淺淡的橫紋。她的頭愈埋愈低，彷彿不好意思與他對視。

「吃不下了。」女孩放下塑膠勺，擦擦嘴。

「好，等我把菸抽完。」

女孩拿出一管潤唇膏，抹膠水似的，來回抹嘴唇。她抹得沒完沒了。

「放鬆點。」王飛超說。

「我沒不放鬆啊？」女孩瞥他一眼，又扭過頭，盯住牆上招貼圖。「圖片裡那碗紫米露，比我吃的這碗分量足。」女孩道。

「走吧。」王飛超將菸掐在米飯裡。

●

他們出了速食店。太陽更旺，曬在後頸上，微微有灼痛。女孩從包裡拿出一把摺疊傘，撐了起來。傘面有五顏六色的心形，一個角從傘骨上脫開了。王飛超皺著眉頭，默默前行。女孩跟緊他。

「我們去哪兒呢？轉了好幾圈了。」她終於問。

「我在找呢。附近有很多鐘點房的。今天奇了怪了，招牌都收起來了。」

「你常來這兒？」

「不常。」

「嗯，」女孩停下道，「我累了，想坐一會兒。」

王飛超看看她的腳。她的粉紅跑鞋裡，穿著肉色尼龍絲短襪。

「要不……在那兒坐會兒。」他引著她，走向一個路邊石凳。女孩一屁股坐下。王飛超摸摸凳面，撚一下手指，也坐下。石凳後是一壇鳶尾、冬青和美人蕉。大葉女貞的陰影罩住他們。風向一抖，一把碎金似的陽光灑在女孩臉上。

「皮膚真好，」王飛超捏捏她的臉，「重慶女孩皮膚都這麼好嗎？」

女孩似笑非笑，凝望遠方。王飛超又抓住她的手。女孩蜷起手指。王飛超一一掰直。女孩又蜷起。王飛超的手，環裹住女孩的手。他重重摁了一下。女孩轉過臉，咯咯笑起來。

「妳出汗了。」王飛超道。

「哪兒？」

「這兒。」

女孩用袖管擦擦人中：「還有嗎？」

王飛超摩挲她的手，俯在她耳邊，輕聲道：「上我家去。」

「不太好吧。」

「有什麼不好，我們在網上說好的。」

女孩不語。

「走吧。」王飛超將粉色背包甩在肩上，伸手拉她。女孩站起來，拍拍屁股。

「快，那兒有車。」王飛超疾走幾步。一個戴玫紅闊邊草帽的女人斜穿出來，搶先進了那輛計程車。

「冊那。」王飛超罵道。女孩站停在兩米之外。他們等了一會兒。

王飛超道：「平時車子很多的，今天怎麼了。」

十幾分鐘後，終於有輛頂燈亮綠的計程車，從街角磨磨蹭蹭轉過來。王飛超出手叫停，讓女孩先上。

「師傅，筆直開，前面路口左轉。」他關上車門。

「去哪兒？」

「先別管，我給你指路。」

司機壓掉計價器，車子開動了。王飛超鬆弛下來。他瞧了瞧女孩。車子猛然左轉，女孩被甩向右邊，貼在他身上。王飛超借勢摟住，一手搭住她的大腿。

「你住哪兒？」女孩問。

「妳對上海熟嗎？」

「不熟，也沒熟人，第一次來。」

「那走走看看。」

「你陪我嗎？」

「看吧，我還要上班。」

「今天星期六。」

「那行，如果有時間的話。」

「我想買件衣服。」

「行啊。」

「你陪我嗎？」

「有時間的話。」

女孩從王飛超手裡拿過背包，掏出一本時尚雜誌，嘩嘩翻到一頁，說：「我想去ZARA看看，聽說裡面衣服特別時髦。」

王飛超瞄了一眼雜誌，將手從女孩腿上挪開。「可以啊，去看看，有機會的話。」

「放心吧，」女孩睒睒眼，「我只是好奇，隨便看看。萬一真看中什麼——我是說萬一——就買一件，肯定不貴。你放心吧。」

王飛超尷尬一笑：「哪兒的話，貴也沒關係。」他瞥了一眼中央後視鏡。出租司機也恰好從鏡中看他。這是個五十歲左右的司機，有一對沒睡醒似的小眼睛。王飛超轉視車外。女孩仰靠在椅背上，腦袋一偏，閉起眼睛。

「怎麼走？」司機問。

王飛超指了幾下路。「冊那，雙休日都堵車。」他說。

司機沒有接話。

王飛超看看手錶，瞅瞅窗外，又拿出手機，把玩了一會兒。車子忽然加速，變了個道。

王飛超拍拍駕駛座椅背，道：「就前面，過馬路停下。」

車子停下了。王飛超給了錢，要了發票，推醒女孩。女孩下車後，木僵僵站著。王飛超將背包還給她，道：「妳跟著我，離遠點兒。我先上樓，妳按樓下那個鈴就行了。我在一二〇三室，記住，一二〇三。」女孩點點頭，揹起雙肩包，撐開小花傘。

王飛超大步向前。女孩緩緩跟著。王飛超沿著馬路，走了一百多米，進入一個社區。入口處保安朝他笑笑，他假裝沒看見。王飛超踩過草叢，穿過小石橋。石橋上滿是鞭炮屑，和幾枝踩扁了的紅色康乃馨。王飛超轉了兩個彎，停在一座樓前。他回了回頭，看見女孩的小身影。

王飛超上樓、進屋、換鞋，喝了一杯冷水。他脫掉夾克，解開一粒襯衫鈕釦，又解開一粒。他進臥室，拉上窗簾，疊起被子，想了一想，又攤開來，捋捋平整。這時，門鈴響了。

女孩靠在門邊，眼睛亮亮的：「剛才在樓下，正好有人開門，就跟進來了。我還擔心記錯房間號了呢。」

王飛超拽她進來，關上門道：「換拖鞋吧。」

女孩換了拖鞋，東張西望道：「哇，豪宅啊，有錢人。」

王飛超接過她的包，放在客廳茶几上，問：「喝水嗎？」

「好的。」

王飛超倒了一杯水，遞給女孩。女孩捧著水，在客廳裡走來走去。她停在酒架前，摸摸架上的水晶天鵝擺設，問：「你平時喝酒嗎？」

「喝。」

「喝紅酒嗎？」

「不，白的，二鍋頭。」

「酒量好嗎？」

「很容易醉。」

「那還喝？」

「醉了才好。」

「怎麼個好法？」

「你一個人喝，一瓶瓶喝。喝到最後，酒精跟火似的，把你整個人從裡面燒起來。喝得像是掉了腦袋，像是死掉了，這就差不多了。」

「腦袋變得很重嗎？」

「很輕，輕得沒有了。」

「你經常喝醉嗎？」

「經常。」

「最近喝醉過嗎？」

「昨晚就喝醉過。」

「一個人嗎？」

「一個人。」

「在哪兒喝的？」

「家裡。」

「喝二鍋頭嗎？」

「噯，妳問題真多，是在做調研嗎？」

女孩笑了，看著他道：「你不像。」

「什麼？」

「你皮膚這麼白，穿衣服這麼講究。你像那種聽高雅音樂，喝進口紅酒的人。」

王飛超從女孩手裡拿過水晶擺設，放回原處。女孩拐進轉角吧檯。檯面上有個壓克力相架，女孩端詳起來：「你老婆真有氣質。」

王飛超過去，將相架反扣下來。

「看看嘛，」女孩又豎起相架，擦擦上面的灰，「表情很嚴肅，像個女強人。她去哪兒了？」

王飛超猶豫了一下，道：「出差。」

「去哪兒出差？」

「不清楚。」

「結婚多久啦？」

王飛超頓了頓：「很久了。」

「有孩子嗎？」

「沒。」

「為什麼不生？」

「行了。」王飛超奪過相架，走到茶几邊，將它壓在女孩雙肩包下。

女孩看著他，啜了一口水。

王飛超道：「慢慢喝。」

「剛才渴得要死，現在不想喝了。」

「好，那就不喝。」

「能用一下廁所嗎？」

「能，當然能。」王飛超帶她到客用衛生間。

女孩關門前，朝他眯眼一笑。王飛超聽到扣插銷的聲音。他鬆開襯衫袖扣，解下皮帶，放在客廳茶几上，雙手插著褲兜，瞧著女孩的雙肩包。

他聽到馬桶沖水聲。女孩出來了。

「水別甩在地上。」王飛超抽出兩張面紙巾。

「哦。」女孩接過，擦了手。

王飛超幫她把濕紙巾扔進廢紙簍。

女孩盯著廢紙簍看：「這是宜家的嗎？」

「不清楚。」

「是宜家的。成都和北京也有宜家。」

「妳去過北京？」

「是。剛去。」

王飛超放低聲音道：「也是去會網友嗎？」他走近她，靠住她，抓起她的一雙手。她指縫濕漉漉的。

「去會網友，但沒會著。」女孩說。

「為什麼沒會著？」王飛超引著女孩，慢慢挪向臥室。

「我去的時候，他臨時出差，不在北京。」

「放妳鴿子了。」

「他也不是故意的，工作任務嘛。」

「我多好，我不放妳鴿子。」王飛超將她攤在床沿上，俯身吻她的嘴。

女孩斜過腦袋，道：「等等，讓我摘了頭箍。」

王飛超等她摘掉頭箍，又俯下去。

女孩道：「你老婆會回來嗎？」

「不會。」

「萬一呢。」

「唉，你話真多。」王飛超扶她起來，一屁股坐到床邊。

「你生氣了。」女孩挨近他。

「沒有。」

「哦，那麼，先說會兒話吧。」

「說什麼呢？」王飛超漫不經心地，瞄一眼床頭石英鐘。

「我也不知道說什麼。我心裡有點不踏實。」

「在我家是安全的。」王飛超摸摸她的大腿內側。那兒光爽得沒有一根汗毛。

「你會欺負我嗎？」女孩問。

「不會。」王飛超的手，慢慢滑向大腿根部。

「我害怕。」

「怕什麼，妳又不是處女。」王飛超勾住女孩的內褲。

「唉呀，討厭，我不是指這個。」女孩掙脫開去。

王飛超皺了皺眉頭，從床頭櫃抽屜裡拿出一包菸，將櫃上的菸灰缸拖近。菸灰缸裡十多支菸蒂，黑的黃的菸灰，浸脹成糊狀。王飛超點了一根菸。「妳考慮清楚，」他說，「考慮好了，我們再來。」

女孩呆呆望著牆壁。牆壁是白色的，配著胡桃木踢腳線。白牆壁在暗光中，顯出一點灰藍。女孩突然跳起來，背對王飛超，除下連衣裙和尼龍襪，鑽進被子，將胸罩和內褲扔出來。

王飛超瞧了瞧地上那堆衣物，掐掉菸，也脫個精光，進入被子。女孩一直扭著頭，不看他。她往床邊躲了躲，王飛超摟住她，親一下她的額頭。

女孩回過臉來，說：「你失望了吧？我不是美女，還很胖。以前網上給你的照片，是PS過的。」

「我知道PS過。你們小女孩的照片都一樣，嘟著嘴，眼睛朝上翻，做個『2』的手勢。」

「你失望了。」

「不失望，」王飛超抓住她的手，舉到被子外，「妳這麼年輕，跟一朵花似的。」

「花？什麼花呢？詩人。」

「別叫我詩人。」

「詩人。」

「媽的，」王飛超拍她一下，「非得這麼搞嗎？」

「抱抱我。」

王飛超抱她。他捏住她的下巴，瞧她的臉：「怎麼啦？」

「沒什麼。」

「幹嘛哭呢，」王飛超墊直枕頭，坐起來，「唉，妳會把我搞陽萎的。」

女孩拉住他的手臂，重新環到自己脖頸下。「他不要我了。」

「誰？哦，男朋友吧。」

女孩又抹眼睛。

「這麼小的事情，」王飛超道，「妳真是個孩子。」

「我很愛他。」

「得了。」

「他很優秀。」

「再優秀也是狗屎。聽著，男人就是狗屎。」

「你也是嗎？」

「我當然是。我是狗屎中的狗屎，臭狗屎。」

女孩笑起來：「你很好。」

「我不好。」

「你很真誠。」

這個夢，他做過很多次。他總在等待槍響時醒來。他想和什麼人談談這個夢。他希望她幫助他。可她一個字也不願談。「有什麼意思呢，過去那麼久了。」她總是那副表情。她像一塊鐵，硬邦邦的。

「放屁，我最會騙人了。」王飛超說。

「你騙我了嗎？」女孩問。

「騙了。」

「騙我什麼了？」

「我不叫張超。」

「啊，那你叫什麼？」

「我叫……李超。」

「李超哥哥，你還騙我什麼了？」

「你說呢？」

「我男朋友，騙我說只愛我。其實他有很多女人。」

王飛超笑起來。

「這不好笑。我懷孕了。」

「哦。」王飛超不笑了。

「我自己去做流產。」

「疼嗎？」

「不疼，全麻。醒過來的時候，就我一個人……我走到手術室外面，躺在長椅上。長椅冷冰冰的。就我一個人。天冷得要命，很多人走來走去，他們都不理我。我覺得像是死了。」

王飛超按按她的肩膀，在她臉上親一下。她的眼淚鹹苦。「別說死不死的，行嗎？」他說，「妳那麼年輕，還沒活明白呢。」

「我會死的。我覺得我已經死了，心死了。」

「得了，文藝書看多了吧?!」

「你不知道。」

「不知道什麼？你們小女生的小情小調嗎？」

「你不知道死的感覺。我問你，你見過死人嗎？」

「見過。」

「我也見過，我爺爺死了。你哪個親戚死了？」

「我見過不止一個，都像妳這麼大。那時候，我也像妳這麼大。」

「哦？什麼時候？」

「行了，不說了。」

「你見到多少死人？」

「不說了。」

「天哪，你沒騙我吧，告訴我吧。他們為什麼年紀輕輕就死了？」

王飛超推開女孩。女孩腦袋撞到床頭，嘭然輕響。王飛超看看她，沒有動。女孩「嘶」了一聲，爬過來道：「你生氣了？你真的生氣了。」

「別鬧了，我不生氣。」

「這就好。那麼你講講吧。」

「我們今天幹嘛來的呢。」

「唔，我們是網友見面。」

「網友見了面幹嘛？」

「上床。對啦，我要睡一百個網友，我要報復我男朋友。」

「報復什麼呀，傻妞。」

「我真的要報復他。」

「別傻了，不值得。」

「我恨他。」

「行了，沒什麼人值得妳恨。男人都這樣。」

「不可能。也會有好男人的，只愛我一個。」

「行，妳愛這麼想，就這麼想吧。」

「你說，男人真都這麼壞嗎？」

「是，男人都這麼壞。妳死心吧。」

「那我更恨了，快來，讓我報復男人。」

「好了好了，把衣服穿起來。」

「我不，幹嘛推我呀。」女孩抓了抓他的下身。

「唉呦，」王飛超笑起來，「妳啊妳，妳要是我女兒，我拿鞋底板抽妳。」

「快，跟我做愛，來嘛。」女孩笨拙地扭動身體。

王飛超掰開她的手：「好了，別鬧。」

「你對我沒興趣。我又胖又醜，還被男朋友甩了。」

「至於嘛，睡會兒，」他將女孩雙手塞進被子，捂住，「瞧你的眼睛，全是血絲。」

「我上了一天一夜的網。」

「勾搭網友吧？別這樣。我給妳買張票，回重慶去。」

「我不。」

「別自私，想想妳爸媽，該心疼妳了。」

王飛超伸出手掌，罩在女孩眼上。她安靜了。他往下一捋，她乖乖閉起眼睛。王飛超挪開手，又取一根菸，點上。屋裡有點悶，他感覺鼻腔又癢又堵。窗簾縫透進一線光，那光碰到起伏的被子，就彎折起來。女孩輕輕起鼾了。

王飛超將菸蒂掐在菸灰缸裡，想再來一根菸，又想喝幾口白酒。他側過頭，伸手撚撚女孩的頭髮。女孩「嗚」了一聲。王飛超掖緊被子，在他們之間掖出一條界溝，然後雙手放入被中。他摸到鬆垮垮的肚子，扁圓的肚臍眼。他按了按自己的下身。

石英鐘「咔嚓咔嚓」，每一次秒針走動，都像有一把小鍘刀落下。王飛超注視白色床尾凳，以及再遠一點的胡桃木組合櫃。昏暗中，它們似乎大了一圈，顯得比例失調。他覺得自己仍在北京，在那間小屋裡。當他仰躺時，能看見天花板的蛛網，和一隻靜伏不動的黑蜘蛛。她才二十歲，紮著「小鹿純子」頭，髮稍攤在他胸口上。他隨手一摸，摸到她的臉。她皮膚那麼緊湊，顴骨上肉鼓鼓的。她在說話，她讓他一起回老家，看望她的寡婦母親和腦癱姊姊。她老家在哪兒呢？這個時候，槍聲應該響了。他即將聽不見她說話。他等待著。槍沒有響。他意識到自己在做夢。

王飛超四肢沉重，眼底發疼。我在哪兒呢？他扭頭看看女孩，又扭到另一邊。菸灰缸裡密密插著菸頭。他仰躺下來。天花板乾乾淨淨，沒有蛛網。他想著剛才的夢。

這個夢，他做過很多次。他總在等待槍響時醒來。他想和什麼人談談這個夢。他希望她幫助他。可她一個字也不願談。「有什麼意思呢，過去那麼久了。」她總是那副表情。她像一塊鐵，硬邦邦的。她怎麼熬過來的？是的，那不是她的室友，不是她的哥們兒。可她有一個表哥，當時在外面，在那兒。也許她和表哥關係不好……誰知道呢。她彷彿一夜之間，變得鐵石心腸。她是一週後搬出學生宿舍的。她扛著一箱書，肩膀不停打顫，眼皮都憋紅了。她拒絕他幫忙，卻用那種眼神看著他。彷彿她要被壓垮了，要完蛋了，但她不甘心。

王飛超取了一根菸，又放下。他渴望有瓶烈酒，燒燒嘴裡的苦味。他目光掃了一圈，沒有看到自己的短褲，索性光著身子，走到客廳裡。他給自己倒了杯涼水，嘴裡含上一口。他走去坐到沙發上。沙發陷進去，溫柔地裹住他的屁股。他看著茶几，看著吧檯，看著高腳轉椅，彷彿第一次看到它們。隨後，他看到那只壓克力相架，端端正正放在吧檯上。她在相片裡注視他。她瘦了，顴骨畢現。她變成了另外一個女人。王飛超吃了一驚。他記得進臥室前，相架被他壓在了茶几上。他瞪著女孩的背包。也許是老了，記憶力不行了。他這麼想著，被一股孤獨感擊中。

王飛超將涼水一飲而盡，回到臥室，鑽進被子。他等了一等，斜過一隻手，探到女孩那邊。指尖觸到她的皮膚。他輕輕磨擦兩下，縮回自己這邊。他覺得自己的皮膚粗糙硌手。他又伸到女孩那邊，抓住她的手。她的手那麼小。她的手腕圓滾滾的，繫著一只紅繩穿起的黃銅小鈴鐺。鈴鐺輕響了一下。女孩叉開手指，和他的手指糾纏起來。

這時，窗外鞭炮大作。王飛超顫了一下。

女孩的聲音隱隱約約：「怎麼啦？」

王飛超正過身體，癱陷在枕頭裡。他的表情看起來十分難受。

「怎麼啦？」女孩搭住他的胸口。

鞭炮又起，這回是七八枚雙響。王飛超抱緊女孩。女孩抽出一隻手，輕撫他的頭髮。他的髮根花雜了。鞭炮驟然停住，樓下小孩玩耍聲、附近工地打樁聲，也瞬間一起消失。

女孩細細地說：「我透不過氣了。」

王飛超鬆開手，避開她的目光，轉身拿了一根菸。

「你沒事吧？」女孩問。

王飛超將菸放回床頭櫃上，閉起眼睛。

「你還想做——愛嗎，今天？」女孩問。

「幾點了？」王飛超問。

女孩從王飛超肚子上壓過去，看了看石英鐘，道：「四點半了。」

「我們去吃東西。」

「下午剛吃過。」

「我想吃點。」

「那好吧。」

女孩鑽出被子，磨磨蹭蹭穿衣。王飛超扭頭不看她。過了會兒，他下床撿起衣褲，一件件穿起來。他在地上找皮帶，又翻著被子，在床上找。女孩道：「是不是放客廳裡了。」王飛超在客廳茶几上找到皮帶，繫上，又從沙發邊櫃取出車鑰匙。女孩拎起背包，跟著他，輕手輕腳出去。

電梯門關上後，女孩說：「噯，別這樣，你說說話。」王飛超盯著樓層按鈕。電梯在九樓停住，進來一個中年女人，瞄瞄王飛超，瞥瞥小女孩。女孩不吱聲了。三人表情肅然，下到地下車庫。王飛超等中年女人離開兩步，才走出電梯。女孩默默跟著他。

他們坐在車裡。女孩按按座墊，問：「這是什麼牌子的車？」

王飛超不答。

女孩不說話了，鼓著嘴注視前方。地下車庫兩米高，空氣酸潮，惹得人想打噴嚏。一個穿淡藍制服襯衫，戴普藍大蓋帽的保安，坐在車庫門口，抱著對講機打瞌睡。王飛超緩緩駛過他。車子上行，外面的世界敞亮了。

「我們去哪兒？」女孩道，「唉呀，別開這麼快。求求你，我要跳車啦。」

「別怕。」王飛超說。

「你終於說話了。」

道路漸寬，陽光褪下去。女孩一手擋在額頭，以免瀏海被吹入眼睛，另一手在車窗下尋找按鈕。王飛超替她關上窗。車內剎時安靜，只有轉向軸「嗒嗒」作響。女孩聞到汽車香水的味道。

「我們到底去哪兒？」她問。

「朝這個方向，一直下去。我們能看到海。」

「我口渴了。」

「能忍會兒嗎？」

「忍不了，能不能買瓶水呢？」

王飛超又開出一段，停下。

「好好坐著，等我。」他下了車，走進一家便利店。女孩看見他的腦袋在貨架間移動。俄頃，腦袋不見了。女孩斜著身體，努力張望。腦袋又出現了。王飛超走出便利店，兩手空空。他打開車門，從車頭櫃取了一把零錢，又進入便利店。片刻，他拎著兩瓶飲料，重新坐到車裡。他用掌側擦擦塑膠瓶蓋上的灰，遞了一瓶給女孩。

女孩說：「我更喜歡綠茶，不過冰紅茶也不錯。」

王飛超猛灌了一大口，閉起眼睛，打了一串嗝。女孩看著他。

王飛超道：「本來想請你吃飯的，可惜身邊只有二十多塊錢了。」

「怎麼回事，被偷了嗎？」

「不，信用卡凍結了。」

「怎麼會的？」

「我老婆凍結的，這是她的錢。我是個吃軟飯的。」

「噯，別這麼說。她為啥這麼待你？你們是夫妻。」

「她有她的道理。」

「太過分了，沒有這麼對待老公的。」

「別這麼說她。」

「好吧。」女孩也灌了一口飲料，不說話了。

王飛超迅速喝完飲料，將空瓶夾在腿間，啪啪捏響著。

「現在我們去哪兒？」女孩問。

「不知道。」

「你說要去海邊。」

王飛超不語。

「噯，你怎麼啦？」女孩猶豫了一下，摸摸他的胳膊。王飛超不動。女孩順著他的肩膀，慢慢往上摸。王飛超捏住她的手，用了用力。女孩也用了用力。她將另一隻手也闔上去。王飛超轉過身。他的臉皮是青白色的。他伸出另一隻手，與女孩相握。

「妳的手，」他低頭親了一下，「我喜歡妳的手。像小孩子的一樣。」

「我就是小孩子。」

「像嬰兒的一樣。」

「喜歡嗎？」

王飛超又親了一下。

「你感覺好點嗎？」女孩問。

「沒事。我沒什麼事。」

「你們怎麼了？我覺得你還愛她，她不愛你了。」

「妳不懂。」

「我是不懂。你可以說給我聽聽。雜誌上說，男人外表堅強，內心很脆弱的，有時比女人還需要傾訴。」

「妳呀。」王飛超微微一笑，放開她。

「你愛她嗎？你看起來很難過。你一定還愛她。可你為什麼還要和網友見面呢？」

「妳說的都是小孩子話。」

「你別老說我小孩子，我不是小孩子。你剛剛在家時，就有點不對勁。讓我想想……你害怕放鞭炮嗎？你好像怕極了。」

「放鞭炮……聲音像是開槍。」

「哦，」女孩想了想，「你聽見過開槍？」

「聽見過。」

「真的槍？」

「真的槍。」

「打仗嗎？」

「妳真想讓我說嗎？」王飛超問。

「別這樣看我，我會喜歡上你的，」女孩笑起來，「其實你的眼睛挺好看。」

「瞎說。」

「你年輕時是不是瘦一點。」

「瘦很多。」

「你年輕時肯定是帥哥。那時我碰到你，保不準愛上你了。」

王飛超頓了頓，轉過身，搭住方向盤。

「噯，你說吧，」女孩道，「你剛才想說什麼來著。」

「沒什麼。」

「你說啊。我想聽。」

「我不知道該不該說，」王飛超聲音沉下去，「這些年，我總想找人說說，也許說過了，就能好起來。本來該和她說的，但她不願聽。」

「我願意聽。」女孩拉住他的袖管，一臉的善解人意。

王飛超覺得有點可笑。但他沒有笑。

「那時候，」他說，「我們還在讀大學。我有一個最好的哥們兒，叫林浩。有時候我閉起眼睛，就能看到林浩的樣子。小眼睛眨巴眨巴，像是壞人，但其實特義氣，特單純。他自己沒什麼錢，還借錢給人家。到小飯館吃飯，也經常是他買單。他是山東人，跟我上下鋪，籃球打得很棒。那個三分上籃，帥呆了。媽的，後來我再沒打過球。」

他看了看女孩。

女孩睒睒眼：「後來呢？」

「後來槍響了。」

「什麼意思？」

「打槍的聲音啊，不像鞭炮那麼一串串的，是一聲一聲的，啪——啪——。有人在那兒大喊大叫，嘩啦啦地跑，還有人推著自行車，擋泥板擦著輪胎，咔、咔、咔。我一輩子忘不了那聲音。她也怕極了，我們緊緊抱著。我們在一間租的小屋子裡，我們沒去那兒，我們那時候在談戀愛，整天想著搞雞巴事。那時她和妳一樣大。嗯，妳多大？」

「我九〇年生的，水瓶座。你什麼星座？」

「真好，妳生得正正好，不早也不晚。我們是兩代人。」

「你哪有那麼老。」女孩說。

「妳還年輕，妳會有自己的生活。」

「你也很年輕啊，別這麼消極好不好。」

王飛超瞅著她，微微一笑，又沉住臉。

「怎麼啦？我沒聽懂你說什麼。」女孩問。

「妳是個好孩子。妳要好好的。以後找個好男人，踏踏實實過好日子。」

「那麼李超哥哥，以後我畢業了，能不能幫我在上海找找工作？」

「我能幫誰呢？我就是個吃軟飯的。」

「快別這麼說。」

「廢物，雜種，窩囊廢。」

「別說了。」

「妳是個聰明孩子，妳找得到工作。妳只是太年輕了。」

「你也找得到工作。」

「我是一個廢人。那年以後，我就不知道幹嘛要活著。好像沒什麼值得活著的。每天吃飯，睡覺，打發時間，亂搞女人。就是這樣。」

「唉，怎麼會這樣。我沒聽懂。你老婆為什麼把你的卡停掉？她太壞了。」

「她不壞，她很好。她比我堅強，吃的苦比我多，她挺過來了。」

「哦。」

「那天以後，我每次想和她搞，腦袋裡就會有槍聲。我在她面前不行了。」

「什麼意思？你們不做愛了嗎？為什麼？如果不做愛了，為什麼又要結婚？」

「我必須娶她。」

「為什麼？」

「我們不是躺在同一張床上，我們是躺在同一副棺材裡。」

「我愈來愈不懂了。」

「妳是九〇年出生的小小孩子，妳怎麼會懂。」

「別把我當小孩。我不喜歡別人把我當小孩。」

「妳就是啊。」

「唉，我覺得有點喜歡你了。」女孩的表情，像要哭起來。

「別鬧。」王飛超說。

「那麼你說你愛我。你就假裝一下嘛，安慰安慰我。」

王飛超扭過身，和她擁抱了一下。「妳的襪子呢？」他問。

「只找到一隻，另一隻來不及找了，看你急著要走。」

「餓嗎？」

「不餓，就是有點冷。」

「那麼，我們去那家衣服店看看，叫什麼來著。」

「ZARA。」

「好。不過我沒錢給妳買了，我們看看去。」

「你的故事講完了？」

「講完了。」

「你好受點了嗎？」

「妳知道那家衣服店在哪兒嗎？」

「不知道。你知道嗎？」

「我更不知道了。那麼，就筆直開，一直往前開吧。」

——原載二〇一一年八月八～十二日《中國時報》

神的聲音

吳鈞堯

福建金門人，現職《幼獅文藝》主編，兼任東吳大學、世新大學、南山中學等現代文學講師，曾獲《時報》、《聯合報》等小說獎，梁實秋、教育部等散文獎，二〇〇五年獲頒五四文藝獎章，繪本著作《三位樹朋友》獲第三屆國家出版獎，入圍香港豐子愷兒童圖書獎。以五年心力完成的金門歷史小說《火殤世紀》，獲二〇一一年臺北國際書展小說類十大好書、第三十五屆新聞局圖書類文學創作金鼎獎，簡體字版即將於重慶出版社發行。目前傾力完成長篇小說《遺神》。

聲音。什麼是聲音？這是一個有趣的問題。因為祂現在，已無法辨別塵間有意義的、跟缺乏內涵的一切聲音。何必分辨呢？永恆的聲音經常跟人間無關，那些沒有溫度的，譬如狂風颳、大雨作、急雷打，才是永恆，以及夏日初來第一聲蟬鳴，秋天甫過紡織娘振動它們粉紅色薄翅，冬日新到大地龜裂，以及自然春回，綠芽如海的波浪，從這頭掃過，從彼端奔回。

這才是真正的聲音。

祂，站在人們為祂豎立的高台，頭大耳尖，定風珠含在嘴中，是頭雄獅，卻仿人，挺直腰桿，雙爪平舉過肩。台上一只香爐，燒盡的香柱參差歪立，紅色披肩掛身，卻是褪色、卻是破朽，再不多時，或者再起一陣大風，披肩將被撕扯破爛，就要露出祂赤裸渾白的、著病了一般的土夯本色，以及被披肩遮掩住，一只巨大的葫蘆。

巨大的葫蘆是祂初初被塑為神時，人們經過祂，最醒目的焦點。孩童愛在祂身旁，摩挲葫蘆玩，婦女多在午寐跟農作閒暇時，趁人少，焚香禱告，先偷偷以眼膜拜，繼而飛快滑過祂的大葫蘆，渴望生個男丁。祂曾經積極回應居民禱告、曾經滿身大紅披肩。彼時，大風過，掀起祂身上數十條披肩，渾如天神駕馭晚霞蒞臨人間。

祂不再回應人間需索，因為祂不再聽到這些聲音，祂像一座豎立的墓穴，只是人們不知道墓穴裡頭，是一個已死的神。

祂，聆聽四季，聽蜈蚣爬進祂洞開的嘴，聽見麻雀在祂嘴巴啄，聽螞蟻伸觸角，傳訊息，不一會兒，螞蟻匯集，協力搬動棲息在祂葫蘆、卻死在祂葫蘆上的蟬。

蜈蚣逃出麻雀的嘴？螞蟻搬走最後一片蟬翼？葫蘆長了青苔？祂都聽到了。幸好，祂只聽見這一切。

關閉聽覺之外的感官後，時間對祂已了無意義，祂的記憶還在飛翔。祂初生時，照料祂的乩童，已如一陣煙霧，驀地散入霧中；陳淵呢？金門的最初神祇，祂牧馬的故事彷彿烈陽下、乾柴裡，劈啪一聲；黃偉、蔡復一等，由人而神的名臣、名將，已被各自的信徒圍繞，祂聽見迎神的陣仗一路吹鼓吹，來來回回；祂的塑像睜大眼，祂的內心卻閉緊眼。春去秋來只是時間的計量，老朽的，只有軀殼。祂沒有老，神不老，不死，卻會哀傷。

萬一，人的聲音跟四季、螞蟻、蜈蚣的騷動摻雜在一塊兒，祂沒來由聽到，忽然祂就打起冷懍；祂聽到的已無關祈禱、懇求或喃喃，而是鑿鑿鑿、咳咳咳、崩崩崩，從一個冷寂的墓室傳來。

祂沒料到自己也會有夢。夢，竟然不是人的專利，神有夢，而且深冷，沒有溫度。

鑿鑿鑿、咳咳咳、崩崩崩。倏然，祂又回到墓穴，看見婦人囚禁穴裡，啃光最後一片餅乾、喝完最後一滴水，點上最後一支蠟燭……也許並不是最後一支，但那無關婦人的命運，她要的不是燭光，是洞穴外一點自然光。婦人臨死前，並沒聽到她漸要隆起的腹腔之中，聲音愈來愈弱的心跳。祂聽到了。鑿鑿鑿、咳咳咳、崩崩崩。這是婦人肚子內的聲音、也是婦人臨死前，睜眼，盯著暗黑的墓穴牆壁，所幻想的唯一聲音。如今，它們嵌合了，一在內、另在外，都響在祂的耳朵裡。

汗沁涼，流下祂的背脊，魂方回，暈頭暈腦，整副軀體幾乎從台上跌下去。祂整理精神，見著眼前一名婦女，持香膜拜，嘴中念念有詞。

祂不禁惱怒，方才的惡夢來自婦女的禱告。祂既醒轉，又豈能再被干擾。祂專心聽著遠遠樹林裡，一隻蟾蜍爬出藏身的樹洞。蟾蜍臉，滿疙瘩，哪瞧得出快樂還是不快樂，祂卻知道牠是快樂的。透過蟾蜍的聲音，祂看見蟾蜍的世界。

看見，一個滿是夏蚊的樹林。

這個傍晚，除了蟾蜍，還有一窩牠的蟾蜍孩子；牠們一隻隻跳出洞窟來，正吐舌，探觸這一天的溫度。

聆聽。什麼是聆聽？這問題像打啞謎。如果一個人的疑惑，在這世界找不到可以對等述說的人，尋不著一床有溫度的棉被，缺乏可以拭去淚水的手帕，跟生命面對時，我們的容貌能是什麼？

我們在各種場合說話。通常，這些聲音並不透過嘴巴。比如清晨，從柴房的雞窩中，摸出一顆新下的蛋，到廚房，敲擊碗公邊緣；殼破，蛋白是露水，把蛋黃洗得晶亮，持筷，打混透明跟蛋黃的界線，熱水入碗，透明成了白色、黃色變得淺黃，清香隨之升起。我們在心裡說，這碗蛋湯是一帖藥。

端午節前，往田埂走，雜草總在作物間錯落，拿鋤頭掘，走這頭，回那頭。清晨，麻雀棲息田邊樹，唧啾啾，正跟一鋤鋤的揮動形成節奏。麻雀跟鋤頭、人跟清晨；蝴蝶跟茶壺、人跟露水，不只是單純的四季勞動，或者大霧茫茫、或者掌繭重重，有些聲音埋伏在不說話的風景中。

中秋節後，風粗獷、大地枯、飛鳥絕，農人農婦沿田間，撿拾收割時，遺落田中的小麥穗、花生跟地瓜。眼睛，張開再張開；腰桿，彎曲又彎曲。這些沉默的姿態又說出什麼不靜默的聲音？

誰知道這些是聲音，誰來聆聽？

沒有人聽，不代表陳品娘就不說話。傍晚後，晚餐前，陳品娘環視一室的黑暗。黑暗，因為燭光一盞微醒，顯得更黑。它照耀。它閃動。八月天，床上的人蓋緊棉被。棉被厚實，容貌、身形、呼吸，都被遮掩。遮掩不住的，是陳品娘心頭的眾神。恩主公陳淵。三太子哪吒。土地公。文武名臣黃偉、蔡復一。灶神。錯落島間各村的風獅爺。太武山麓一間低矮的廟，廟裡供奉太武夫人，旁邊一座不知風雨侵蝕抑或傳說模糊，致使面貌難辨，渾似人蛇合體的陪神厲歸。媽祖婆與大道公。觀世音菩薩。祂們陳列燭光周圍，各自以慈祥的眼神看著陳品娘，再緩緩移動視線，注視床上的人。

陳品娘一開口，眾神也跟著開口。

眾神說話的樣子各有不同。陳淵說話，鬍子微微顫動；黃偉邊搖頭邊說；蔡復一微蹲虎步，神態威武；灶神頭頂冒煙，右手做微風拂過狀；土地公笑容可掬；太武夫人揚起拂塵；三太子哪吒駕著火輪繞室內跑；不清楚是人還是蛇的厲歸，沒有嘴巴的塑像無法語言，頭卻高抬；大道公凝視媽祖婆，還有無盡的愛戀要述說；觀世音菩薩低首垂眉；風獅爺則喝、喝、喝，大喊。眾神後頭的千里眼、順風耳，祂們的語言是看得更遠的眼睛、聽得更細的耳朵，紛紛睜目、拉耳。以及大樹神、石頭公，以及王爺、關帝爺。

每天一次，陳品娘在日夜交接之際，在傳說中鬼神的出沒時刻，默念禱告。眾神跟她，誦讀同一份禱告詞，卻音階與口音各異，宛如一場龐大豐富的交響樂。這匯流交響的語言，卻宛如鎖在一只狹隘的墓穴。陳品娘嫁入林家多年，卻無子嗣。丈夫林資華久病不起。做女紅的手無法幫丈夫把脈。長繭的指頭不是一帖藥。滿是紅絲的眼並非火眼金睛。黯澹的皮膚不是最後的冬天。如刀削的臉頰更不是藥方。那麼，迎眾神、會日夜、齊禱告呢？

陳品娘移出暗室，進廚房料理晚餐。

灶神，被刻在灶頭的牆上，日夜吃煙，束髮髻、留髯鬚的模樣，已難辨識。灶神兩個浮雕的字，還沒有被煙塵湮沒，立在灶頭頂端，看著人間煙火。

人是什麼、該是什麼？神，很少想像這樣的問題。這問題，掛在神的背脊，眼看不著、手搆不到，驀然間，千年過、萬年遷，問題不再是問題，而籠統為一個概念：於佛，人是輪迴萬苦萬衷的修行者；於太武夫人，人是唯一可以跨越時空的動物，能夠憑藉修煉進入化境；於老子與莊子，人是一件要被掙脫的衣服，紋飾、語言等，都是障礙；於陳淵，人可分為蠻夷與中原；於黃偉與蔡復一，人是一種向上的意志；於厲歸，一個渴望成仙的土著，人是懂得跟不懂得文字的差別；於風獅爺，人，創造祂與毀滅祂。

被人創造為神的風獅爺，還承繼佛、釋、道，以及民間俗神種種的，關於人的詮釋：人，手無寸鐵；人，無父無母；人，嗷嗷待哺。風獅爺回到百年前，看著一座墓穴的落成。首先，風水師父接受富家聘請，拿羅盤指方位，辨別層層疊疊的山峰流水，何是烏鴉穴、白鶴穴。購地，裁定墓穴大小方位，道士焚香祭拜，陰宅構築。人，存活時，已籌幄死後永恆的眠址。為數更多的人，卻汲汲一瓢一食。比如那婦人，喜氣洋洋打扮，仿如大喜之日，被送進一只墓穴。墓碑上，卻沒有她的名字。她的後代，如何在清明節為其掃墓、掛墓紙，如何吟念對先母、先祖的思慕。

這是一個人，一個與人間斷了線索的人；卻是這個人，聯繫了神跟人的關係；神，該如何看待人？

風獅爺陷在祂的問題裡。風獅爺阻斷祂對人間的聆聽。祂只聽四季，聽風聲蟲鳴。祂如何辨識一隻大蟾蜍，看見夏蚊飛滿黃昏，張眼、吐舌，露出滿足的笑容。

風獅爺陷入回憶時，聽見更多的聲音。那時候，祂還沒有進入墓穴，看婦人瀕死，還沒有對人失去信心。窮人、富人跟做官的，都跪在祂的眼眉下，祈念風調雨順，事業順利，身體健康。禱詞千篇一律，卻似一顆顆香軟甜膩的星子，滑進祂土夯製的胸膛，倏然，群光迸、眾輝響，祂的身子忽而輕盈，掙脫祂的笨重軀骸，立在自己尖小的耳尖、踏在自個兒圓潤的前額，祂快活逡巡村落，三合院屋頂上的風雞、烘爐、八卦、仙人掌等避邪物全都驚訝閃動，黑暗中，祂跟群靈發出祂們或強或弱、或綠或藍、或紅或白的不同光譜。

想到此，風獅爺不由得發出緬懷童年般的嘆息。夜間飛行，已是一件太舊的記憶了，祂睜開眼，看見風雞立在屋頂打瞌睡；烘爐不再傳出溫度；八卦蒙黑，不再知道哪裡是陰、哪裡是陽；仙人掌枯死多年。祂想飛出塑像的束縛，才發覺早已使不上力。忽忽百年，祂坐困塑像中，祂就是祂自己的墓穴。

沉睡時，記憶醒轉，風獅爺聽到聲音。聽到人跟祂說話的聲音。聲音中，有香料使祂快活微笑；枸杞讓祂醒神；當歸使祂溫暖；柑橘氣味一到，即知秋冬；花生伴著糯米香，清明將屆；各種餅乾水果伴隨生辰忌日。有人說咳咳咳。有人說生意順利；有人說，夫遠行泉州，金門、泉州遙念相繫，彷彿妻也從金門遠行，夫到了多遠的地方，妻也在多遠的天涯；有人說父子平安；有人說，子不在歸途上，父母彷彿漂流。有人說崩崩崩。有人說官宦無憂。有人說，他鄉是最遠的凝視，有人說，神是最近的陪伴。有人說鼕鼕鼕。

人是什麼、該是什麼？

風獅爺夢見，祂在大海的一艘船上。祂被立在船首，大口吃進風、大聲放走浪。風大。超乎祂想像的大。祂吃進的風，卻撕扯祂的身體。祂翹立的小尾巴首先被毀。再是巨大的葫蘆。雙腳風枯，化成一陣沙，吹走。祂的身體由下而上消逝。祂依然站立，張大口，吞狂風。

一陣大浪來，祂被打下海。

海水灌進洞開的嘴，再在龜裂的身體流竄，一陣急促的聲音在祂體內敲擊開來：鼕鼕鼕、咳咳咳、崩崩崩。

人，死或不死，都有其淵藪。陳品娘決定死。

床上的棉被已失去它的緩慢呼吸，摺疊整齊。不再有人需要一盞燭光，提醒他、暗示他，人間猶有微光。雞下蛋，交給六叔上市場兜售，不需再以開水滾泡。陳品娘的丈夫林資華，躺作大廳內一個靜止的殘像。儘管他生前已如殘像靜止。林資華生前，曾多次顫抖移開被單，讓他的聲音透出棉被，一字一句宛如遺言，告訴她，再找另一個好的歸宿。陳品娘以死婉拒。那個時候的陳品娘是想活著的。活在林資華身旁，活在林資華的呼吸中。燭光滅了之後，任何時刻都像日夜交會。陳品娘不再呼喚眾神，但是，一室幽光彷彿記熟了陳品娘祈求的儀式，她站定，對床鋪投以注視時，深暗的空氣忽然縮緊，繼而鬆弛，眾神不待召喚，圍立著陳品娘。

陳淵。哪吒。土地公。黃偉、蔡復一。灶神。風獅爺。太武夫人。厲歸。媽祖婆。大道公。觀世音菩薩……陳品娘不再開口、或在心中默禱。陳品娘失去了她的聲音。她摸索床底，觸著一瓶備妥的藥，打開它，毫不猶豫地仰頭灌進。

風獅爺倏地睜開雙眼。

前一刻，祂聽見沒有聲音的聲音。這聲音超越四季蟲鳴、蝙蝠振翅，以及一隻大蟾蜍，在夏日野林的微笑。那是驚的一聲，時間落地、空間歸零。風獅爺眼前，黑悽悽、沉溺溺，祂在一間狹隘的房中。初始，祂以為做夢，回到不願再深入的墓穴。屋外微光透進，祂看見床上鋪疊完好的棉被，暗自慶幸這是一間房。祂靜心神，目漸明，看見陳淵、蔡復一、黃偉等眾神，或遠或近，參差站立。站擠著眾神，房間卻未因此顯得擁隘，牆退遠，邊界盡失，祂看見一個婦女持藥灌口，旋即倒臥、塌軟，白沫陣陣，湧出口鼻。風獅爺捻指一算，知道她是陳品娘，許配林資華為妻。林資華長病不起，未留子嗣，香火絕，路已盡。故而，她選擇以房間當她的墓室，她不渴望外界的一丁點光亮。她要死。

眾神圍繞站立，低眉垂首，眼前事，似僅幻影。

婦人雙十有四，身形瘦削，倒臥抽搐，彷彿雙腳正被不知名的力量持住，用力甩動。口沫甩出她的嘴巴、眼珠子甩出她的雙眼，雙手握拳，遲遲不願鬆懈。雙掌之間，恰是死亡，她握得愈緊，軀骸愈抖得厲害。

她，自作孽嗎，該死得悽慘？

她，哪裡作孽了，她只是認命。

她，認了什麼樣的命？

毒藥入胃，變成火，熊熊燃燒。腹腔開始鼓譟，往胸腔逼迫。逼不進的，便以刀劃開，強行進入。她渾身上下變成一把刀，四處竄。她忍住一口擠到牙根的聲音，聲音們被她溶化，成為一陣陣白沫。她痛到幾乎暈過去。風獅爺不知道陳品娘死了沒？她抽搐漸緩。被甩走的眼珠子漸漸回到眼中央，陳品娘已放棄感受她的痛苦，痛楚遠了，陳品娘柔和地朝著冥空微笑。眾神悚然一驚，紛紛論斷陳品娘。

陳品娘，就該認了這樣的命，死？

陳品娘瀕死前，卻以她的微笑，把房間布置成一個新房。那是她的新婚夜，林資華身體健好，能走能跑能吃能酒。他雙親早逝，叔父撫養成人，堂兄弟個個成家立業，才看見自己形單影孤。叔父為他聘陳品娘為妻。林資華協助叔父料管農田庶務，協助農夫購種、採收、販賣，終年勞累，身體日虛。清明節前後，氣候多變，早上晴陽，過午卻霪雨不止，林資華在田間淋了滿身雨。回家，微染風寒，但不以為意，不料，陰寒入身，吃了幾帖驅寒的藥，寒毒未去，卻徒增虛火。

虛火，也不是真正的火，沒有光，只有熱。蛋清洗不去，蛋黃無法生色。虛火無以煨暖棉被，陳品娘的手再快、再巧，賣出去的女紅也換不回驅寒滅火的藥。

林資華在眠寐中，常看見雙親的模糊影像，鬼火一般，忽上忽下跳躍。林資華從小就在演練跟親人的告別。一次次告訴自己雙親已死，卻未必真的死去。他曾聽說，倭國有鬼太郎，其父因病早亡，放心不下愛兒，致使他的一顆眼珠子跳出墳墓，變成一個眼妖，繼續看顧他的孩子。林資華常往父母墳塚，察看是否有一顆眼珠子或一根毛髮，鑽出墳。

金門有牧馬侯陳淵，三太子哪吒，土地公，灶神，風獅爺，媽祖婆，大道公，觀世音菩薩等信仰，黃偉、蔡復一、太武夫人等傳奇，抑或厲歸，一個額前刺有蛇紋的土人軼聞，卻無眼珠妖怪。妖若不在，神何在，鬼又何在？林資華長臥床，幾次矇矇睡著，都以為死已將至。他醒來，兀自看見鬼火抖動。鬼火，猶如他身上的虛火，有光卻沒有溫度，有火卻了無暖意。他強打精神，看著服侍他吃藥的妻子。他的命不能就是她的命，她該有她自己的命。妻子卻不這麼以為。

此刻，他從大廳立起身來，拍拍衣裳，全無病痛。他想走到房間，再看一眼妻子，沒料到房內，眾神圍立。他大驚，警覺事情有異，忘記鬼神分際，忙擰轉身子，挨進眾神之間，看見妻子倒臥在地，已是個瀕死之人。他護衛妻子，將妻子跟眾神隔絕起來，依稀妻的死，正來自眾神的怨念。

孩子啊，神，豈會企盼人死？一個柔和的聲音傳入林資華耳朵。

陳品娘只是認命罷了。又一個聲音。

林資華怒視眾神，見死不救，何為神？

孩子啊，神，並不是萬能的，當一個人尋死，神又有什麼辦法？人，哪是神可以論斷的呢？能論斷的，是他們自己的心，他們的後代。

林資華反問，神，難道就沒有心嗎？

眾神面面相覷。人膜拜神，祈求靈驗，人們稱神有靈，卻未曾稱神有心。眾神啞口無言。

林資華想到自幼雙親早亡，辛苦一生，卻勞碌而寂，苦從中來，哽咽悲泣。眾神看著一個哭泣的鬼跟一個瀕死的人，人鬼殊途，卻一樣愁苦。林資華大喊他的妻子，不該這般死去，眾神慈悲，救救她。眾神回應人們祈求，但如何回應一個鬼？

風獅爺看著林資華夫妻，再看看眾神，拿不出主意。一個聲音說道，在神的眼裡，人鬼殊途卻同歸，神的慈悲正來自祂的憐憫。風獅爺想起墓穴中的婦人，想起她如何盼望外界的一點微光，以及她肚腹內的心跳聲，如何黯澹如微燭，再寂滅死槁。

剎那間，風獅爺耳中響起百年間，人們跟祂祈求、祂卻充耳不聞的各種聲音。祂了無負擔地聽著這些遲來的聲音，一句一句，分屬不同年代，一字一字重疊，卻絕不混亂。人們的祈求，終於又是聲音，而不是鼕鼕鼕、咳咳咳或者崩崩崩。婦人帶著對孩子跟丈夫的愛，走入墓穴。風獅爺想到這兒，不禁哭了起來。

原來，神有淚水。

風獅爺徬徨未定，心中暖意自升。祂的心思傳達給眾神，狹隘漆黑的房間，光明綻放，神采奪目。祂看見陳品娘滿足地微笑，緩緩閉上雙眼。

正月，有兩種臉色。一是過年期間，紅春聯、新衣裳、燃炮火，儘管樹枯風寒，卻生息盎然。年一過，像偽裝的把戲已被識破，天寒、地乾、風更狂。正月，卻在林家有了第三種臉色，元宵還沒到，陳品娘留雞蛋、備香燭、裁祭品，彷彿才要過年。

農曆十八，風獅爺生日，是林家在正月的第二個年。林乃斌持雞蛋，興奮地尾隨陳品娘進廚房。陳品娘鍋蓋一掀，熱氣蒸騰，林乃斌已知道如何不把蛋煮成蛋花湯。蛋，沿著鍋的內緣輕置，雞蛋滾進沸水，感受浮力，隨熱流左搖右移後，安然著立。林乃斌愛看雞蛋入水，暫時的失重漂浮，虛虛恍恍，如同一個夢。

煮熟一顆蛋，像見證生命的轉換，它的漂浮是它的掙扎，它的詢問。林乃斌不由得問陳品娘，若不煮蛋，就可孵一窩雞了。陳品娘知道他的心思，微笑說，蛋哪，有拿來孵、也有拿來吃的，再說，風獅爺愛吃雞蛋。

母親哪知風獅爺愛吃蛋？林乃斌知道自己愛吃，尤其雞蛋染紅，味道格外喜氣。

雖是風獅爺生日，卻不見村人大張旗鼓祭拜，只陳品娘提香籃，攜林乃斌，頭戴帽，頸繞巾，圍堵強風，打燃香燭。若干年後，林乃斌才知林資華、陳品娘並非親生父母。親生父母是叔公六子，過繼他與陳品娘，延續林資華香火。母子倆跪在風獅爺跟前。寒風凜凜，風獅爺大紅色法袍被吹扯得啪啪響，陳品娘喃喃祈禱，每說幾句，法袍啪拉幾聲，彷彿一問一答。

人跟神，真能說上話？

神的眼，看得見世間？

神的心中，真的有人嗎？

林資華罹病那幾年，陳品娘篤信神。她召喚正神、俗神跟偏神，無神不拜、無神不求。她的祈求不限於形式，在刺繡時紋入善念，飼養雞隻時散布佛說，然而，祈求神聞問人間疾苦，難道是消解苦難的自圓其說？正月十七，當她竊喜丈夫熬過了年，病色漸緩，得以起身喝粥，隔天一大早，陳品娘摸索雞窩裡的蛋，打碗湯，在房間點盞微燈，正要扶丈夫起身食用，卻發覺林資華已缺了一口氣。他的身體少了一口氣疏通，蓋再厚的棉被，都抵擋不了冬風凜凜，鑽窗縫，尋被隙。林資華不喊冷，不唉疼，他遠離人間苦，他留下人間苦。

六叔打理張羅林資華喪事，停柩客廳。一整天，陳品娘恍然不知所以，呆坐客廳。過午，六嬸端來的一碗粥，幾碟菜，也缺了一口氣。陳品娘心念一動，踱進柴房，從雜物櫃拿出前一年耕種時用剩的藥罐。藥不多，她一瓶一瓶收集，得足該有的藥量，放進房內。她進客廳，看一眼躺在棺材裡，正衣冠、穿華服，兩腮還抹上一點紅的林資華。一天不到，丈夫已非她認識的人。她走回房。床上棉被不再蜷縮暗動，整齊摺疊，餘下大量空白。那些空白，她一個人填不滿，那些空白，也沒有子嗣填補。

陳品娘站在陰暗的屋內，沒有一盞燭光。她持藥罐，仰頭灌進。不知道蟲蛾啃食藥物時，能有味蕾辨覺滋味嗎？在飛快的一瞬間，酸的、苦的、澀的、嗆的味道，直貫腦門。陳品娘內心大聲吶喊，這就是藥物、這就是人生，這是沒希望沒有神也沒有人的味道。這就是死。再來就是痛。痛人間、痛眾神、痛死亡。陳品娘咬住脣，像一條魚拚死咬住餌，罷不了口，唯死而已。

知覺散失，陳品娘的眼皮漸漸沉重，卻無法閉上，反而愈鬆愈張愈開。陳品娘看見林資華來接她。她微笑。雙臂沉，她無法舉起，喉嚨啞，她無以說話。不僅林資華來接，眾神跟著來，陳淵，哪吒，土地公，灶神，風獅爺，媽祖婆，大道公，觀世音菩薩，黃偉，蔡復一，太武夫人，厲歸，環立暗室。

眾神如法輪，繞著她轉。林資華不再往前進，他成為法輪的一部分。她聽見林資華哭。一個哭泣的法輪。

一頭獅子倏然躍出兜轉的圈圈，帶著悲傷的表情跟溫暖的光芒，朝她的雙瞳撞進。明明在她的體內，陳品娘卻能看見獅子張吼。陳品娘認出那是風獅爺。風獅爺吸氣，漲起了腮幫子；再吸，胸膛飽滿；再吸，四肢脹，胯下巨大的葫蘆變做大酒甕；再吸，毛髮豎立、雙眼凸起。風獅爺再也吸不了任何一口氣，卻還繼續吸氣。泥塑的法體龜裂，青紅交錯的血管隱約可見。祂再吸。轉動的法輪忽然停止，眾神垂眉，看著風獅爺。祂再吸氣，多吸這一口氣，跟下一口氣。風獅爺雙眼痛紅，猛然張口大吼，祂所吸入的這一口氣跟下一口氣，從陳品娘體內急竄起，一口蓋過一口，成為洶湧的聲浪，撞擊陳品娘緊閉的嘴脣。

風獅爺再度大吼。

祂的吼聲，從陳品娘口中吼了出來。

——原載二〇一一年八月二十一、二十二日《自由時報》

耳與耳

包冠涵

一九八二年生，臺灣南投人。畢業於東海大學中文系，目前為中正大學臺文所學生。作品曾獲東海文學獎、宗教文學獎、中興湖文學獎等。現居臺中市。

黃泗時常在海邊醒來，耳朵裡有沙子和陽光。他枕在玻璃瓶上，瓶子裡空空的，而且潔淨。黃泗時常在寄居蟹瓷器般容易滑倒的殼裡醒來。他的柔軟的心因為蟹子的走動而感覺搔癢。這樣他就咯咯地笑，像個沒有事做的小孩。

六月的花在枝椏間築巢，他和姊姊穿著白色衣裳在樹林中蜿蜿蜒蜒地走，他聽見花叫得比鳥還響。姊姊說有些花會吃人，他是信的。花叫得最激烈的時刻，他用力捏緊姊姊的手，直到姊姊不耐煩地停下來拍打他。他也不痛，因為太信她的話。就像他信爺爺的話。

總有幾個夜，黃泗的爺爺喝醉了。跳難看彆扭的舞。也拉著黃泗一起跳。他微小的身軀慢慢就出汗了。爺爺說我們的祖先是躲在一尾海蛇的肚子裡來到印尼的。那尾海蛇本來是馬，我們的祖先曾經救過牠。爺爺背著他到陳記布莊摸那些藍色的靛色的青色的布匹，他涼涼的，手和心。他跟祖父說他就像要跌進井裡那樣害怕著這些布。祖父咳出氤氳的煙氣，好像整座橡膠林的霧都圍來他的身邊。祖父說這些布哪裡比得上海蛇肚子的軟細與綿滑。

渡海是唐朝的事情。他問祖父唐朝在哪裡。醉酒的祖父指一個方向，說你往那邊直直走。

六月的樹林裡的陽光是一串水妖的銀幣。他和姊姊要去羊老師家上學。水妖的銀幣叮叮噹噹的聲音比歌聲還美。他知道許多海盜的故事。他幻想自己像父親一樣富有。父親騎著當時還很稀罕的摩托車，載他到山上看雇工採咖啡豆。父親請那些工作的人抽菸，用他聽不懂的語言與他們交談。爬坡時，他抓住後邊的橫桿，而不抱父親，因為整座山的人都盯著他們。

他和姊姊的老師是個無父無母的孤兒。姓羊。羊老師留山羊鬍，穿破損的西裝背心和斜斜磨出一道新月的弧邊的舊皮鞋。羊老師吝嗇於笑，只愛瞪人。他也瞪黃泗的父親。初見面，羊老師就對他的父親說：「地主。」

祖父說：「是個共匪毛子，去不得。」父親說：「人倒正直，雖說是傻了，學問是真的。」母親說：「華語學校關得多了。眼下也只能先將就。」黃泗的大伯問：「聽說他講魯迅，是真是假？」姊姊低頭未答。大伯又問黃泗。黃泗說：「念了杜甫、李白。魯迅沒有，滷蛋有。」一屋子裡的人笑，他的姊姊就趁這時候躲進房間。

黃泗和姊姊穿過了樹林，又經過一片亮亮寬寬的河水。他們白色衣裳的倒影，將夏季的雲吸引了過來。羊老師的家在接近山麓的地方，是棟沒有窗戶的木頭屋子。教他們讀書的桌椅擺在窄長的院子中央，旁邊是棵葉子稀稀落落、並不茂盛的芒果樹。樹上有個蟻巢，羊老師沒有發現，姊姊也沒有發現，只有黃泗在默寫杜詩和〈太史公自序〉時，會分神想那蟻巢裡的熱鬧，和螞蟻們觸鬚搧呀搧個不停的興奮的交談。

無聲的交談。就像是青青的芒果被吹脹吹紅了，掛在枝頭，像顆又熱又疏遠的星星。黃泗熟背了「新鬼煩冤舊鬼哭」，原來，鬼也分新舊。在黃泗的想像中，新的鬼的身體是比較透明的，像是冰塊，咬起來會咔嗞咔嗞地脆響。老鬼的身體濁濁的，像蘿蔔，生吃會辣。黃泗的姊姊不默杜甫，羊老師跟她談天，談窮人的受苦、土地的事、荷蘭人和日本人、窮人的團結。

黃泗問姊姊：「什麼是窮人的團結？」姊姊回答：「你還小。」她提醒：「你別把這些話跟媽媽爸爸他們說，他們會擔心，擔心就不讓我們來羊老師家上課了。你還想不想來這兒上課？」「想。」

黃泗喜歡羊老師的壞脾氣。他擂著單薄的胸脯：「我羊這姓，是自己給自己取的，只有孤兒有這權利。羊有分綿羊山羊，綿羊是乖的，山羊可不同。山羊不聽話，性子拗，陡峭的山石牠蹬兩蹬就上去了。我這羊是山羊。」有那麼一次，黃泗向羊老師炫耀：「爺說我的先祖們是坐了尾肚子像絲像旗袍一樣滑的水蛇來印尼的。」羊老師鼻子噴氣：「依據我的考證，你們那宗族肯定是十七世紀荷蘭人商隊打華南沿海擄拐買辦來的豬仔，沒想到兩百年後修化成人形，也幹起了欺壓別人的勾當。」黃泗聞言大哭。

蘇哈托上台是一九六五年的事，那年黃泗十一歲。黃泗用毛筆寫下阿拉伯數字11。他愈看愈覺得這兩個筆直的數字像雙健壯的腿，可以飛奔，流浪無數個夜，印度尼西亞有一千個島嶼他都能跑遍。然而那年，父親說，以後你們不去羊老師家上課了。「以後去哪裡上課？」姊姊問。「不上課了。外頭印尼軍隊在殺共產黨、殺華人。你們姊弟誰也不准出門。」

黃泗看過殺雞。家裡的蘭嬸抹雞脖子放血。黃泗自己殺過魚、昆蟲、蝸牛和蜥蜴。剛下過雨，在外頭閒晃，或是要趕去河邊看洶湧的水，不小心踩碎了蝸牛時，黃泗心裡一陣遺憾。他想起蝸牛爬過石頭、落葉與泥土，那麼靜緩，留下來的銀線條，在芬芳潮濕的空氣中貪玩似地放著光。他想及那些光、曲折的銀線條像是個通向祕密基地的暗示般令人期待。不明白殺人的意思。

十月最後的幾個日子，父親常不在家。爺爺酒喝得更多，卻不再跳舞。父親跟幾個客人壓低了音量談話，他們的臉孔在幽暗客廳一角的茶几周邊彷彿是漂浮著，顯得比一般的人還要白皙柔軟，就像是在水中浸泡了過久似的。大伯吆喝幾名長工從吉普車後座搬下來烏黑木箱子，眾人緊張兮兮地開啟了，仔細研究著那些鑲著神氣金屬的長棍。「槍哩。」大伯對旁觀的黃泗解釋。黃泗羨慕極了，卻羞於去討一把來。他想有槍多好。他想保護姊姊。他十一歲了，認為曾經害怕花的叫聲以及牽著姊姊的手都是難為情的，而且十分遙遠的往事。他有一枚珍藏的鳳凰樹的豆莢，他翻找了出來，用它來瞄準黃昏的迷路的燕子。

燒書的那天，黃泗醒得很晚，他驚慌地睜開眼睛，感覺自己彷彿在床上咕嚕咕嚕地縮小，而身側繡了白鶴蘭與綬草的薄被，宛如平原般的遼闊，床邊的衣櫃、小木椅、小木馬，則像是高聳得連老鷹都飛不上去的山巔。他來到窗邊，看見院子裡的父親和姊姊，站在一堆火的兩旁，他們看起來很冷，然而那火似乎是即將要熄滅了。

在灰撲撲的餘燼中，是不是有窮人的團結呢？黃泗的父親對姊姊說：「妳真以為自己有天大的本領去……全家人的命哪……」姊姊的臉頰，貼了張好大的紅手印。那是多麼用力的摔打才會成這個樣子。黃泗發著抖，他聽見自己脊椎的每塊骨頭都被熊樣的猛獸粗暴地擰握，擠出乾乾的聲音。

接下來的幾天，家裡沒有客人。原本時常有言語、歡笑、口袋裡為孩子準備的糖果或新鮮小玩意兒吸引著黃泗的客廳，如今只剩下父親在那兒憂慮。消息進不來了。逮捕、劫殺、拷問、監禁與槍斃，曾經反覆聽過的恐怖的字眼，黃泗的父親才知道並沒有靜默來得駭人。最後的一位客人，是父親在巨港的生意夥伴，他勸道：「日惹絕不能再待了。弄到船票還不算是難事，看要去緬甸、新加坡都還有照應。軍隊來了，你一口子怎麼辦？」父親怔怔地沒回話。

那人起身告辭前說：「你要知道，華人在這裡不算是人。」父親搖搖頭，當他看見黃泗拉著一只短得可笑的紙糊風箏來回跑動時，才終於開口：「我的兒女是在這裡學會走路的。」

黃泗睡著了，那是個秋涼的夜，夜裡的風從星星上吹來，吹過了河壩，吹進了狐狸的洞穴，颳進了檳榔林裡，搖動了看守人的吊床。看守人不在，他在茅屋裡徹夜地賭錢。風搖動了看守人的吊床，看守人不在，麻繩編織的床還是擺盪著，像是依舊有個人躺睡在那邊，只是不知因著什麼緣故所以才看不見。黃泗睡著了，他夢見星星在啄他，星星是七彩的，星星的喙是船燈的顏色，讓他有著分不清楚遠近的疼痛。他醒過來，發現是姊姊在掉眼淚，斗大的眼淚落在他的臉和手臂、衣服翻捲起來而裸露的肚皮上。他想，姊姊變成了冰塊，正在融化呢。

第二天，家裡人說送走了姊姊到親戚那裡去躲避了，黃泗不信。姊姊是融掉了，之所以融掉，是因為她熱。他記起某一天和姊姊從羊老師那邊回來的途中，她特別的興高采烈，拉著他坐下，看當地的小孩子用一種姊弟倆都從未見過的竹器抓魚，竹器像球似地在幾個人之間傳來傳去，有沒有抓到魚彷彿是全然不重要的事情了。水面上夕日的光點跳躍得凌亂。姊姊竟同他談到了魯迅。他還記得魯迅是學醫的，後來沒學了，為什麼沒學卻忘了。黃泗記得姊姊說他有顆很熱的心。記得姊姊說魯迅坐在大樹下，槐蠶從樹上冰冷地落在他的脖子。姊姊說那蠶之所以冰冷，是因為他熱。

姊姊送走後沒幾日，印尼兵連同幾個黃泗父親熟識的村人闖進了家裡。他的父親翻牆逃走，在幾條街外被攔住，活活打死。他的母親被扛入卡車擄走。大伯進房裡取槍，走出來，看見黃泗的爺爺被架在長刀底下，於是便笑了笑，把槍扔了，那個樣子，彷彿是在拋一束祝福的捧花。爺爺被拖走了，大伯的胸口讓刺刀給戳了好大的窟窿。他們去廚房找蘭嬸，沒有找著。蘭嬸在荷花池底，有小魚和小蝦守護著她，延遲她浮起的時間。黃泗沒哭。有人用槍托敲他，惡狠狠地敲，像是為了要釘牢一個多風的日子。

黃泗離開沒有人在的家，慢慢朝熱鬧的城市走去。他在街上飢餓，睡著時，被老人搖醒。老人親吻他，撫摸他的下體，老人鑲了銀牙的嘴巴裡有糯米的氣味。他想起爺爺過年時曾給過他一枚真正的銀幣，漂亮地彈響，發出好悠長的一段餘音。黃泗彷彿就是聽見了這樣的銀幣被爺爺的硬指甲敲響的聲音，在左邊，突地又換到右邊去了，惡作劇似地捉弄著他。

一名妓女將他撿回家，給他吃，給他洗澡。她訓練黃泗到賭場兜售香菸。賭場裡，又有人訓練他與莊家合作，坑賭客的錢。在學習各式各樣技能的忙碌中，他健康地長到了十五歲。他跟當初收留自己的女人道別，在賭場附近租了較寬敞的房間，不再需要為了做愛的喘息聲而失眠。他打探到母親的消息，聽說她改嫁，而又懷孕了。他為了自己將有個弟弟或妹妹欣喜不已。他在心裡給姊姊寫信，告訴她這件美好的事情。

曾聽蘭嬸說及聽聞世間苦難的神。在緬梔樹圍繞的寺院，蘭嬸低垂著頭專注默禱的模樣，仍深刻地映在黃泗的腦海，那是接近正午的時辰，蘭嬸踏在自己畸短的、流木般的影上。是不是彷彿祂的耳朵與我的耳朵是相連的呢？黃泗這樣臆度：當我和姊姊走過林中小徑，聽見花朵的高亢的鳴叫時，祂也如實地聽見了。姊姊說有些花會吃人，黃泗長大後知道那是鄉野的傳奇，是有種名喚巨花魔芋的花，開花時會散發宛若屍臭的味道。神也嗅聞到了這樣的味道嗎？黃泗感到於心不忍，卻不知是為了神的慈悲、為自己，或是為了他所曾遇見並衷心惜愛的所有的人。他靜靜想像嬰孩的啼哭，那是他的尚未出世的弟弟或妹妹。啼聲令他震耳欲聾，既減緩，也同時是加劇了他心中的悲哀。

——原載二〇一一年一月二十二日《聯合報》

本文榮獲第九屆宗教文學獎短篇小說首獎

鏡子

謝文賢

一九七六年生，臺灣臺中市人，真理大學英美文學系畢業。目前為臺灣文學創作者協會理事、千樹成林創意作文班老師。曾獲時報文學獎、林榮三文學獎、宗教文學獎、福報文學獎、臺中文學獎等。目前是作文老師、愛說故事的小說家。

到底是好啊沒！

昏黃幽暗廁所裡，牆壁上低角處的壁癌斑駁紛落，掉散地上像撒一大片米黃飼料，就差來幾隻雞。他頭垂垂坐在馬桶上，一動也不動，要不是兩腿還輕微的震晃，看上去幾乎就像一座雕像。低斂的雙眼盯著地上的瓷磚看，兩團腳影罩在一塊接一塊棗紅色磚面上，影子上有瓷磚的裂紋和水漬。他三魂在飛七魄還在跑，耳際裡突然就爆出一句響，他抖一下警醒，震得輔助架嘎啦嘎啦叫起。

抬起頭，廁所門半掩著，門內那面鏡子橢圓橢圓的像顆蛋，蛋裡頭有動靜。鏡子靠門，反射原理從馬桶位置可以看出門外去。廁所裡昏黃，半開的門縫透射著前廳店門外的光，日光亮得人目眩，光影裡隱約看見人影幢幢，熱鬧又詭異。一個朦朧的身影從那光芒裡走來，他瞇起眼睛看，好像看到另外的什麼。

*

一聽見聲音，他屁眼趕緊縮兩下，把那小截軟便擠斷，起身彎腰擦兩下屁股就拉起褲子。沖水的同時抬頭望向門口的鏡子，那陽已走進裡間，體態面容都已顯露出來。

「好啊啦！」他朝鏡子回答。

「好啊不緊擦擦穿穿咧，還坐那裡問神哦！」鏡子裡演出一個四十來歲男人魁壯身形，長得與他七八分像，就是臉皮粗老一點；脣間鬍碴點點。男人身上披著一件深色工作圍裙，圍裙口袋裡插滿大大小小雕刻工具，扁鉛筆、量尺、鑿刀、木槌、砂紙和好幾片樣本，手上握著的一支平鑿上還掛著些許木屑。男人從鏡裡向他走來，走到近處一轉身，廁所門口也出來一個男人，一個變成兩個，門口那個望著他，鏡子裡那人則轉身迴避望向別處。他每次好期待這瞬間，空間感與時間感突然模糊，鏡子裡的把戲被拆穿，像從夢裡醒來。但他又怕。

男人變成兩個的同時間，他正好按下馬桶沖水閥，離手回頭對著門口那男人叫了一聲，爸，一縮身便從男人身旁鑽出廁所。那男人面無表情的望著他跑去的背影，又轉過頭去看鏡子，鏡子裡那人也轉過來眼直直望著男人。

不知是不是沒有母親照顧的關係，從小他就怕黑。廁所建在最裡間，只一盞五十燭光昏黃燈泡，尿尿時連小鳥都找不到，他根本就不敢自己上廁所。膽小最難教，父親威逼利誘也嚇不出他的雞胇仔膽來，索性買來一面鏡子，掛在廁所裡靠近門口處。廁所在屋子最深處，只要門不關，就著鏡子可以反射照出廁所外倉庫間廚房走廊前廳一直到映著天光的大門口，這樣他蹲馬桶時，就可以看見在前面客廳工作的父親身影，在前面客廳工作的父親一抬頭，也可以隨時看到蹲馬桶的他，兩相照應。

有了鏡子裡的光，他終於能夠自己上廁所。

他腸胃不好又動作拖拏，每次最後一坨黏屎巴在屁股上，夾也夾不斷晃也晃不落，坐馬桶時間幾乎可以一趟公車坐到市區。常常，他就像尊佛似的坐在自己的屎尿上，望著鏡子裡的日光燦燦，神魂飛馳十萬八千里也不止。

父親雕佛時極專注，偶爾想起還有個兒子坐在屎桶上會抬起頭來，一眼便看到鏡子裡一個走了神的囝仔坐傻在那裡。心情好時父親會踅到倉庫間，默默瞪進鏡子裡等兒子發現；心情不好時父親一路就走破鏡面，出現在廁所門口，邊走還邊破口大罵生了一個只會放屎的廢物。

「幹，沒你是好啊沒！」

每次上大號他總要到聽見父親的聲音，並從鏡子裡看見父親向他走來了，才甘願跳下馬桶，擦屁股穿褲子沖水洗手。

這樣的一切都在鏡子裡上演，日復一日。

＊

「有像沒？」

「像啥？」

「神啊，有像你沒？」

父親臉上帶笑，手上拿著一具剛鑿出粗胚的三太子比到他面前，木頭原色還未上彩，粗略一個風火輪蹬在腳下的動作，七竅未開，就只一個小臉圓滾滾的笑著。

他也笑著回說，像。但其實他那麼小根本不知道自己看起來像什麼樣子，而且神像的樣板就是父親自己打的，做得像他有什麼好得意的。

也常常有人跟他說他像弟弟，但他自己怎麼看也看不出來。

重點是他不喜歡像弟弟。

父親最後一次帶他回去斗六阿公阿嬤家，就是他們兩老一起做八十大壽的日子。阿公畢生努力犁田努力犁阿嬤，開枝散葉的成果那天都從各地回老家來為他們祝賀。兩個老人坐在客廳大位上笑得兩嘴黑洞洞，兩個人頭上兩個沒那麼老的老人也在黑白畫像裡笑，再走去就是天花板了。

那天姑姑特地請了一個攝影師，中午吃飯前，所有人都到阿公家的庭埕上拍了一張大合照。

照片裡有阿公阿嬤三叔公大伯二伯叔叔嬸嬸姑姑爸爸大堂哥二堂哥堂姊堂妹和他，還有王阿姨抱著剛滿一歲的弟弟坐在照片最邊邊的地方。那天埕上曬玉米穀，地上鋪滿一片金黃，三五隻雞在周圍繞走，咕咕直叫，那些雞長得都一個樣，他總是搞不清楚哪些雞是阿嬤的；哪些雞又是隔壁秀滿嬸婆的。竹竿架子透早剛晾上去的衣服趴啦趴啦飛，聽起來像一群斑鳩飛落，人臉全被玉米映成蠟色。拍照前大家聊天笑得很開心很開心，連王阿姨懷裡的弟弟也笑得咯咯叫。直到攝影師擺好姿勢說要拍了要拍了，全家人才突然像關掉開關似的安靜下來，依照男生女生輩分順序排定在相片裡的位置。

喀嚓，一生。

照片不知怎麼拍的，洗出來的時候最左側的姑姑旁邊還多了一大片空間，連最角間的茅廁都被拍進去了，可是照片另一邊王阿姨的一隻腳卻擠不進照片裡，沒拍到。

收到姑姑寄來的照片那天下午，父親端坐在雕刻檯前虔誠的拆開信封套，高高的舉起黑白相片就著街上的天光仔細的端詳著。父親臉上的表情泡在米黃光線裡彷佛上了金漆的佛，眼神沒有了雕刻佛像時那種精準銳利的凝視，反而像是還沒開光的佛像般無形無款，在滿是浮塵的空間中輕微顫動著。父親捏著照片坐在那裡愣了很久很久時間，靜默的身影遠遠看去，和滿廳已成形的未成形的木頭神佛像沒有兩樣。他在鏡子裡看得也發愣，屁眼連收縮都忘了。父親就這樣呆呆的看著照片，過了很久很久才突然想到他似的抬頭看向裡間，並起身往廁所走來。

從鏡子裡走來的父親滿臉嚴肅，他知道狀況不對，果然馬上就聽見：「幹恁祖媽咧，沒你是好啊沒？」一聲音像斧頭把一塊木頭劈開。

他趕緊擦好穿好整理好，洗手還洗得特別用力。鑽出客廳一看桌上，照片被揉成兩頭皺，曝光過度黑的不黑白的太白，畫面裡除了阿公和阿嬤笑得金牙爆亮，其實根本就沒有人在笑，大家在正午陽光剪影下都眉心糾結凝視著正看著照片的他，看起來就是一臉不高興的樣子，就連王阿姨懷裡張大嘴笑得咯咯叫的弟弟也被拍成像在哭的樣子。

*

「你老母生做就親像觀世音菩薩，不管時都在笑，」父親說起逝去母親的事，臉上帶著軟軟的線條，手上砂紙在觀世音菩薩臉上輕輕摩挲，「笑起來目珠微微，實在有夠水……」他不認識母親，母親死的時候他一點知覺都沒有，那時他才剛從血淋淋的陰道口出來，哭都還來不及哭，母親就斷氣了。所有對母親的認知都在父親的嘴裡，勤勞孝順、聰明體貼、溫柔漂亮，全都優點，簡直是女神。

父親說，他刻的觀世音菩薩都是以母親為樣本。

因此，從小父親要求他每天拜觀世音菩薩他不覺得是在拜神，他覺得就像是在拜母親。

拍了那張大合照後的兩年裡，阿公和阿嬤相繼都走了，兩次喪禮，大伯和姑姑連著來了好幾次電話，父親都在電話裡和他們破口大吵，最後父親還是沒有回去奔阿公阿嬤的喪。

他聽人說過父親是火山孝子，那時他不懂，既然稱做孝子，為什麼不想回去參加他爸爸媽媽的喪禮。

「攏分分去，免給我留！」最後一次接到姑姑的電話，父親抓著黑色電話筒張嘴吼得像要吞下去，他和弟弟站在電話旁邊嚇得連哭都不敢。王阿姨穿一件低胸的洋裝站在過道上的簾子前面聽著父親講電話，手上端著一碗綠豆湯，臉上一點表情都沒有。等到父親喀一聲掛上姑姑電話，她才笑著把綠豆湯端上前給父親。

「哪就氣到這樣，呷些綠豆湯退火啦。」站到客廳陽光下的王阿姨，豐滿的胸脯白白的亮著，像鏡子裡那道光。

退了火，父親就把王阿姨和弟弟接到家裡來一起住，還要他也叫王阿姨做媽媽。他聽話叫了，但他覺得王阿姨實在一點都不像媽媽，弟弟也不像弟弟，他每天仍固定向觀世音菩薩上香，偶爾在廁所裡看見父親和王阿姨在前廳摸摸蹭蹭，他會告訴媽媽，但媽媽只是笑。

他和弟弟常打架，弟弟小他四歲多，常被他打得鼻青眼腫。王阿姨每次尖聲說兩個都要處罰，拿藤條修理弟弟，但卻從來不打他一下。

王阿姨關他廁所。

廁所門一關，那鏡子裡就沒了光，好一下子才慢慢透出風景，馬桶、瓷磚、洗手檯、天花板。剛開始他怕得哭；哭得止不住抖；抖得飆尿；尿得馬桶邊都是。但慢慢適應了，反而滿喜歡被關在廁所裡那種安安靜靜的感覺。他總會站在鏡子前面仔細的看自己，他把臉在鏡子前面移近移遠，他發現靠得太近或離得太遠看起來都不像自己，只有在適當的距離看起來才會像。但他還是不覺得自己像父親刻的那些三太子。當然他也不喜歡像弟弟。

到了最後他一定呆坐在馬桶上，猜測時間差不多了，他便會盯著鏡子裡那扇一動不動的門板，直到門突然開啟，王阿姨和弟弟同時出現在鏡子裡，王阿姨帶著笑，弟弟手上舔著僅剩半支的枝仔冰或嚼得滿口猩紅的芒果乾或糖果什麼的，有時王阿姨嘴裡也有。

那時他覺得他們母子倆還真像。

等他長到不再怕一個人上廁所後，父親便把那面鏡子移走，換上一幅洋畫，畫裡幾個婦人在田裡撿麥子，地上金黃一片，天空烏沉沉像要下雨。

日子時晴時雨在父親砂紙沙沙和木槌叩叩叩中走過，母親因為遙遠未知變得愈來愈神聖，而父親店裡的眾多神祇們則因為常見面變得愈來愈平凡。

考上北部專科學校後他選擇住校，和父親的距離愈來愈遠，兩人卻長得愈來愈像，鄰居看見都說一個模子印出來的。脾氣也像，兩父子偶爾因為回家的次數在電話裡吵得不共戴天，電話裡壓扁的聲音呀呀呀吼著的時候，他總憶起父親與大伯姑姑吵電話時的樣貌，然後更狠的吼回去。

然而，每次回家下了車站卻仍是父親來接。

*

退伍那一年他決定回家鄉發展，才發現父親的佛雕店生意已經愈來愈差，十天半個月也等不進一組人。王阿姨已經半老，胸前那塊白肉消瘦垂退，見斑見骨，父親似是對她厭膩了，兩人一天講不上兩句話，一講話就鬥。

「恁老爸阿達嘛空古力啊啦，整天趕阮走，」王阿姨受氣，怨懟全往他身上倒，「嘛不知是去呷到啥符仔水！」眉線在崩塌的眼皮上浮沉。弟弟站在陰影處浮一張臉笑，距離剛好他一驚以為看到鏡子，彼時高職快畢業的他成績已經差到快不能畢業。

原來是近年父親受人委託雕刻佛像，收了訂金刻出來的神像卻屢屢被退，說是刻得像人不像神，五官神韻太有人氣，看了會怕。一屋子被退的半成品，不成其形，都還不是神。他靠近其中一具菩薩素胚，不必仔細斟酌，就可以看出他腦海中朦朦朧朧的母親形象。

「像沒？」父親站在他身後，笑得一嘴一臉憨，表情裡都走了神。

「啊這老年癡呆，不免看就知！」禿頂醫生坐在椅子上，邊聽他講邊看X光片看檢查報告看一堆一堆他們怎麼也看不懂的文件，白袍裡抖著兩隻瘦腿，腳上夾著藍白拖鞋，嘴裡斬釘截鐵說得像一把刀切下來。隨即交代說要多吃這個這個少吃那個那個絕對不能吃這項那項；不是必要但若有需要，可以考慮醫院代理進口的哪些哪些藥。

這樣可以忘得慢一點。

「你們兩父子還真像！」醫生出考題似的叮嚀完，抬頭看著他們父子倆打趣說。

他轉頭望著父親，發現父親也望著他。

「幹，你講啥！」父親突然瘋躁起來，惹得診所一陣亂，「你們這些人攏同款啦，騙鬼未呷水！」他急急帶父親離開。

他牽著顢頇的父親回家，為了安全，隔天他在廁所當年一樣的位置上再把鏡子裝回去，他可以看見如廁的父親，父親也可以看見他，廁所和前廳的光又出現在鏡子裡，他發現從客廳看進廁所昏黃的燈光裡，父親似乎比較年輕。

父親患病後沒兩年，家裡就窮得只剩滿地木頭像，弟弟從軍中退伍後便說要帶王阿姨離開家裡，不顧他反對。兩人離去後，父親鎮日在屋裡晃蕩問：「啊你弟咧？」有時在廁所望著鏡子用弟弟的名叫他。他像縫衣服似的編織無數謊言瞞騙父親，父親望著他的眼神似懂非懂，看得他心涼。終於有一次他打電話給弟弟，要他回家認祖歸宗，弟弟冷冷說父親不也這樣。他一把火燒上來，對著電話裡弟弟的聲音咆哮得像天公彈雷，蜂窩孔裡弟弟也不甘示弱疾聲回嗆。

「想想看你們家的人是按怎對我的！」最後王阿姨接過電話講一句就掛斷，同父異母兩兄弟終於真正斷了聯繫，屋子裡又剩他和父親。

父親愛拿刀，他也愛拿刀、父親砍削他裁剪，專科念了紡織的他借錢把雕刻店改成一間西裝布料店。一台八成新勝家縫紉機就擺在以前雕刻檯的位置，脖子掛上父親的工作圍裙，口袋裡插滿的是剪刀皮尺粉蠟筆打版筆記本和一片片各式各色的布樣。量、畫、剪、縫，腳底下踩著踏板，忙碌的日子飛快過去。

父親年老速度也飛快，忘記的東西愈來愈多，有時站在鏡子前面問裡面那人怎麼這麼像自己？有時則望著他叫爸爸。為了老，父親的腳也不行了；躺著坐不起，坐著站不起，擦屁股洗腳板都要人幫忙。他事業剛起，忙於工作，有時難以細心照料，父子倆衝突時有發生。

有時候他正在前廳專注剪拼布料，突然耳際傳來聲響，背脊一冷轉頭看向裡間，幽暗中一套一套筆挺的西裝矗立成林，幾尊人形模特兒都有身無頭，看起來熱鬧又詭異。放光的鏡面裡父親兩眼直狠狠望著他，他趕緊放下手上工作走進去。鏡子裡自己的身影一步一步放大，放成父親身形時，他看到伏坐在馬桶上的父親皺縮得像他幼年時那麼小。還沒轉進廁所，門裡老人便已氣得放聲大罵，他又聽見自己的小時候。

「幹，沒你是好啊沒！」

*

佛要金裝人要衣裝，衝著父親早年的基礎，刻佛像的客戶也想要穿好西裝，他的西裝店生意頗旺，每日開店便有人上門選料做衣服。他一個人忙裡忙外，訂料選貨縫製打版修改連送貨全都要他自己來，日子愈轉愈快，一天天過得像針腳噠噠噠。

轉眼幾年過去，事業纏身再加上拖著一個半癡老人，好不容易娶了老婆他已經快四十，要不是經營西裝店已經小有積蓄，這門親事還談不成。進門的老婆姓劉住市區，外表條件不錯，就是一對眼睛長在頭頂上，挑三揀四大半輩子，過了三十五才發現自己早已經沒有那個腰身，媒人只上門兩次她便點頭了。嫁過來後，鎮日就固守縫紉機旁那台收銀機，噹噹噹錢財只進不出，精悍作風在小鎮吹拂開來，惹來客戶不少嫌怨，倒是開源節流，西裝店獲利竟大大提高，直到沒兩年懷了孩子。

他剛娶老婆，父親便等著抱孫子，鎮日就坐在門口藤椅上跟幾個老鄰居聊嬰兒經。奇怪人老起來都是一個樣子，父親已經癡呆多年看人都像照鏡子，根本記不得這些老人臉，往往對著火旺叫水來；望著金枝喊玉葉，幾個常來串門下棋的老朋友把父親一生認識的角色幾乎都演過了。

癡呆歸癡呆，父親脾氣還硬得像鐵樹，不時和人家爭得口沫飛爆，青筋暴露如蚯蚓爬上脖子皮，天天咒誓老死不相往來。不過媳婦懷胎三月終於可以公告周知那天，街上一群老朋友還是一個一個笑頭笑臉抖著腳杵著拐杖，登門來跟父親道賀，老父親也喜孜孜。

但孩子沒機會叫阿公，老婆肚子才懷到六個月大，父親就先找另個肚子投胎去了。某天傍晚毫無預警的在門口藤椅上就坐去，安穩得像座佛，只一頭垂垂看著腳下的什麼，鄰居拿棋盤過來時才發現，頸骨已經硬得掰不動。

他沒哭出聲，只靜靜走到觀世音菩薩像前面，站得要倒要倒。他默默告訴母親，父親過去了，他很抱歉沒把父親照顧好，希望母親不要給他怪罪。

他通知弟弟喪禮，只來一個白包，收到掛號那天，他在靈堂前面看得發愣，白色信封在日光下發著刺眼亮，他幽幽想起那張曝光過度的黑白照片裡，弟弟笑得像哭的樣子。眼淚乾得不會滑落，只濡濕他眼袋眼尾一片油亮。

父親做總七那天老婆早產，擠下個一千多公克的兒子，皺巴巴包個尿布躺在醫院保溫箱裡，全身紅通通手舞足蹈，像擺在玻璃櫃裡的三太子。

生個孩子老婆差點也死，從此身體虛得像支枝仔冰，鎮日沒關在無風無日的房裡大概要融掉，夫妻倆想生第二個眼看是得斷念。兒子和他長得像，膽子一樣比卵葩還小，上廁所也要人陪。他因店面忙碌，老婆又幾乎成了個半廢人，只得把父親過世後就撤下來的鏡子再裝回去，父子倆一舉一動都在鏡子裡，互相演給對方看。

日子長進小鎮也長進，街上紛紛蓋起樓厝，天光被削削減減難登大堂。光線打客廳進來；穿過走廊再繞過廚房，爬進廁所的光腳已經少之又少，只剩那面鏡子反射一點亮光，還知道房子底處在哪裡。

他坐在縫紉檯前看進裡間，廁所周圍一幢幢人影交錯重疊，各有神態卻一動不動，只有鏡子裡馬桶上一個小小身形，晃蕩著兩隻短腳在那裡東張西望。他總要看著那身影，才感覺自己真的是父親了。

有時兒子從鏡子裡瞥見父親凝望的眼神，會羞赧的低下頭，他便走到廚房開口問一聲，「是好啊沒？」

「好啊啦！」兒子聽見他喊，快速的跳下馬桶，沖水擦屁股穿褲子洗手，轉出廁所門口就朝他跑來。父子倆同時出現在鏡子裡，他遠遠的看見父親的身影朝他愈走愈近，而自己小小的影像卻愈跑愈遠。

*

老婆娶過門下個蛋便廢了，他也不是不愛老婆，只是覺得生命還有餘火，四十開外的力頭正值壯盛，人生不能就這幾下。西裝店生意做上手了時間就多，有錢有閒便好作怪，他輕易起了壞念頭，念頭一起，他不聲不響的勾搭了隔壁巷子常來店裡買布的一個年輕寡婦。寡婦瘦，無胸無臀，就長一對大眼睛水汪汪，跟死去的丈夫沒生孩子沒帶顧忌，被他眼神一挑便像風吹花瓣飄進店裡，兩人在鏡子裡摳摳摸摸，兒子就坐在馬桶上看戲似的連屁眼都晾乾。

小孩子口無遮攔，終於讓冰在樓上房間的老婆知道了，一下子退冰解凍，從床上跳起來砰砰砰就衝下樓，指著他鼻子鬧要離婚。地產車子存款現金全分了一半去，就只這個兒子完完整整的丟給他。沒五歲的兒子成天哭哭啼啼要媽媽，吵得他心煩意躁，索性騙兒子說媽媽死了上天堂，變成神在天上保護他們，兒子聽了還真信得一愣一愣。他隨手丟一只父親以前刻壞的觀世音菩薩像給兒子，兒子每天要抱著才肯睡。

離婚官司一鬧，小鎮眼多嘴雜，那少婦就是愛他愛得死去活來也得走了。要走那天到店面來與他相辭，離開時一隻腳跨出店門一隻腳還掛在門檻裡哭得一臉五彩，他忍著眼淚不發，兩手裡一塊布擰得快裂邊，倒是兒子抱著菩薩像坐在阿公的藤椅上一臉茫然。

待一切過去風平浪靜後，他和兒子和店面又都安安靜靜的過起平凡日子，兒子有了菩薩倒不再怕上廁所，但那鏡子還在原來的地方閃著光，他已經懶得拆了。

生意要向上爬但無奈風評已經往下走，幾張嘴傳點閒話便能搞垮一間店，又何況小鎮也實在沒幾張嘴。西裝店的生意在離婚官司鬧過後便逐日下跌，他撐了沒幾年索性收掉，靠著興旺時買的幾棟房子收租吃老本，這一輩子已經指望到兒子那裡去了。

兒子好不容易大學畢業，交了個學貿易的女朋友，退伍後兩個人興匆匆的跑來跟他商量，說要把樓下舊店面改成一間精品服飾店。

小鎮老得只吃饅頭燒餅，連美而美都倒了好幾間，要開精品店？他心裡想這樣，但眼裡望著那年輕女朋友還帶著嬰兒肥的青春臉頰，白淨紅嫩笑起來甜膩膩，胸前飽滿欲滴的小可愛上面是時下正流行的好神圖案，兩條結實豐腴的大腿筆直的插在僅僅只能包住屁股的熱褲裡。已經被糖尿病搞得滿身瘡痍的他還是嘆了口氣，不置可否算是答應了。

只有一件事他不能答應。

女朋友跟兒子咬耳朵，希望把牆壁神龕上的觀音菩薩像移走，說那個是迷信。他激動得像死了母親，和兒子吵了幾天冷戰幾天，終於小倆口熬不過老人大把時間，答應不更動他的神龕，事情才落幕。

開了店，小女友自己在收銀櫃檯上擺一具聖母像，每次收錢噹噹噹聖母便搖晃兩下。起初他看得有點刺目，但年輕人畢竟讓了一步，公媽隨人擺，也不好讓人家說他是老番顛。倒是那尊身披白袍慈眉善目的聖母馬利亞看久了，怎麼也有點母親的形象跑出來，他每天上香給菩薩觀世音，回頭便看見聖母馬利亞，感覺好像屋子裡母親無所不在。他幾次趁兒子女友不在，偷偷拿香對著聖母拜，祈求祂保佑兒子生意興隆。

菩薩和聖母和平相處聯手庇佑，但兒子服飾店的生意卻像被鬼打了，剛開始幾個月生意不好簡直如一灘死水，小倆口天天在店門口打蒼蠅打到吵架。兒子平常看起來溫溫吞吞，吵起架來簡直像起乩，不到天翻地覆不肯退駕。他每天燒香拜觀音；小女友每天對著聖母像早禱晚禱就是請不進客人，偶爾幾個婆婆媽媽提著菜籃進來摸摸嫌嫌又往外走，小女友從沒好臉色。開店還不到半年，原本論及婚嫁的女友提著行李站在店門口，和店裡的兒子吵得像豬被捅了屁眼，平時一生一世永遠愛你的兩個人，髒話連珠吵了差不多半小時有，鄰居幾個剛餵飽奶要午睡的嬰兒都被嚇哭了，寧靜的小街午後出現罕有的熱鬧。兩個人吵架像排演過，怎麼聽起來熟悉？他才想起，上個月斜對面賣金紙香燭的兒子媳婦也吵過，還正好都在午間，連續劇似的。

他躲在樓梯口看著廁所的鏡子反射那女友的身段，充滿彈性的飽滿胸脯抖啊抖的，他心裡想著不用十幾年就會抖乾了，就抖乾了，每個女人都一樣；每個人都一樣。不知怎麼他突然想到小時候看見父親在樓梯間揉王阿姨的奶，那時他坐在馬桶上總看得肚子滾熱，肛門一夾一夾的那裡就會硬起來。

「沒妳是好啊沒！」兒子一開口，他馬上軟掉。

哇啦哇啦破罵的女朋友聽見兒子鬼喊，臉一沉，提著行李就往巷口衝去，跳上早已等在那裡的計程車，風馳電掣駛進陽光裡。收銀機上的聖母像望著他們離去的方向，一動也不動。幾天後，他把聖母像拆下來，丟到兒子小時候的玩具盒裡去，和那只觀音像躺在一起。

女友走後，兒子專心做生意，以自己想法經營，反倒做出聲色來。生意像雕佛一日一日成形，還漸入佳境，幾年後甚至在臺中市區連開了兩家分店。但因為他身體狀況已經不好，加上老家祖產就在這裡，兒子始終便留在這老店指揮坐鎮，另外還請了兩個年輕辣妹來幫忙。

兒子生意愈好，他的身體狀況就愈差，到了這兩年，他的腿幾乎都不能走，只能靠輔助架緩緩的在店內推移，像坐鑾似的。每次上廁所一坐就起不來，輔助架只能讓他不掉落馬桶，更不用說擦屁股這種樞屄摸屌的事情。偏偏人老就是屎尿多，怕他摔廁所，兒子便又把去年才拿下來的鏡子再裝上去。這次是個漂亮時新的鏡子，橢圓形的沒有框，最上面還有個小時鐘，是當初兒子開店時某某縣議員送的賀禮，旁邊還印一排紅字。如此，又像從前一樣，兒子能看見父親，父親能看見兒子，鏡子則能看見這一切。

人老病重沒事做，每天他都會蹲好幾次廁所，坐在馬桶上沉思，看看天花板、看看自己褪到腳踝的褲子、看看地上的瓷磚。看到鏡子旁邊還掛著的那幅婦人撿麥子的洋畫，他又想起小時候在阿公阿嬤家拍照的情景，鋪滿庭埕地上的金黃玉米和當時每個人臉上的表情。兒子現在已經長得比他當兒子的時候大，而他自己也已經比當初的父親還老，但日子還是沒變，日出白光日落紅光。

兒子來來走走，頻問他到底好了沒，問得他老臉死沉。

「是未曉看鏡！」

久病難孝子，兒子幾次提起說要請個看護來照顧他，都被他嚴厲的拒絕了，父子倆大吵，提議便無疾而終。只是原本溫順的兒子做生意賺錢後聲氣囂張起來，態度語調一天一天嚴酷，日常起居雖然都能顧到，但一張臉給他總是漠然，就像沒有開光點睛的佛像，無神，無情。

每次他氣得大罵，兒子也厲聲回罵，柴火互燃愈罵愈狠，大聲小聲幹譙不斷。

他其實不是愛罵，他是在請求，老人很難活，能走能跳能擦屁股的年輕人很難體會。

他現在可以體諒父親晚年的暴躁了，但他也只能用暴躁向兒子說明。

*

昏黃幽暗的廁所裡，牆壁上低角處的壁癌斑駁粉落，掉散地上的部分就好像撒了一大片米黃飼料在那裡。他頭垂垂坐在馬桶上，一動也不動，要不是兩腿因為痠麻還得稍微移動一下，看上去就像死了。

他低斂的雙眼望著地上的瓷磚，兩團腳影在一塊一塊棗紅色磚面上游移，上面的裂紋和水漬像會跑。他的臉氾在廁所暈黃光線裡彷彿上了金漆的佛，眼神完全失去年輕縫紉剪裁時的那種精準銳利，像是還沒開光的佛像般無神氣，在滿是浮塵的空間中輕微的顫動著。

「有像沒？」

他嚇一跳，以為是自己開口。腦子裡走進來父親身臉；叩叩叩木錘敲打鑿刀的聲音和幾種原木料的暗香，拿出一只粗胚壓近了就問他。

像什麼？他也不知道。

腳麻得刺痛了，神魂飛入體，他抬起頭看著眼前的鏡子，發現兒子和比較豐滿那個年輕女店員躲在樓梯間接吻，兒子的手還伸進女生的胸口裡去。他嘆了一口氣，閉上眼睛一動也不動，黑暗中浮現許許多多影像，全都模糊朦朧像鏡子蒙上一層水霧。

他的腳底板在瓷磚地面上微微冒汗，橘黃燈光下，腳上的黑痣老人斑皺紋灰指甲全都變成黃色。他覺得手痛腳痛眼睛痛肚子痛屁股痛，他病得腳都快伸直了，原本彩色健康的生命就這樣從他手裡走遠，變成黑白。

就像照片裡的阿公阿嬤三叔公大伯二伯叔叔姑姑爸爸大堂哥二堂哥堂姊堂妹和他和王阿姨和弟弟，都是黑白的，都是一副死板板的表情，動也不會動。不過，在那照片裡的他們可以活很久，真實的他們怎麼活都活不贏那照片，他們死了，照片都還不會死。

他腦子累了，再想會花掉，便睜開眼，燈魂恍恍，他不知自己又老了多少。渙散的視線攙雜回憶的畫面，眼前瓷磚還浮現阿公阿嬤庭埕飼料幾隻雞走在晾衣服的竹竿下……他搖搖頭望向橢圓形的鏡面，樓梯間兩個身影早已不見。陽光走到店前，光線使得錯落在服飾店裡的大形模特兒顯得影影幢幢好不熱鬧，其中幾個人影在光裡走動游移。

那個身影就從一堆人影裡轉過頭來，逆光緩緩靠近。他望著鏡子裡的光，像從天上射下，那人踩在光上，魔幻走來。他坐在馬桶上看著看著又散入詭想，鏡子其實比相片活，相片照死的，鏡子照活的；但相片留得住時間，鏡子不能，鏡子只能照出廁所外倉庫間廚房走廊前廳一直到映著天光大門口外的人生百態，但鏡子可以一直照不停照，照出時間在走……

他還散神未收，那身影已經一步一步走近，他有點緊張屁眼狂縮，但黏在屁股上的那截軟便卻是怎麼也夾不斷，緊巴著他的屁股不放。他抬頭望向門口，那身影走進鏡子裡，又從鏡子裡走出來。

他沒嚇死，反而笑。

他看見自己從鏡子裡走出來；父親從鏡子裡走出來；兒子也從鏡子裡走出來，廁所變擠，擠得他難呼吸，觀世音菩薩笑臉要他放輕鬆，他卻想哭。

鏡子裡走出來的人哭一哭笑一笑也就老了，老了他們就轉身，轉個身一個就變成兩個，兩個又變四個，四個變八個，一直不停重複延續，直到……

到底是好啊沒？

本文獲二〇一一第一屆臺中文學獎小說類第一名

百年好合

蔣曉雲

出生於臺北，祖籍湖南岳陽。現旅居美國。臺灣師範大學教育系畢業，美國加州大學洛杉磯分校教育系博士班。曾任《民生報》兒童版、《王子》雜誌主編。學生時期即開始寫作；一九七五年發表處女作〈隨緣〉，一九七六年起連續以短篇〈掉傘天〉、〈樂山行〉，中篇〈姻緣路〉，三度榮獲聯合報小說獎。作品後來結集成《隨緣》、《姻緣路》出版。一九八〇年後結婚去國，匿跡文壇三十年。二〇一一年春天以長篇小說《桃花井》復出，短篇小說集《掉傘天》於同年夏季出版，民國素人誌第一卷《百年好合》在民國百年年末推出。

許多客人都找不到酒店的入口，幾隊人馬從大廈這個門口轉進去，從那個門口轉出來，電梯換乘了幾部就是到不了請柬上標明坐落於酒店大堂的自助餐廳。幾張生面孔都反覆遇見看熟了眼，大家卻只當對方是空氣，一次次冷漠地從身邊穿過去。等到終於找對了電梯又發現同撳三十八樓，心裡知道彼此之間就算不沾親可能也帶故，最起碼確定了擠在這部大電梯裡的哪怕不講本地話也不會是沒有來歷的「外地人」以後，眾人這才卸下了本地稱冠全中國的嚴重心防。一位自覺的客人怕讓其他賓客誤解自己這幾個是「阿鄉」，就搶先對同伴自嘲地調笑道：「陸家裡今朝吃老酒派頭大來兮！欸，儂天天軋南京路，否曉得一只電梯藏在個搭啊？」

電梯帶上來一批批客人也帶來嘈雜，就有坐在正對電梯咖啡座上的三個洋人商務客要求換到遠離電梯的僻靜位子。來客中也有幾個態度從容的，好整以暇地打量一下富麗的大堂，以及坐落在城市天際線上大窗戶望出去的繁華夜景；繞場參觀的時候走過剛換到遠座的洋客身旁還歉意地微微一笑，預告自己這幾個人懂文明不會發出噪音，果然就低聲讚歎那窗外如黑絲絨的天空襯托著七彩寶石般的閃爍霓虹。一個青少年模樣的來客用英語跟身旁像妹妹的女孩子說「看起來就像香港」，父母模樣的中年人聞言，就相互用廣東話表贊成，道：「嗨呀，詹姆士講的安，真跟那間同名酒店沒莫不同嗟。」

幾位客人觀察入微，雖然半空中的景觀窗看出去美景如畫，卻全仰仗這城市本身的麗質。這個全球連鎖的大酒店其實有點「偷吃步」，它只是跟隨著做房東的香港建商就近把本家建築物搬了過來的機會在市中心占了個好位置，連裝潢的風格都因為和香港的酒店類似而有偷懶的嫌疑呢。幸而大堂夠大，天際線的夜景也確實美得奪人心神，分散了所有來客的注意力。其他吵吵嚷嚷的客人讓酒店知客帶領前往電梯後方數十步之遙的自助餐廳時，行經半途走到大三角鋼琴旁已經主動的降低了音量，樓層這半邊琤琤的琴聲便漸漸取代了入口處的一味喧譁。

「哪能還賴個搭白相啊？快點進去叫人！」兩位年長如祖父母模樣的客人走近為城市光影美景流連未去的雙語家庭，催兒孫們先進去和主人打招呼，卻說的是寧波腔滬語。

五湖四海各種口音都先到主桌去「叫人」。操寧波腔的都是金家這邊的客人，年紀大的叫金蘭熹「篤孃孃」，叫陸永棠「篤爹爹」或「篤姑爺」。長得高高壯壯講葡文或英語的幾堆人有白有黃有棕更有膚色含糊的都是陸家這邊的，老少都叫壽星和壽星公洋名，過來親吻面頰行禮。

「蘭熹，你今天真漂亮！那張照片完全像個電影明星！」一個說英語的老太太親熱地摟著蘭熹，指向餐廳門口的大照片。女主人蘭熹隨著客人的指尖瞄了一眼，優雅地微笑著用英語稱謝：「你是太仁慈了。」怎麼說也一百歲的人了，哪怕戴著高倍數加雙光眼鏡，也是遠的近的都看不真切了。不過她拿放大鏡在強光下自己挑的照片，看不清楚也知道拍得好。影中人最多上看七十，穿著淺粉紅色的香奈兒套裝，被金黃色的百合簇擁著，大照片上方橫幅寫著「金蘭熹女士九十五歲華誕生日會」。

客人急道：「真的，我就是講真話！」

蘭熹的微笑加深了一點，懶洋洋彷彿不太在意地說：「謝謝了。」活到她這個年紀，世界上還有什麼需要較真的呢？人人羨慕她命好，不知道訣竅就是心淡；「心淡」說起來容易，可是人生要不經過些事先把心練狠，哪兒就淡得了？

「什麼像？」坐在一旁的男主人陸永棠忽然對算自己姪女的老太怒喝一聲。又瞬間換了張嘻皮笑臉，大聲而誇張地說：「她就是明星嘛！」一桌人都為高齡九十六的老牌花花公子的做作和幽默而哄笑了。只有蘭熹不為丈夫的老把戲所動，依舊只懶懶地微笑著。

遠點一桌的客人沒聽見主桌這邊的洋笑話，可是一樣笑聲連連。

「什麼?不會吧!」一個客人詫笑道,「一百歲還瞞年齡?」

「噓!噓!」講的人噘嘴蹙眉又帶笑地要大家噤聲,「這是大祕密!」又忍不住要多說兩句:「她本來比她老公大四歲,結婚的時候少報五歲,變成比男方小一歲。哈哈!」

有人衷心讚嘆道:「那真看不出來一百歲!老是老,漂亮還是邪氣漂亮!」

「做過,做過的呀!」知情的客人兩隻手把眉眼吊上去比畫著。旁邊一淘的豎起一根食指在嘴上示警:「噓!噓!祕密!都是祕密!」可是聽見有人笑罵胡說八道,就鄭重地透露消息來源:「否瞎講!這種事體哪能瞎講?金家篤孃孃自家妹妹講出來的。」

蘭熹的妹妹多,認真計較也找不出是哪家走漏的消息,反正陸家是老華僑,三、四代真假洋鬼子,知道了也沒人在乎女大男小拉不拉皮這種瑣碎。蘭熹在家中居長,她父親金八爺前後裡外三個老婆,統共養活了七女二男,蘭熹是早逝元配的獨女,原來起的學名叫舜華,在寧波老家跟著祖母長大,到了十五歲祖母去世才被父親領到上海,託給「城裡太太」。城裡二媽媽是讀過書的,懂得憂饞畏譏,怕人說後母虧待前房沒娘的孤女,替蘭熹放大了腳跟幾個妹妹一起送去上學。學校填寫報名表,蘭熹在生年一欄寫上宣統三年,管報名的先生微微一笑，塗改成民國一年。過了幾年她考初中的時候，自己又拿墨水筆把原先的學籍資料點了幾點，「一」就成了「六」，蘭熹也就從原來全班年齡最大的變成適齡就讀。舜華那個名字也是從那個時候起就不用了。後來她自己想起來也相信是命，那時候可沒料到將來會釣著個金龜婿硬比她的真實年齡小幾歲。反正蘭熹的生年就此成為懸案，不過金家很多親戚都確實聽說過八房鄉下上來的大阿姊是「跑反」那年生的。

馬路邊上兩排梧桐樹春天抽嫩芽，夏天成綠蔭，秋天黃葉落滿地，冬天就剩下一排灰黑的枯樹椿頂起幾隻朝天的烏雞爪伸向當時本市還不罕見的藍天。留聲機上平劇、越劇、時代歌曲輪流轉著，哼哼唧唧地唱不停，伴隨著小洋樓裡晝伏夜出嘩啦啦的洗牌聲。在租界裡「避難」的大清臣民們日復一日家長里短，盡著生物延續物種的天職，並不理會外面的世界沒有為他們的消極而佇足；歐美帝國經歷了經濟大蕭條又漸漸復甦，中國的天災人禍就像他們唱衰的那樣因為趕跑了皇帝遭到報應而從沒消停。蘭熹沒再回過老家，她徹底成了個城裡小姐了。

蘭熹初一的時候得了感冒轉肺炎，等病好了自覺功課落下多了，就不想回去學校，再說二十歲的大姑娘實在也受不了學校裡同儕的幼稚了。二媽榮升八奶奶的繼母那時候已經有了三個女兒，心思完全在下回怎麼生個男孩，才能和八爺有兒子的外室打成平手，別說前娘的女兒，親生女兒也都丟給老媽子教養。就任蘭熹休學在家，跟一個南洋土生不太白的洋人女家庭教師學禮儀和英語，八奶奶自己也前前後後多個幫手。蘭熹閒的時候，還讀八爺訂的幾份中外報紙，也算是進修外文、白話文。何況只要搭子對，人在牌桌上一樣長知識，並不會落伍；蘭熹即時掌握金子行情和米麵糧油的價格，有時覺得消息來源可信，她也拿出私房跟幾個常打牌的女太太一起搭夥「炒一炒」。

受祖母影響，蘭熹一直有記帳的習慣，她每天睡前都要把當日銀錢進出理一理，一面記一面口中像祖母那樣念念有詞：吃不窮，穿不窮，勿會算計一世窮。八奶奶一天看見她那本帳簿，借來一翻，全是幾分幾釐麻將輸贏的賭帳，就笑道：「這也好記？那你來替我們家裡記記吧！」就這樣八奶奶架空了原來被認為是八爺親信的帳房先生。有蘭熹替她看家，八奶奶可以專心金家的百年大計，就果然在生了四女之後索得一男。

蘭熹對金府總管這份「工作」很勝任，她對數字的精明和對人的統御才能更得到八爺夫婦的賞識與授權，不多久就把家裡的財務、庶務和人事權一起拿下，還沒許人家的大小姐正式成了宅子裡的大當家，也就等同今天一個小企業的總經理了。蘭熹的能力受到肯定，自己也做得開心。

夾在新舊土洋之間的金公館裡邊亂七八糟的人事傾軋只比現代的辦公室政治有過之無不及，更別提八爺還有大小兩個公館。「那邊」哪怕規模小點，一樣有主人、僕人等著領每月規費、三餐吃飯、四季裁衣、隔幾年養小孩。蘭熹記帳、管家、三節、過年、請客、社交、打麻將、看戲、恩威下人、應酬富親戚應付窮親戚，金八爺家裡她一呼百諾，過得忙碌充實。和同時輩流行的「女結婚員」不同，蘭熹的心態更接近現在叫「敗犬女王」的事業型女性。可是金公館大小姐畢竟不是前朝的內務府，不算是個出身，蘭熹卻一直為這個家忙到有人來向小她五歲的大妹提親時才終於警覺自己可能上了八奶奶的當，耽誤了婚姻的大事。

「多少年阿拉就講有後娘就有後爹呀！」跟著她從老家來的周媽一面侍候蘭熹晨起梳妝，一面為主子憤憤不平。表示自己有先見之明以外，更重要的是傳播小道消息：「她們講得勿要太高興，講張家那個兒子多少好！捧舞女怕人不知道？什麼『小北京』還是『小南京』！」

蘭熹不悅道：「你包打聽啊？」蘭熹當家以後愈見有威嚴，周媽不敢多說，咕噥著端洗臉水出去。蘭熹對鏡修眉，心想，那兩個是什麼時候好上的？蘭熹彎彎的柳葉眉全靠天天拿小鑷子除雜草一樣的拔，才把遺傳自父親家族的天生濃眉維持在她要的眉形。眉毛一根根鉗掉哪有不痛的呢？可是蘭熹扯得狠心又仔細，簡直是除惡務盡的架式。她並看不上那個張家二兒子，可是想到男方跳過姊姊去跟妹妹提親，蘭熹把臉貼近鏡面用力地拔下一根幾次從鑷子下逃了開去的頑固分子，口中罵道：「濁氣！」

蘭熹挺直身子，對鏡端詳；半長不短的一頭捲髮輕攏在腦後方便梳妝，清水鵝蛋臉上是修眉杏目，瑤鼻櫻唇；櫻唇在蘭熹臉上主要是取顏色的比喻，絕對不會讓人聯想到櫻桃。照中國審美標準，蘭熹的嘴是大了點，不過脣形端正，算是歐風美脣，塗上豔紅的脣膏嫣然一笑，並不輸給那時幾個走紅的好萊塢明星。何況人都知道她頗有私房充妝奩，怎麼會滿二十四歲了連上門提親的都沒有呢？蘭熹側過臉，伸長脖子搭拉著眼皮繼續顧影自憐；她想張家老二一定知道自己看不上他才連提都不敢來提。蘭熹倒真沒想過做幾年金府「當家人」能在親友之間把名聲搞得有多臭；張家太太恐怕寧願讓「小北京」先進門也不敢去招惹蘭熹這樣一個待嫁王熙鳳。

蘭熹摘下髮網把頭髮搖蓬鬆，正要拿梳子刷順卻瞥見下面壓著她幾天前留下的那張《字林西報》。她拿著髮刷的手停在半空，對鏡高高挑起一邊眉毛，做了個怪相；哼！父母、媒妁都不可靠，她決定自走一步險棋。

金八爺府上大阿姊受聘成了美國名牌「鋼筆小姐」，巧笑倩兮的照片登上了西文報紙，再又被中文報紙轉載。這樣的大新聞比陽曆正月國民黨開大會決議國共合作還要讓在祖宗割給外國殖民地上避難的前朝臣民議論。

「嘖嘖嘖——」那個時候被小報稱為「名媛」差不多就是「交際花」的意思了。「金老八場招式！」有一向眼紅她們家的親友幸災樂禍，認為女兒拋頭露面削了父親的面子。

間中也有持平之論，卻還是不無憂心：「女兒大了留在家裡要出事情的！」

「都說大了留在家裡要出事情的——」八奶奶轉述給八爺聽。形勢逼得她不能不正視大齡繼女的終身大事了，而且這幾年讓蘭熹替她當著家，現在自己兒子有了，奶媽又接上了手，是時候收回那一大串鑰匙了。「幾個女太太鞋底都跑穿了——」八奶奶確實託了好幾個人，可是願意談老姑娘的無非鰥夫或者破落戶，還真拿不出手。「——就這個南京曾家的看來可以點，也出來十幾年了。」她沒說也大了女方十來歲，老家可能有髮妻，做媒的都說不清楚不敢保。八奶奶自己是城裡太太出身，覺得城鄉「兩頭大」的情況並不是問題，沒聽說過哪個上海太太要回鄉下磕頭的。「讓他們見見面？」

金八爺伸出兩根指頭夾起放在他面前毛筆小楷寫得漂漂亮亮的拜帖，橫瞄一眼，哼了一聲；手指配合鼻孔噴氣向旁一鬆，紙片飛過桌面，紙飛機一樣地降落到地上。

「嘿！」八奶奶不高興了，「算我多事！以後不要說我沒管你的女兒——」她拾起唯一候選人古色古香的簡易履歷表嘟囔著走了。聽見八爺在她身後嘰嘰咕咕甩洋文，她聽不懂也猜得到，就嘀咕地回嗆道：「哪能嘛，嫌鄉下人，嫁個外國人那麼英文靈了……」

還真有外國人寫求愛信到西報館和鋼筆公司給蘭熹。蘭熹這份工作相當於現代的品牌形象大使，一星期中有幾天還要去門市駐店坐堂，幫人簽簽名什麼的。不怪別人看金家笑話，那確實是像那些刻薄太太叫的「生招牌」工作，真名媛不宜。可是這牌子的產品金貴，夠身家穿越店堂走到跟前的倒都是本埠正牌華洋富豪。在那個年代待嫁老小姐能夠這樣豁開來拓展社交圈，增進自己的機會，蘭熹也是膽識不一般了。

這天蘭熹來到公司時拉長了一張臉顯得特別不高興；原來拖了一陣子，八奶奶等不及了，竟以蘭熹要專心工作發展事業為藉口，把象徵當家人權威的鑰匙給收了回去。蘭熹沒想到繼母能做得這麼不漂亮，被殺了個措手不及，周媽卻不懂體恤主人心情，不安慰人，反而節骨眼上講些廢話刺激她，搞得主僕內訌，周媽鬧著要告老還鄉，過幾天兒子就來接娘了。雖然只是個老傭人，畢竟周媽是從小帶她大的，又還是家中唯一的心腹，蘭熹一時只覺得眾叛親離，心中感傷。她想：周媽總說繼母偏心是隔層肚皮，自己還不是什麼都只想到在鄉下的兒子。可嘆她金蘭熹人才再出眾還是一個沒有親娘替她打算的孤女。

洋行有著裝規定，坐堂要穿西服，蘭熹藉機裁製各式新衣，把原本就和她洋氣長相不搭架的旗袍全部束之高閣。這天蘭熹穿了一件歐美最時興的白底黑點圓領低腰洋裝，上面套了銀灰真絲鬆身長背心，長頭髮盤進一頂鐵灰色淑女呢帽裡，露出的長而潔白脖頸上戴一條渾圓珍珠項鍊，襯上她五官鮮明的輪廓，坐在敞亮豪華店堂深處胡桃木造景的書房裡，手拿一枝貴氣金筆，眼睛卻悠悠遠望，不知道她正在為媒自傷的人，只看見一位西化的知性美人坐在大書桌前彷彿思考未來世界和平。

「你從不回信！」一個男人用英語在她桌前低聲說，「我賭你連我的信都沒打開過！」

蘭熹回神一望，只見是一個黃黑皮膚，長相平凡，幸而身板還算挺拔，一身西裝也剪裁合度的華人青年；口中說著彷彿賭氣的話，卻又瞇著一雙眼睛笑看著她。蘭熹客氣而冷淡地道：「先生，回信不是我的工作。」一面望向店外，納悶紅頭阿三怎麼就這樣把人放進來了，卻意外見到屁顛顛從外面趕回來的洋人經理一壁用手帕擦著汗，一壁老遠打起招呼道：「陸先生！陸先生，你到早了！」

「我的祖先是漁民、冒險家和苦力。」陸永棠從初相識就喜歡拿兩人的血統說事，「骨子裡就階級不同，不像蘭熹，天生的貴族。」最後還要挑挑眉毛，誇張地壓低聲音，用「我賺到了」的語氣說，「She married the wrong class!」

幾句老話從民國二十五年講到了兩人兒孫滿堂，永棠都沒講膩。在兩人漫長的緣分之中，哪怕永棠早對老婆和婚姻都膩煩過了好幾遍了，「祖先」的成分顯然一定程度地庇佑了這段姻緣；起碼未負當年在異邦發家的陸老先生送獨子返回祖國娶個名門淑女的初衷。

「看到報上的照片和文章介紹，我就愛上了她，送信、送花她都不理會，只好說要投資她工作的公司——」喜歡開玩笑的永棠常常半真半假地告訴親友，卻沒說這是他一向「花差花差」使慣了的招數。「最後？最後不知道是誰上了誰的當？——哈哈！我後來比較懷疑是蘭熹著急要嫁給我！」

其實兩個人都著急，除了郎有情妹有意，中外局勢都不好，世界亂成一鍋粥，租界裡人愈來愈多，外面的消息愈來愈壞，舞廳裡流行跳起快狐步，跑馬場的馬都老傳跑破紀錄，人心不安定，好像連地球也愈轉愈快。蘭熹鐵了心要趕快離開娘家，一定要比有了人家的妹妹先出嫁；永棠在外面混了幾年，社交圈裡盡是些花花草草，也只有蘭熹一個年紀相當的真淑女「派司」他的老太爺，可以為傳承香火兼提高出身階級的家族大任交差。兩人初識於夏末，才到中秋就決定了婚禮在同年的十二月十二日。

「嗐，以為選了個好日子，」在慶祝結婚七十周年「白金婚」紀念酒會上，永棠比畫著兩根指頭調侃自己：「一二一二，一變成兩，單變成雙，好不好？——哈哈哈，我也以為滿好，結果現在上海滿馬路紀念西安事變。」

西安事變不久，中日正式開打，然後抗戰未已內戰又起，老百姓也就跟著家國的動亂遭劫。隨著千萬中國家族被時代無情地打碎飄零，成了陸太太的蘭熹與永棠也迅速結束了王子公主婚後的日子，加入「二十世紀猶太人」中國難民的大軍走向世界。

那個時候的青年夫婦半世紀後再回到本市，竟然不覺得改變太大不習慣。十年前他們在原來住的街上買了外銷樓，道旁梧桐青青鬱鬱，不是從前還勝似從前。那棟比照紐約豪華公寓蓋的大廈沒掛什麼「一品」「帝苑」的招牌，黃銅門牌上就「某某路某號」。全樓住的不是他們這樣衣錦返鄉的老華僑就是洋人高層租客，前台沿習百年租界作風用外語跟住戶打招呼。街市上倒是鄉音依舊，只多出幾個他們耳朵聽起來粗糙的「外來」形容詞。除非國外兒孫來訪，老年夫婦一般很少出門，平日跟鄰居打打麻將，再就是幾個在地親戚偶爾走動，司機傭人簇擁著去下館子。雖然高樓單位沒有當年的獨立庭院，坐在客廳裡卻可以看到近處的幾個外國領事館圍牆內花團錦簇，草木扶疏，一恍神會以為裡面還住著從前那些人。那天警察為世博加強治安來查戶口，他們拿出市政府鼓勵僑民買房時發的藍印戶口本，兩人生年分別是一九一六和一九一七，警察大驚小怪地讚歎二老高壽健朗，蘭熹淡淡地微笑著，心裡想：小駒頭，否曉得吾已經一百歲了呀！

——原載二〇一一年四月十八、十九日《聯合報》

禁武令

彭寬

彭寬，筆名薄髮，一九七六年生，畢業於武漢大學，現居北京，從事文字工作。自小喜讀小說，始終偏愛武俠。業餘寫作不輟，尤喜奮筆於武俠、奇幻類。目前創作多為短篇，浸染傳統的同時樂於嘗試創新，發表有《桃花門神》、《單槍》等作品，二〇一一年獲得第七屆溫世仁武俠小說大賽短篇首獎。

楔子

朝廷頒下《禁武令》的那一年，各地亂了好一陣子，地方官四處捕殺藏匿或反抗的武師，桃源縣的那件大慘案，就在那一年發生。

那件事，正史上是找不到的，當地縣誌上也只粗粗記了兩筆，語焉不詳，不得要領。根據民間零零碎碎的傳言，事情的經過大致是這樣：

縣令塗文綬在南郊藍田村搜捕武師不獲，就讓人在村外打穀場上放了數十隻雄雞，又拿出許多銀子，召集全村男女老幼，傳話說能空手抓住雄雞者，獻上來即賞銀一兩。村民爭相縛雞領賞。塗文綬命人一一具名造冊，當晚便率眾圍村，按名冊捕人，將百餘名力能縛雞的村民都當作武師捕去，隨後一律坑殺，並造表上報朝廷。

這件事聽起來簡直匪夷所思，但據村裡老人偷偷講，那夜的殺戮，遠比傳言的更加暴虐殘忍，但因為和《禁武令》有關，所以沒有人敢追究。而朝廷看了奏摺，認為塗文綬辦事得力，反而獎勉有加。後來，群臣又紛紛上表，恭賀《禁武令》效驗顯著，盜匪絕跡，天下大治。這件事情，就更沒有人再提起了。

直到七年之後，我在桃源縣遇見了素娘。

壹、花魁

素娘攙著我走進房間的時候，我已經醉了個七七八八。素娘臉上也帶著微微的紅暈，應該是剛才陪著我喝了幾杯的原因。

不過，即使薄醉微醺，素娘依然是那麼嬌豔。我看得出，席上，連欽差大臣看她的眼神都是色眯眯的，恨不得一口吞了她似的。

但今天晚上，這個桃源縣的花魁，當地十二家青樓的第一美人，卻是縣令塗文綬專門安排來給我侍寢的

縣令是個很知趣的人，送我進房間後，就立刻找個藉口離開了，臨走的時候，還特意安排素娘，要好好服侍我。我忍著酒意，假惺惺地挽留了他一下。但他說，他還要到欽差大人那邊去看看，並帶著抱歉的神色暗示我，對欽差大人太不放在心上也不好，請我見諒。

當然我是無所謂，但我知道他一個小小縣令，也的確不敢得罪了欽差大臣，於是也就不再留他。實際上，真要按照官銜來算，我這個連品級都沒有的小吏，別說不能和恰巧正在此地巡查的朝廷欽差相提並論，就連塗文綬這個縣令也比我高了好幾級。

但縣令傳來陪酒的花魁，今天晚上還是二話不說就安排給了我，對此，我並不意外，而且我知道，對這個安排，欽差大人也不會多說什麼。

這一切，當然都是因為我的特殊身分。

這麼多年來，安公公派出來的「籍武吏」，無論走到哪裡，都是任何人不敢得罪的。實際上，朝廷上下都心知肚明，《禁武令》的發布，說是朝廷的意思，其實就是安公公的意思，沒有安公公一手推動，哪裡會如此雷厲風行？

「籍武吏」這個職業，是在《禁武令》下達一年後，各地民間武師基本絕跡，才以朝廷的名義派出來專門收集民間遺留的各類武術圖譜祕笈的，雖說是為朝廷整理保存資料，但實際上，卻是完全由安公公直接指揮的組織。

這個組織人數不多，但都是安公公的親信，級別雖然極低，但隨便說句話，只要和武術祕笈扯上關係，卻連朝廷大員也可以置於死地。

這就是今天縣令把我引薦給欽差大人時，對方立刻前踞後恭的原因。

不過我當時的注意力幾乎都在立於席外恭敬等候著的素娘身上。我注意到，她聽到我的身分後，身體也輕輕顫抖了一下。

現在，她的身體又在輕顫。她脫了羅裙，只剩下貼身的褻衣，然後低著頭過來給我寬衣解帶。

我任由她脫去了衣袍，但當她把手伸向我手腕緊緊纏住的那根紅綾時，我制止了她。

「大人，您……」素娘以為觸犯了我，嚇得臉色蒼白，連聲音都變了。

「沒什麼，這個不要動。」我溫和地說，「這是我的習慣。」

其實，紮這紅綾並非習慣，而是我的祕密。我雙手手腕和雙腳腳踝的紅綾，是絕對不在人前解開的。這是我在這世上延身保命的法子，我不想讓任何人知道。

在安公公手下任「籍武吏」，風光八面，但也危機四伏，弄不好，隨時都會丟掉身家性命。安公是一個多疑的人，擔心有人在收集武譜的過程中私閱或偷練，因此每隔兩三年都會進行一次「清洗」。這種「清洗」大都是有殺錯沒放過的，因此一旦被任命為「籍武吏」，基本上就意味著沒有幾年好活了。這也是許多人一旦被任此職，便肆無忌憚、窮奢極慾的原因，所以即使朝廷裡的大員，也都任其予取予求，不敢忤逆。大家也知道，就算是再囂張跋扈的「籍武吏」，只要忍過去兩三年，都會自動消失，被安公公的「清洗」給處理掉。

也許唯一的例外就是我。

我幹這個差使已經六年了，中間差不多經過三次「清洗」，但都安然無恙。沒有人知道我是憑什麼活下來的，所以對我就更加畏懼。就連在「籍武吏」這個群體中，我也已經被視為一個可怕而神祕的人。

能夠活下來的祕密之一，就在我手和腳上的紅綾下面，但沒有我的同意，也沒有人敢解開這紅綾，甚至連敢開口問一句的人都沒有。

我趁著酒意，把半裸的素娘扯過來壓在身下，其實我的手上幾乎沒什麼力氣，但素娘是順從的，歡好的時候，我手和腳上的紅帶顯得分外扎眼，素娘也小心翼翼地盡量不再去觸碰它。

按照安公公的規定，「籍武吏」是必須獨寢的，這也是為了防止有人與我們接觸太多，會有丟失武術祕笈的危險。我知道不少人私下並不遵守這規矩，但我至今還沒有破壞過。所以，當素娘的喘息寧定之後，我便示意她離開。

素娘爬起來，卻不肯穿衣服，而是跪在了地上，簌簌發抖。

我很詫異，一問才知道，原來縣令之前吩咐她，不許午夜之前離開，否則就當服侍不周，定有重責。我雖然哭笑不得，但也沒怎麼放在心上，最多我給塗文綬說一聲，不予責罰就是了。但素娘後面的話卻讓我憤怒，因為她說，縣令密囑她，午夜後要確定我睡熟，然後再去欽差大臣的房間裡侍寢。

看著素娘悽楚的神情和驚慌的眼色，還有她那剛才還在我身下婉轉承歡的白生生的身子，我突然決定，這一夜就讓她在這裡陪著我，哪裡也不許去。我知道這個決定違反了我一向小心謹慎的慣例，但不知道為什麼，我竟然一時動心，不願意這個柔弱的女人再跑到另一張床上去忍受蹂躪。

聽了我的話，素娘的神情更加驚慌。她不是我，得罪不起縣令和欽差大臣這些人物，她只求能在我這裡待到午夜，哪怕是跪到午夜都行，然後去繼續她的命運。

但這一次，我不再改變主意。我對她說，上床來，明天有什麼事，我會跟塗文綬講。

貳、祕庫

從掛著「明鏡高懸」匾額的縣衙大堂穿過，接連轉過幾重院子，每處進出口上都有兵丁把守。塗文綬恭恭敬敬地在前引路，終於來到一處大門上貼著封條的庫房前，對我諂笑著說：「大人，到了。」

這裡就是桃源縣衙與當地守備專為「禁武」而開設的庫房，屬兵部直管，果然門禁森嚴，裡面應該都是從民間繳獲來的各種和武術有關的違禁物事。塗文綬查過清單，說裡面還封存著幾本武術圖譜之類的禁書，應該屬於我收集的範圍。我表示很感興趣，要親自來這裡看看。

「塗大人這些年剿武十分得力，朝廷一直都很讚賞的，想必武術祕笈之類也搜羅上來不少吧。」我漫不經心地問，一邊看著那些兵卒打開庫門，退到一邊。

塗文綬滿臉堆笑，同時擦著額頭上的汗，恭敬地說：「大人謬讚了。民間武師十分刁頑，朝廷的律令一來，都想方設法藏匿那些禁書。卑職近年來雖然抓了不少人，但武術祕笈之類，數量卻委實查獲有限，今後一定加緊。」

我在庫房裡轉了一圈。裡面的武術圖譜果然不多，按他前幾年上報捕殺的武師數目算起來，差距十分之大。我自然不會去點破，卻反覆打量這個庫房。庫房不大，但構造十分嚴密，磚石材料也異常結實。這是我見過的縣城裡打造得最好的庫房，我十分滿意。

其實，我這次到桃源縣來，公幹只是個幌子，真正的目的，是要給我自己私下建造一個祕密的庫房。

當我示意塗文綬屏退所有人，把我的這個要求告訴他後，他甚感驚詫。不過，我知道，我的話雖然說得客氣，但他一定不敢推拒。我既然把話說出來，擺在他面前的就只剩下兩條路，要麼幫我祕密建庫，成為一條線上的人；要麼拒絕我的要求，而這樣做的後果，相信他十分清楚。

等我告訴他，我造祕庫是為了存放從各地收納的大量金銀珠寶之後，他蒼白的臉才終於恢復了血色。我讓他知道造庫的目的，就是要讓他放心。就在昨天，他還送了我一批價值不菲的金珠寶貝，他自然想像得出，像我這樣的人在各地跑了這麼多年，會有什麼樣的身家，找個祕密的地方存放起來，並不過分。

「大人能把如此重要的事情託付卑職，足見對卑職的信任。」塗文綬的臉上甚至漸漸露出了喜色，「請大人放心，卑職萬死也要將這件事辦好。」

我點點頭，委婉地告訴他，我不想要任何外人知曉這件事，這個庫房的東西，都是我自己的家私。塗文綬自然心領神會，當場起誓說，所有具體事務，他都會和他的兒子塗遷親自去辦。

從庫房出來，塗文綬的精神振奮了不少。在官場上混了這麼久，他自然明白，能為我這樣的人幫忙辦些私事，今後不可能沒有好處。事實上，我剛才就已經答應他，會在其他地方收集上來的武術祕笈中挑選一些，算作他的功勞，今後也會在安公公面前，多替他美言幾句。

到了縣衙大堂，眉花眼笑的塗文綬還特意把兒子塗遷召來，與我這個未來的「朝中貴人」見上一面。塗遷是一個精明上臉的年輕人，雖然一身花花大少、公子哥兒的模樣，但在我和他爹面前，卻很懂規矩。

我把祕庫的地點確定在了花明樓——素娘所在的青樓——的地下。同時，我還順便告訴塗文綬，素娘這個女人，我還要多用幾天，在我沒發話前，希望不要安排她做別的事。

塗文綬有點意外，但還是喏喏連聲的答應。我瞥見塗遷的嘴角露出了一點兒笑意，大概，他在暗笑我這樣的人居然會對一個青樓女子如此癡迷，一點也沒有朝廷的威嚴氣象吧。

我客客氣氣地告辭，然後不動聲色地離開。

不管是塗文綬的喜上眉梢也好，還是塗遷的暗地訕笑也罷，我都不放在心上，因為，既然接下了我這件事，他們父子倆，也就等於接到了閻王殿的請柬。

我壓根就沒打算把他們和我綁在一起，一切都只是利用。祕庫完工之日，也就是我開始向他們動手之時。

事實上，這已經是我通過地方官員私下修建的第四座祕庫，之前的三個，凡是參與修建的人，都已經被我以各種藉口除滅乾淨。

在這個世界上，我是不會和任何人共用這個祕密的。

原因很簡單，在那三座祕庫裡，除了數目驚人的金銀珠寶外，更重要的，是還藏匿著我這些年來用水紙影印的大量武術祕笈和圖譜！

幾乎所有經我手收集的武譜，我都私自留下了複件。

我主動申請做「籍武吏」，就是為了這個。這件事，已是我此生能為恩師所做的唯一的事情。

恩師李敬武，翰林院大學士，當年朝廷裡唯一一位公開反對《禁武令》的大臣，曾上表彈劾大太監安神秀，言辭激烈。翌年為安神秀矯旨賜死，抄家，滅三族。

參、武譜

素娘依然在屋子裡等我，乖巧溫順，但現在，我已經知道這個女子並沒有看上去那麼簡單。昨天晚上，她留下來在我這裡過夜，原來是有心的。

這麼多年，我的警覺性早已敏銳得出奇。半夜裡，我在睡夢中察覺異常，立即就醒了。我發現素娘正在輕輕解我右腕的紅綾。她看見我睜開眼，動作立刻凝滯了，臉色煞白，但居然並沒有慌亂。

「妳做什麼？」我面無表情，但心中已經雪亮。紅綾還沒有解開，但素娘的企圖已十分明顯，如果不是有人安排，那就是她自己找死了。

我不會武功，但「籍武吏」身上都配有殺人的利器。那是各種極其精巧的機括，不少是在武林門派的暗器基礎上加以改良而來，威力強大，可以藏於身上的任何部位，甚至裝在指甲和頭髮裡，讓人防不勝防。我們曾多次在民間武師身上做過實驗，連高手對這些利器也幾乎無法抵抗，素娘這樣一個嬌怯怯的弱女子當然更不用提。

「我想知道你的祕密。」素娘咬住嘴脣，表情出奇的鎮靜，看來已不打算遮掩。原來這才是真正的素娘。倒是我走了眼，十二青樓中的第一花魁，的確不應該是一個普通女子。

我沒作聲，等著她說下去。

「我想要脅你。」素娘乾巴巴地繼續說，「我知道這樣做很冒險，但我不能放棄這個機會。」

我有些奇怪。一個煙花女子，居然有這膽量，為了什麼？以素娘的聰敏，不會不知道這樣做的後果。「籍武吏」是什麼身分，要脅到這些人頭上，就算僥倖成功於一時，最終也必然是個死。

「我只想逼你給我看一看那些武譜。」素娘淒然一笑，「看過了，是殺是剮，我都認了。」

她居然也是為了那些武譜。我雖覺意外，但想來卻也在情理之中。經過這麼多年的清剿，民間武譜早已絕跡，而官方收集上來的，一向封存嚴密，不是銷毀，就是上繳。按照朝廷的厲禁，沒有特別核定的身分，任何人不許接觸，這一點，就連塗文綬的兒子塗遷都不例外。這大概就是她一知道我的身分，就準備冒險的原因了。但我不明白的是，一個不懂武功的坊間女子，何以要冒著殺頭的罪名，非要去看那些武譜呢？

素娘的回答著實讓我吃了一驚。

「我琢磨了七年。」素娘那一口貝齒咬得沁出了血，看上去竟然有一種驚心動魄的美。

「要殺塗文綬，我只有這個辦法。」

「你和塗文綬有仇？」我的聲音聽起來依然沒有喜怒，但卻已有些不穩。

「我是藍田村人。」

我恍然了。

七年前，桃源縣藍田村那起慘案，震動朝野。我不但聽說過，甚至還看過內廠呈給安公公的祕查卷宗。塗文綬屠村報功，手段殘暴，上面其實知道底細。但當時《禁武令》在全國推行甚急，朝廷正需要大造聲勢，所以安公公才發話，不僅不予追究，反而傳令嘉獎。

「那一夜，除了我，全家人都死於非命。整個村子全毀了，人也幾乎殺光了。那年我十一歲，僥倖活下來，後來被人賣到青樓裡做了妓女。」素娘的聲音平靜，彷彿在講一件與已無關的事。「七年了，沒有人再提那件事，但我沒忘，我只是在等。」

這次，我沉默了很久，才問：「如果拿到武譜，妳打算怎麼做？」

從縣衙的庫房回來，我把拿回的幾本武譜遞給了素娘。

「我不是幫你，也沒什麼好心。」我不動聲色，「想要塗文綬死的人，不止你一個。你既然有心，我正好省事。不過，看了這些，你也活不了。你想清楚。」

素娘一言不發地接過，把新沏好的茶端到我面前，然後默默坐到一邊，毫不猶豫地開始翻閱。

我很少見女人看書時神態有這麼美的。昨天夜裡，我沒有叫人把她帶走，她已經十分驚疑，當然更不相信我今天真會給她武譜。在她眼裡，我和塗文綬、欽差大臣這些人都是一丘之貉，從行動暴露時起，她已經不存指望。我自然也不會對她多說。於我而言，這個女子只是我整個計畫中一顆意外的棋子，但走好了，也許更能迷惑塗文綬。

不過，她就算拿到武譜，又能有什麼辦法對付塗文綬呢？

我一邊品著茶，一邊觀察素娘。她很專注，對繪有拳腳招式的圖示部分，看得尤其仔細。看了一會，她忽然展紙研墨，開始提筆臨摹起來。作為花魁，琴棋書畫、詩詞歌賦都是要學的，而她的工筆丹青，看來曾專門下過苦功。

我在旁邊偶爾拈起幾張來看。畫上那些拳腳招式，完全都是仿著武譜，看不出什麼特別，但看過幾張後，我就覺得哪裡有點不對。

「塗遷?!」看到十幾張的時候，我才反應過來。所有臨摹出來的圖，上面那伸拳踢腿的武者，面部都像極了一個人——縣令塗文綬的兒子塗遷。

我有點明白了素娘的用意。

「我拿這些畫當做證據，就可以去欽差大臣那裡告發。」素娘幽幽地說，「縱容親子私閱武譜、私練武功，只要朝廷拿這些和武譜一對照，再加上我這個證人，他們塗家就一定問罪。就算我自己脫不了干係，能拉他們父子一起死，我也心甘情願。塗文綬因為《禁武令》屠了我們村，我也要他全家死在《禁武令》上。」

「你怎麼能把塗遷畫得那麼像？」我覺得有點不可思議。

「我在樓子裡的第一次就是被他糟蹋的。」素娘漠然地說，「每隔一段時間他都來找我發洩。我裝做對他傾了心，畫了他很多像，為這個，樓子裡的姑娘都笑話我癡心妄想呢。」

我想起在縣衙裡時塗遷臉上的笑意，點了點頭。

原來如此。

肆、紅綾

「朝廷的《禁武令》，禁的不是武，而是俠。」這是恩師當年上書反對《禁武令》前，趕我遠走避禍時對我說的一句話。

我不懂，只是懵懂地接下他遞過來的一卷手稿。那是他那些年費盡心血在民間編撰整理的東西，我看了一眼書名，《俠影錄》。

我知道他一直在煞費心機地收集藏匿於民間的武譜，但最後關頭，他卻沒有交代給我。後來我知道，那些武譜統統都被安公公的手下抄去毀掉了。唯一剩下的，就是我手裡的這卷書稿。

我翻閱過，裡面記載的，是許多江湖俠客的故事。但說實話，我並不相信。

那一個個行俠仗義、鋤強扶弱、殺富濟貧的世外俠客，在真實世界裡顯得太虛無縹緲了。而經過這麼多年的遊歷，我也明白了恩師臨別時那句話的含義。

《禁武令》雖然頒了，但並不是說就沒有人可以練武了，不過這些人都是朝廷的鷹犬。面對有權有勢者的欺壓，老百姓只能逆來順受，稍做反抗，就會被誣為私練武功，觸犯禁律，遭到壓制。於是經過這麼些年的折騰，朝野上下，任俠之氣，終於蕩然無存。

儒以文亂法，俠以武犯禁。這話沒錯。但一個沒有了俠氣的民間，卻又是何其悲哀。

我懷裡揣著恩師的手稿，在民間惶惶惶惶躲藏了半年，然後，我改變了主意。

既然《俠影錄》已經成了空談，我不如還是按照自己的方式，去為民間保存一些武譜更實際些。要不然，只怕最後什麼都沒有了。

於是我求見安公公，並獻上了恩師的手稿。

我沒有留下副本，因為我知道，安公公不可能輕易信任我，但整本《俠影錄》，我已默記在了腦子裡。

安公公留下了我。

一開始，他只是找人交代我做一些雜務，而我勤勉任事，毫無怨言。直到半年後，在安公公授意下，朝廷徵召「籍武吏」，我才等到了機會。

主動願意做這個差使的人幾乎沒有，因為大家都知道，這是一件雖然風光，最後卻必死無疑的差使。但我應徵了。

安公公特意召見我的那天，我非常鎮靜，雖然我知道，假如應對不好，我是沒有命能出來的。

安公公只問了我一句話：「你憑什麼讓我相信你？」

我叩頭，沒有回答，而是請人為我拿來一把鋒利的匕首。然後，當著安公公的面，我自己挑斷了手筋和腳筋。

廢人一個，武譜於我而言，已經等於廢紙。「我把師父的手稿獻給了公公，受天下人唾棄，早已沒有退路了，如今甘願再自斷筋脈以明忠心，難道公公就從來沒有能相信的人嗎？」

在滿地的鮮血裡，安公公看我的眼神十分複雜。但他沒再說話。那天，他正在把玩剛剛送進宮內準備給妃嬪們的胭脂水粉和綢緞刺繡，於是隨手撕下了身旁的一匹紅綾，替我紮住了傷口。

我看不懂安公公的眼神。這個大權在握，卻誰也不相信的人，其實也應該很孤獨吧。他走近我身旁的時候，我才發現他其實並不老，而是一個俊美如處子、驚豔如妖魅一樣的人——只可惜，是一個做了太監的男人。

在那之後，我就開始用紅綾紮住我的手腕和腳踝。一是為了遮掩傷口的疤痕，二是為了顯示我的身分。誰都知道，那是安公公親手紮上去的。而原因，安公公既然不說，沒有任何人敢多嘴去問。

而我也自此成了安公公的心腹，至少，外人都這麼認為。

能夠接近安公公之後，我並不是沒想過尋機殺了這個人，但最終還是放棄了。第一，我根本沒有能夠身帶暗器接近他的機會，而赤手空拳，我是廢人一個，相反，我確信他練過武功，而且肯定是高手。第二，我發現他代表的不是一個人，而是朝廷裡一股強大的政治勢力，在沒有足以與之抗衡的勢力形成之前，殺了他，根本無濟於事。

所以我只能利用他。

我不知道他是不是也在利用我。我雖然精明，但有些事情，的確也是看不透的。最危險的一次，是有人想取代我的位置，設計把我擺進了一個死局裡。他們使出了各種手段，讓後宮的一個妃嬪和我有了床笫之歡，然後，準備把這件事捅到朝廷上去。

穢亂後宮。這樣的罪名，沒有人能承擔得起。

但安公公獲悉後，卻祕密殺掉了那個妃嬪。

「你胡鬧我不管。」事後，他淡淡地對我說，「但千萬不要隨便動心。」

那之後，就再也沒有人來挑戰我的位置，而我也的確沒有對任何人動過心。直到這次，在桃源縣，遇見了素娘。

不知道為什麼，我覺得這次我似乎真的動了心。

伍、俠影

素娘畫了許多畫，但直到欽差大人離開桃源縣，她都沒有去告狀。

因為我阻止了她。

「你這樣做，根本就沒有用。」我嘆氣，「你以為只要和《禁武令》扯上關係就一定會殺頭嗎？那就錯了。那只是對普通百姓而言。塗文綬是什麼人？你知道他這次給欽差送了多少金銀和美女？你告上去，就算欽差不壓下來，迴旋的辦法也多得是。他們給塗遷隨便弄個武職，或者找朝廷裡的人通融發一塊習武的特許令，塗遷這事就變成光明正大。在他們手裡，《禁武令》並不是律法，只不過是權勢的工具。最後倒楣的，還是只有你一個。」

素娘沉默了，我以為她在思考，好一會才發現，她原來是在暗中飲泣。

「不過你儘管畫下去好了。」我心裡忽然有些痛，「假如你真的不怕死，等我離開這裡後，你只要把這些畫都交給塗文綬，然後告訴他是我讓你畫的，就可以了。」

素娘驚惶地看著我。我知道她是不懂的。她終究還是我第一次見到時那個驚慌無依的女子。

「這是你報仇的唯一機會。」我平靜地說，「我不知道他會不會殺你。不過以後的事情，我會處理。」

三個月後，祕庫修造完成，我拿著塗文綬鄭重交給我的祕庫設計圖紙，回京參見安公公。

安公公和顏悅色地接見了我。

第一件事，我就把祕庫的地點和設計圖紙，一併呈交給了他。

在朝廷裡打滾了這麼多年，我早已知道真正的祕密應該怎樣隱藏。祕庫的事情，我從來都沒有隱瞞過安公公。不僅是桃源縣這一處，連之前的三處，所有的設計圖紙和裡面所藏的金銀珠寶的清單，我都完全呈交給了他。

一開始，我就對安公公說，這些祕庫都是為他建造的，裡面的金銀珠寶，都是為他保管的。這不是我自己的祕密，而是我和他共有的祕密。

我唯一沒有說的，就是除了寶藏外，祕庫裡還有我私自影印的大量武譜副本。

既然祕庫是安公公的，他自然不會再讓其他人知道。而以他的身分，看了圖紙和清單，也不會有興趣親自去祕庫裡查驗什麼。也只有這樣，這些祕庫才能真正安然無恙，我也才能在他的默許下，從容除掉其他所有知道這些祕密的人。而我在祕庫裡私自挖下暗格藏匿起來的武譜，才是真正安全的。

說到底，我就是要借安公公自己的手，來保存那些他一心要毀掉的東西。

「現在天下都是我的，還藏這些金銀珠寶做什麼。」安公公接過圖紙和清單，淡淡地笑了一下，「不過既然是你的一片忠心，你就幫我收管好了。」他瞄了我一眼，眼神裡帶著一點琢磨不透的笑意。「我知道每個『籍武吏』到下面都沒少收了好處，也只有你，每次都不瞞著我。」

然後，他把一封奏摺給了我。

我恭敬地接過。不出所料，是塗文綬八百里加急呈遞給朝廷的密摺。密摺中揭發我徇私舞弊，收納賄賂，並強迫地方建造祕庫，以私藏重寶。

看來素娘果然不怕死。我一走，她就按照我交代的，把那些畫交給了塗文綬。

其實我的意思很簡單。我就是要借素娘的口，故意讓塗文綬知道，我已經打定主意要對付他——我讓素娘說是我授意她畫的，這才是真正要命的一句話。

素娘不知道我的目的。但塗文綬一定能猜到，我是要在祕庫建成後滅口。所以他求生的唯一方法，就是向朝廷密摺奏報，把我扳倒。

朝廷是安公公的朝廷，我想他是知道的。但我早已把祕庫變成了安公公的祕庫，他卻肯定不知道。所以他注定失敗。自始至終，祕庫本身都不是祕密的關鍵所在。

真正的祕密，從來都是在人心裡的。

現在，安公公把密摺交給我，其中的意思，我當然明白。

和以往一樣，所有知道這座祕庫的人，都將由我去全權清理。無論我用什麼理由，他都不會再多問。

我本來可以不必這樣打草驚蛇，偷偷對付塗文綬也沒有問題。但七年前桃源縣那件大慘案曾驚動過安公公，所以我更願意先看看安公公對他的態度，以防意外。

小心謹慎，也是我這麼多年能夠活下來的重要原因。既然安公公這裡沒有問題，那塗文綬無論怎樣做，都已經必死無疑。

在我不動聲色準備告辭離開的時候，安公公卻突然叫住了我。

「我費了不少精神，總算為你找到了一篇特殊的武功祕笈。」也許是我眼花，他在說這話的時候，眼皮上似乎微微有些春意。「這裡面記載的法子，也許可以幫你恢復受傷的筋脈。」

我愣住，不明白他的意思。

「拿去。」他遞過一本武譜來，「這麼多年，我沒什麼值得信任的人，除了你。」

我回過神來，磕頭接過。然後，我取出火摺子，看也不看，就在安公公面前直接把它燒掉了。

面對安公公詫異的眼神，我只說了一句話：「屬下寧可永遠做個廢人，也不能失去公公的信任。」

從安公公那裡出來，我的心已完全抽緊。

我猜不透安神秀究竟是真心還是試探。但不論如何，既然這世上有這樣的功夫存在，就意味著我自斷筋脈已經沒有意義，作為一個知道他那麼多祕密的人，我早晚會成為他不再信任的對象。

留給我的時間，恐怕已經不多了。

我想起了素娘。我猜測塗文綬應該還沒有殺她滅口，留著她的命好與我在朝廷上對證。

我記得在桃源縣臨別時，素娘曾牽住我的衣袖，說出了她的真心話：「我畫這些畫，不論是給欽差，還是給塗文綬，其實一開始就打算說是你授意的。因為只有拉你下水，我才能挑起猜忌和爭鬥，讓你們自相殘殺。只不過，也許你真的是個好人。」

我搖了搖頭，這個女人，自始至終，都不曾為她自己的性命考慮過嗎？

現在，我希望她還活著。在解決完塗文綬之後，我已打算把自己的一切祕密都託付給她。

因為在素娘身上，我終於看見了俠的影子。

這世間還是有俠氣的。我忽然省悟恩師交給我那本《俠影錄》的深意。在民間，武譜固然珍貴，但俠氣不滅更加緊要。只要俠氣仍在，武就到底不會沉淪。

我決定把恩師的手稿重新寫出來，和祕庫裡的武譜放到一起，只望將來開啟祕庫找到武譜的人，能先讀一讀這卷《俠影錄》。

當然，我會把素娘也寫進去。

——原載二〇一一年十二月二十六〜二十八日《聯合報》

本文獲「第七屆溫世仁武俠小說」附設短篇武俠小說首獎

有塵室

張英珉

張英珉，筆名張龍龜，一九八〇年生，臺灣桃園人。臺灣藝術大學應用媒體藝術研究所碩士。作品首入選九歌九十八年度散文選、九十八年度童話選。曾獲新聞局優良電視劇本首獎、溫世仁武俠小說短篇首獎、梁實秋散文獎等。目前從事文學及影視工作。出版少兒小說《黑洞垃圾桶》。

我決定和你誠實地說出這些話。

請原諒我在公司學到的習慣，我也承認這不是一個好習慣，就是說話總要夾雜著英文，我一下子還戒不掉。

下定決心那天是Friday night，I remember，下班之後，就開著我那台國產小車在濱海線上走著，濱海線夜景真的very beautiful，下了車，我拿了一條乾淨的墊子鋪上，就這樣靜靜坐在觀景台下看著海，吹著清涼的海風，看著遠方巨大的輪船光點緩慢漂移在海面上，像是滑行在海面上的shooting star，愈是slow，卻愈是引人注目，讓我看得出神。

我把手上的coke搖啊搖，用吸管喝了一口，感覺CO_2氣泡在口中無限制地冒起，閉上眼睛感受那不斷冒出的細微刺激，感覺到周圍幾群騎腳踏車的騎士正努力踩踏而過，看著他們車上的LED閃燈迅速騎向前方，而海風與遠處的樹葉摩擦聲互相交錯，我繼續閉上眼睛假寐。

就在我靜靜享受這moment的時候，我手機那電影「不可能的任務」前奏的鈴聲響了起來，I guess，這個時段會打給我的只有同事老王，拿出口袋內手機一看，果然是同事老王打來的，看來又是一通on call電話。

「小李，真對不起這樣給你on call，雖然你明天放假……」老王口氣帶著抱歉，看來又沒得睡覺了。

「怎麼了？」儘管我心裡有了底，但仍然問起。

「機台這邊出了一點problem，可能要一起……」

聽著老王慌張又抱歉的口吻，和我預料的內容一模一樣，沒說什麼，老王是我在公司的死黨，既然是他的要求，我欣然接受，把coke一飲而盡後，捏扁罐身丟進路邊trash can，開車回去才剛離開兩小時的廠區。

回去這專屬於我的Clean Room，回到只能看到彼此眼睛的無塵室。

大學以來，我一直以為自己是喜歡無塵室的，幾次學校辦的求職座談，總是會看著科技公司的人員來播放著那些高畫質的宣傳影片。影片中呈現公司裡乾淨潔白的無塵室，通常無塵室內設置了常人一輩子也買不起，價值數億到數十億元的精密器材。特別的是，在無塵室工作的人，就算只是基層操作員，年終配股之後也能年薪數百萬元到數千萬元，真是令人稱羨不已。更何況，影片中，這些科技廠商生產出的產品行銷到全世界，也許會在芬蘭人的電腦中，也可能在非洲人的手機裡，或是你根本沒聽過的阿魯巴共和國的伺服器內。臺灣的電腦產業鏈有多重要，足堪影響世界。曾經弱小的邊緣島國也能擁有這種影響力，不禁讓在場學生們都感覺到有些熱淚盈眶。

其實，剛剛以上那段，是我翻譯成中文之後的樣子，因為公司裡的人，說話三個字中會有一個英文，我一開始不太習慣，在我習慣之後，終於聽懂一堆廠商的深入說明，薪水和福利有多麼誘人，讓底下同學們交頭接耳討論起來……

然而，聽了這麼多，但其實對我來說，重點卻是那「無塵」兩字，內心中不禁冒起聖潔的feeling，像不像日本的嫁衣「白無垢」？純白無瑕，感覺是多麼pure，多麼innocent。好吧，我承認我有mysophobia，就是潔癖。我的房間可比當時的女友房間更clean，想起女友曾在我看不下去，而幫忙收拾她房間時笑著說：「寧願和髒一點的男生交往，感覺比較easy。」一

現在回想起來，也必須honest，其實那時候我動了與她分手的念頭。也或許，當時她同樣動了這念頭吧。

邊開車，彷彿車窗裡上映這些往日的memory，進入園區，看著車窗外園區內那些不熄的燈，也像是海面上漂移的光點向後流去，這裡是另外一個world，這裡connect世界，或許可以說，這裡雖然在臺灣，但是也不屬於臺灣，因為這裡屬於全世界。

看了看我的Badge（識別證）上的英文名子Lee-Yo，刷了我那大頭照看來有些傻樣的Badge進了停車場，停好車走進公司，再刷了Badge搭上電梯之後就與外界隔離，再次刷了Badge換上衣裝走進clean room。經過重重關卡，終於來到了這核心禁地，看到老王正在機台前面望著螢幕除錯，看到我像是看到救兵，直揮手要我前進，看來這晚又要拚命。

大家都了解，放著數億元的昂貴機台不運轉，就會是公司最大的損失。儘管包覆著無塵衣，但我和老王默契好，只透過眼神交流就足夠溝通。我與他一起奮戰，偵錯除錯，那些bug在程式碼中，就像是一隻游走在叢林之中的鹿，藏身在高低翠綠的灌木內，而我們是奔馳的獵人，不斷在雜亂的訊息之中debug。天亮之前，我們終於聯手解決問題，屏息按下enter鍵，機台又開始運轉了，我倆著實喘了一口氣。

解決完問題，我才注意到身旁一面白色牆，我凝視了許久，直到老王拍了拍我的肩膀。

「小李，what's wrong？累到發呆了喔，還是你……看到了什麼？」

「沒有沒有。」我揮揮手。

我和老王一起看著前方，而眼前只有一片純白的牆。

現在是Saturday morning，我靜靜坐在辦公椅上發呆，看著一旁穿過高級充氮玻璃窗的陽光，在桌上的咖啡杯邊緩緩搬移著時間。要回家洗澡之前，老王從人事那邊回來，手上拿著幾張表單，他一邊寫一邊驚訝地看著我說著：「小李，真沒想到耶，之前說不能報加班的，但是現在公司這邊可以報加班了耶！」

「我們不是責任制嗎，現在可以報加班了？」我打著哈欠，遲疑了一會，本要接過一張空單子來填寫資料，但想了想，隨即揮揮手說。「我不用寫了。」

因為我要辭職了，Quit my job。

「找到新工作了？」老王彷彿聽到晴天霹靂一樣，瞪大雙眼看著我。

我搖搖頭。

「中樂透了？」他想了想，只能想到這個解答，一臉羨慕地對我驚呼。「Oh my god！上次那個威力彩開在新竹市的不會是你吧？」

怎麼可能，我再度搖搖頭。

「還是……上次說的那間新成立的公司……要給你兩倍的salary？」

我依舊搖搖頭，眨了眨沒睡的紅眼對老王說：「哪有這麼好的事情，我只是想休息。」

聽到我這樣子說，老王送單後沒多久，人事經理可能從老王那邊聽到消息，便來找我。

「小李，what's wrong？是不是想放假？」

人事經理是個海歸博士，滿口英文腔的中文，沒想到他竟然一大早就來上班了，或許曾經在海外的國際大公司待過的人，態度就是不一樣，然而他的眼睛一直在我身上游移著，像是偵探在找尋什麼線索似，老實說看得我有些不自在，直到他放下文件開口：「你倦怠了嗎？」

「不是。」我搖搖頭，以為聽到什麼提神飲料廣告的台詞。

其實，我之前試過放長假，但也只是回家睡大頭覺，自己出門又怪無聊，打開MSN沒人回答，也沒人加我facebook，E-mail只有刪不完的廣告信。其實這狀況應該不只我，不管是大學同學或是研究所同學，幾乎全都在臺灣的各科學園區工作，曾想約同學出門聊聊，卻也沒人同時放假可以約出門，我想我們這一族真的被迫成為非自願宅男。

「對了，還是公司的福利和薪資……讓你不滿意？」經理笑了笑，我發現他的牙齒白到可以代言牙膏廣告，說話呼息還有漱口水的味道。

「也不是。」我依舊搖搖頭，我喜歡這種愛乾淨的人，試圖和他微笑。

「公司這邊有一些團購補助，如果你喜歡拍照和騎腳踏車，你可以和大家一起買照相機或是腳踏車，一起參加活動。」

「不用了。」我搖搖頭，我不喜歡拍照，也不喜歡拿著一大堆昂貴的器材拍著美少女，更不喜歡跟著一群人騎腳踏車，那會把身體弄得滿身大汗，沾滿土灰，很髒。

就這樣，話不投機聊了一小時之後，經理打了個哈欠起身，把我簽離職的文件收走放入檔案夾中，臨走之前，他從檔案夾之中拿出一張紙，指著底下我的簽名，還對我說了幾句。

「你要記得，當初進公司的時候，你們這一梯次的新進人員比較特別，因為公司當初有花一筆錢培養你，所以你有簽競業條款，你要記得，兩年內不得從事相同業務的工作，公司這邊，真的非常非常希望你謹慎作這個決定。」

這句話，在我回去補眠的夢中不斷的重複著。

三天之後，章都蓋完了，我以為要交接給新進人員，卻也不用了，新的工程師竟然可以馬上補上我的工作，原來大家就像是模組零件一樣，只要判斷哪裡出錯之後，就可以簡單抽換……

臨走之前我看著產線，內心有些感慨，還記得碩士畢業那天，和女友在校門前拍了合照一張，想我一個名校電機碩士前途一片光明，領到退伍令那天，我直接奔向園區面試，之後五年多，Day and Night，都在這裡。科技廠內通常恆溫控制，看不出也感受不出四季差別，這廠區的景色彷彿是一張still picture，再繼續下去，我猜，說不定就是我的永恆，forever。

However，你知道嗎？數年前是有些不同的，像是和我同組的前輩老王，像他這種早我四年多進來公司，所以能分到年終配股的人，現在都是千萬富翁了，而像我這一期進來的，卻都因為分紅費用化，只能說，salary只比常人高一些而已。

這天，我正在收拾完東西準備離開的時候，老王趁著空檔趕緊跑來和我談著：「離職之後要幹麻？」

「先休息一陣子再找工作吧。」我聳聳肩把桌上的私人文具放到箱子內。「travel, maybe。」

「老是看你說要去日本旅行，要不要乾脆去日本騎腳踏車，有九十天的免簽喔！」老王天真浪漫地對我說著，還一邊用手做出踩踏板的動作，真令人莞爾一笑。

「No way, you know。日本那裡是比臺灣乾淨，可是太陌生了。」

「是喔……」

老王一向和我有得聊，他就像我一個可靠的大哥，若說對工作有什麼不捨，也只是捨不得老王而已。

「老王你呢，What about you？」我認真的問起了他。

「如果有錢的話啊……」老王認真地想了想：「那我想開著車去環島，帶著全家去的那種，你知道嗎？就是那種國外的，裡面有浴室和廁所的那種trailer，很大一台，可以在裡面睡覺，哈哈。」

「那現在怎麼不去？」

「小李，Come on，你知道我們怎麼走得開！」

老王傻笑了起來，讓我想起他的兩個baby，放假的時候我曾看過幾次，還在牙牙學語的階段，童言童語非常可愛，如果能帶他們去玩，那些孩子一定會笑得非常開心，成為一輩子的重要回憶吧，一想到就讓我羨慕起來，因為我，此時連對象都還沒有。

放下我的Badge準備還給人事，轉頭看了看老王離去的背影，雖然暱稱老王，但實際上老王根本就不老。老王只大我五歲，他一路順利，兩年的國立工科碩士畢業，又因為和阿扁一樣手肘外翻不用當兵，所以比我這種碩士學業念滿四年，又多當兩年兵的人來說，他的人生進程實在比我快了點。雖然他就連落髮的程度也比我快更多，更快航向地中海，但我必須坦白說我很羨慕他，因為他現在的人生目標單純，就是安心工作，養大一家大小。

從小我們都知道，簡單的目標才是最好的目標。不像我總是胡思亂想……

回到家之後，我賴在床上兩天沒起床，我翻來翻去，根本睡不好，只想躺在床上，閉上眼睛不想打開，覺得心好像一個被擰乾的毛巾緊緊扭轉，我試圖深呼吸，感到有些鼻塞不順暢，去藥房買了洗鼻器，卻操作不當讓我咳到難受，彷彿溺水。

我走到路上，覺得好疲勞，但我覺得很奇怪，我明明離開了工作了，應該不會這樣子了啊！

我不懂。

我只好走來這間精神科診所外面，掛號之後等著，現在，終於輪到我了，只見精神科醫生坐在我面前。一邊問起我的往事。

「所以，醫生，以上是我想告訴你的，我的一些心情。」

我一五一十和醫生說起，從下定決心離職那天晚上發生的事情，一邊說起好久好久以前的事，我邊說邊注意周圍牆上的擺設，看著牆上一張張裱框的退休榮譽狀，我想，醫生似乎是從大醫院退休之後，才到這裡開精神科，據說生意非常好，會不會在園區裡，像我這種人其實非常多？

我一邊和醫生對談，醫生一邊低頭快速地抄寫資料，起初並不太理我的樣子，隨後抬頭對我微笑。

「爸媽還在嗎？」

「我媽在我碩士一年級的時候過世了，爸和媽在我小時候離婚了，現在都沒聯絡。」

我一言一語慢慢交代，只見醫生快速畫上我的家族系譜，隨後看了我的病例基本資料之後，他竟然嘴角微笑了起來。

這微笑讓我有些疑惑，但他一開口，我的注意力卻又回到他的話語中。

「能否請你，說說讓你最困擾的症狀。」醫生佈滿皺紋的雙眼像有魔力似的，讓我不由自主開始說起自己最深層的感受。

「我……離職之前，只要待在無塵室內，那裡面的白色，全都慢慢浮現了影像，就是白色的畫面之中，漸漸浮現了很多畫面，我一直眨眼，懷疑我看錯了，但是比如說機台的白色上面浮現了一個人的face，那個臉可能是manager的臉還是眼睛，我搞不清楚，我只是時時刻刻都覺得有人在看著我……我非常緊張，在公司的時候常常覺得非常擔心，擔心有人看我，是不是要看我出錯，我好緊張好緊張，我緊張到拿東西都拿不穩了……」

「幻視？」醫生停下了筆，仔細地看著我的眼睛。

「I'm not sure，其實我很喜歡無塵室的，我……」我不再說出口，只感覺到濃郁的悲傷從胸口一直湧出，其實我自己也不知道是怎麼回事，但是事實就是這樣子。

醫生點了點頭，直說要吃藥治療，開了樂舒眠和離憂，先是一週份，若有狀況，隨時再來複診，然而我並不覺得自己有病，我相信我自己，只要離開那無塵室的空間，這狀態就復原，我和醫生有些爭執，我不相信我有病，我不是病，然而醫生繼續微笑，點了點頭，繼續打字按了按滑鼠，對著電腦專心開藥單。

睡前，我不知道自己該不該把藥吃下去。

我躺在床上，仔細看了看這間套房，房間的白並不會讓我有被監視的感覺，所以我也不懂到底是怎麼了，我只是愈來愈無法待在那我喜歡的環境，可是我不懂，我真的不懂，那是我喜歡的地方啊，可是我真的受不了，彷彿有個聲音一直在叫喊，有一個人一直在我背後看著，我不願意再待在那空間裡面了。

我只知道我必須要離開那裡。

既然離職了，應該要作些什麼轉換心情吧，我查了戶頭，還有百萬以上的存款和金融海嘯時低價買的幾張公司股票，換算了一下總值，我想應該一年半載不工作也可以活著，而腦中一直很想做些事情，終於下了決定。

我傳簡訊又打了電話，約好和前女友偷偷見面。

這些年過去，她已經是兩個孩子的媽。她送孩子去才藝班的空檔，和我約在臺北的一間咖啡館，看著她的頭髮燙大捲，和以往清湯掛麵大大不同，戴上假睫毛，化了濃妝，突然覺得她好像變成了一個面熟的陌生人，坐她面前，不知怎麼我竟然感到渾身不自在。

想當年，我去當兵去沒幾個月，她在後方投入他人懷抱從此未歸，但念在舊情，我曾偷偷請朋友包了婚禮禮金，被她知道之後竟然寄回。

「你啊，就是想太多了，想太好、太仔細、太clean了。」她閉眼感受咖啡香氣，再眨眨裝著假睫毛的眼看著我：「人生，是不是應該要接受殘缺，不要給自己太大壓力？其實……你當初就是這樣，我才想離開你的……」

這我不否認，我點了點頭，但反面來說，這難道不算是優點嗎？

「還有，有些事情不要那麼堅持，人生還有很多可能啊！」她像是過來人一樣朗朗說著。「我的孩子現在都送去潛能開發，看看以後哪一個可以變成音樂家或是大畫家，也不錯喔！」

我又點了點頭，話不投機，聊沒多久交代一下近況，聽著她說到自己的老公升上了總經理，心裡想，或許她放棄了我是做了正確的決定？不知道是不是自己鑽牛角尖，想了想，原來我也只是他的其他可能？

她看了看手錶說道：「我要去接小孩了，掰掰，有空再聊。」

看著她走出門時的背影，生了兩個小孩之後身形逐漸寬大，失去少女時期對於身材的堅持，看來年紀到了也就鬆懈了……其實這對我來說，反而還鬆了一口氣。

退伍五年多了，我還每天仰臥起坐五十下，伏地挺身一百下。我到底是太過於堅持，還是實在太不懂得放鬆了？

堅持不是美德嗎？

小時候大家不都這樣說嗎？

堅持不就是各個園區內那些成功的人的最基本的態度嗎？張忠謀會不堅持嗎？王雪紅會不堅持嗎？我不相信！

還是……我不懂變通？

還是我用錯了方法？

還是我是傻瓜？

走在臺北街頭，身邊走過眾多人，我懷疑他們都在嘲笑我的愚笨。

然而，我下定決心要改變。

要改就改得徹底一點。

實驗室操作流程，發現問題，尋求文獻，設立研究方法，提出反論，找出解答。我去翻了精神科的書，看了書中提到精神治療的一種非常激烈的方式，就是直接面對心中的陰影，比方，就像是討厭蜘蛛的人直接在手上放著蜘蛛，討厭蛇的人就在脖子上掛上蟒蛇，等到習慣之後，就會發現恐懼的事物其實並不令人恐懼。

但，我不明白的是，我想，我的幻覺似乎來自於「白」，來自那種無塵室的氣味，但我不是一個應該喜歡白的人嗎？這太矛盾了，我好困擾，因為無解，所以我決定提出反論，我現在非常想知道，我在髒的環境裡面工作，會不會有一樣的感覺。或許，我可以去找一些髒的工作，愈激烈愈好。

我想我應該這麼做一次。

下定決心，三週之後，經由三次轉介，我終於找到了一個最適合這反向於白的工作。列出了眾多園區內的專業專長，在這裡全都派不上用場，但是依舊讓我錄取試用。

這是我學姊的表舅所開的一間家族企業環保水肥公司，我好奇著去報到的那一天，會看見什麼樣的狀態，你能想像一家人都在抽水肥的樣子嗎？不同於科技產商high quality的那種高級企業簡介，這只是VHS畫質，然後看見阿公，叔叔，伯伯，舅舅穿著汗衫，搭配一人一台水肥車。下一個shot，全家人都坐在水肥車內笑著轉動幸福的方向盤？than，大家像是消防隊一樣拉著一條很長的水管，一邊拉著管線，一邊陽光地把頭擺向一邊？

報到那天，開車到了這從來不曾來過的市郊水肥廠，周圍鐵皮生出濃厚的鐵鏽，鐵皮與鐵皮夾縫之間長出的五節芒比人還高，裡面感覺像是豢養殭屍的好地點。我不敢進去，在門口待了一小時，只看見水肥車不斷出勤，直到那些大車的停車場空盪一片，看來生意頗豐。

我想了想，有點理解了這個事實，你可以一天不需要園區生產的電腦設備，但是除非便秘，你能夠幾天都不大便嗎？既然會大便，化糞池總有一天會滿的，會滿就一定要收，整個新竹市幾十萬人，生意一定做不完。

我停好車，站在門前又有些疑慮，該不該走進去。

我想，如果突然認識他們的人，應該會不自覺得想要屏起呼吸吧？

下定決心走進去，懷疑空氣中有股臭味，報到當時，已經禿頭的manager對我推了推眼鏡，看了我的resume之後大笑。「真是不明白，在園區有什麼不好，大家都想進去你卻想出來，你是不是精神有問題？」

Bingo！

但是面試的時候，當然搖搖頭說道，精神當然是沒有問題。

第一課，廠區內練習，學會操作水肥車，的確不難。以我謹慎的個性，等待工作的空檔，我就去駕訓班先考了大貨卡駕照。只是水肥車有更多操作的細節要去注意，但只要確定操作步驟之後，對我這種科學訓練的人來說，其實都不是困難的事情。

第二課，才是真正艱困的過程，一個老職員，我們總叫他砲哥，他讓我坐上副駕駛座，跟著出勤。

「李阿佑，你真正奇怪耶你。」砲哥已經五十好幾了，他邊抽菸邊說，那臺灣國語有些喜感，弄得我一直很想咳嗽，幻想自己會得肺癌，但又想笑，很難忍受。

「你喔，好好園區不做，我每次經過園區都好想進去找工作，當作業員也賺很多咧！」

「才沒有咧！」我搖了搖頭。「現在不像以前這麼好賺了。」

「你讀書讀到秀斗了。」他也跟著搖搖頭。「當然好賺，沒看過你這款。」

跟著他，我終於親自來到這我口中的有塵室，就是大家口中的化糞池。我叫這東西「有塵室」，對比於我曾待過的無塵室，這也是有道理的，好比小時候聽的情歌，什麼滾滾啊紅塵，癡癡啊情深之類的歌詞。人生在世，就是在有塵的世界中長大，而萬物終將為塵，有塵室，就是我之前工作的無塵室一塵不染的絕對反面，是個世界上最髒的空間，不過，我連一絲不苟的無塵室都能待得下去了，看來有塵室又如何呢？

要靠近這有塵室，理所當然的，最好也是要穿上一件防護衣了。這樣說來很奇怪，無塵室也需要穿上防護衣，不過仔細想想就可以想通了，這要看哪樣東西比較有價值而言，無塵室裡面穿上衣服是要保護那些微小的電路，有塵室穿上衣服是要稍微保護自己。

我想這職業對我而言，一開始最深刻的就是，近距離打開化糞池蓋的那瞬間，看著蓋子口竄出的，明明看不見的氣體，實際在腦中卻汩汩冒出流動的樣子。我們把水管慢慢地放入化糞池蓋之中，開啟馬達，那雖然看不見內容的管線，卻能想像那馬達一波一波吸起的東西是什麼。

我實習著，儘管戴著口罩，根本只能聞到口罩的味道，但我心中仍舊冒起了作嘔的臭味，我吞了口水顫抖著，咬著牙握緊水管，插入化糞池攪了攪，感覺那黏稠的質感，像是落入了什麼沼澤，我想像我陷落這個坑洞之中寸步難行，而後這些穢物不斷累積，淹過我的口鼻。

嗯，我開始反胃，但我顫抖了一下看著四周，當作沒事，繼續開啟車上的抽水馬達，嘩啦啦啦，糞便就這樣抽入了車上空間之中。然後再用強力水柱去清洗化糞池，再吸一次，再把整車的水肥，載去淨水廠倒掉。

回程，坐在副駕駛座上，我的牙齒不斷打顫。但我隱藏的很好，怕砲哥打小報告，我就不能提出反證。

但隔天，我遇到更大的障礙，我正在操作馬達，吸水肥起來的時候，我拔起水管時身體失去平衡，一個踉蹌，砲哥交給我的車鑰匙，就這樣從口袋中落出，掉在水肥馬達管線的出口，一灘水肥上。

砲哥站在遠遠一旁抽菸，我不能被他發現……

我深呼吸一口氣，用腳踢了一下那串鑰匙，讓它在草地上翻滾一下，把水肥都去掉之後，我再揀了一根木頭，把鑰匙勾了起來。然而砲哥一轉頭看我，為了不被他注意，我馬上光手拿起了鑰匙，對著砲哥微笑……

喔……我覺得我的手要腐爛了，一股寒意從背脊竄入腦門，讓我牙齒打顫起來。

雖然難受，但我開始相信所謂心理治療的那一套，因為回到家，一閉上眼睛，我彷彿看到自己困在那窄小的洞底下，不斷地向洞上方的明亮處吶喊。但是，我仔細想了想，不知道是轉移注意力還是如何，我現在沒有幻覺了，我不再覺得有人在背後看我了，也沒人會在馬路上注意我了……但，會不會是我太注意眼前那些水肥，會不會噴濺到我身體的關係？

雖然覺得髒，但相對比之下，那些觀看著我的眼神令我更加難受，而現在，回到家之後，只要多洗五六次澡，我似乎也能安然入睡。

躺在床上，我深深喘一口氣，說不定，這有用。

跟著實習一週，在副駕駛座上跟車穿梭在都市內，看著以往不曾去過的地點覺得非常特別。以往的生活路線非常固定。而現在論文心理作祟，開始抄寫筆記，畫上分析圖，路線流程圖，老闆看著我竟然連這都記著筆記覺得奇怪，他不看好我能久待，但他不知道，我是為了治療我的病才來的啊。

我沒離職，我每次出門之前都深呼吸一口。再過兩週。終於輪到我獨自開一台出去了。開這種車出去，所有人都會對我投向奇特眼光。我嘗試克服著這些視線的些許不安，給自己多一些心理建設，我想，不妨就叫我水肥遠征軍。唐吉訶德騎馬，我開水肥車，不知道為什麼內心一震，衝啊！踩著油門，內心悸動不已。其實好在我大學通識課有專心，不至於太過於專業而顯得孤陋寡聞，還知道唐吉訶德，想起我那好同事砲哥，每天開車都在說自己把妹的過程，說有一次他去應酬認識一位叫做茱麗葉，還有一位叫做黛安娜，那不是英國王妃，是穿著緊繃小洋裝的酒促小姐名字，他也隨後給自己取了個英文名字，叫做包伯・砲，讓我大笑。

沒有阿砲的陪伴，我有些無聊，準備一個人開車去上工，但是經理不放心，看了看，問了正在掃地的老板女兒阿娟要不要跟車。她是一個大學才剛畢業的年輕女孩，怎麼可能會想去清水肥？我好奇地看著這位頭髮染成金色的水肥西施要幹嘛，沒想到她竟然回瞪了我一眼。「有什麼好看的。」她流利地換上出勤服裝，坐上了我副駕駛座。「視覺性騷擾喔。」

「才沒有。」我把頭轉了過去，專心開車。

看來她是個女權鬥士。

獨立出勤之後第一個案子，在市內東繞西繞，終於來到了這間住商大樓，管委會的人陪著走到地下停車場，打開化糞池蓋子，裡面混沌一片，看來化糞池裡面的菌種沒有培養好，全被惡菌占領，隨後一股腐臭衝鼻，現場數人彷彿被毒氣攻擊，都掩鼻快逃。

我看著這化糞池孔蓋，想著這棟大樓裡面，王伯伯的大便，李太太的大便，偶像明星販夫小卒，老闆富翁或是低收入戶，全都要大便，不大便可是會死人的，你看這嚴不嚴重，曾經看過新聞，有人便秘很久之後，肚子都是沼氣，最後肚子爆炸，大便噴得到處都是，這真的是慘死。

我趕緊開啟了馬達，拉起了管線，準備吸起水肥，只見水肥西施操作起來頗有餘裕，手法老練，左沖右洗硬化的大便，我想，看來她大學時期從來沒有為了去找打工煩惱過。

「碩士，臭死了啦，你快開馬達啦！」西施對我大喊之後，我趕緊放入管線，開啟馬達，警衛看我們這樣的搭檔也投以好奇的目光。當然，幾次工作之後我才了解，每每離去的時候，我都要記得，客戶都會有些好奇地盯著我看，雖然有戴手套，但是還是要先在他們面前洗過手，才能和他們通知道別。

警衛人員總是好奇盯著我看，讓我想起之前一陣子的新聞，園區內有一車的記憶體半成品被偷了，大家都好奇到底是誰，要偷去哪裡又要拿去哪裡賣。我想，還好沒有人要偷我開的水肥車，要是喝醉酒的人以為我開的是油罐車而搶走也就吃虧了，要偷這些大便幹嘛？回去澆花？我邊想邊笑了。

「你是在笑什麼？」水肥西施看著我，皺著眉頭。

「沒有……」我趕緊正色，搖了搖頭。

「就說你們這種科技阿宅……真的怪怪的耶。」水肥西施搖了搖頭，繼續沖洗化糞池。

歷經數天之後，我終於多了解這一行業的祕密，開著水肥車去公司收水肥的時候，警衛都會特別關照，看到我彷彿看到救星。

「唉，夭壽，化糞池堵塞，拜託快點吸吧！」看著警衛一臉大便，看來管委會的人也被住民罵到臭頭。

「好的。」我禮貌性地點點頭，準備拉管線。

「對了，十八樓的王太太，想要問我說如果化糞池打開可不可以找到他的結婚戒指。」警衛先生壓低音量看向我，偷偷說著。

「戒指？」我皺起眉頭。

「大概是吵架吧。」警衛聳聳肩以對。

其實化糞池這麼大，非常難找到這些小東西。但我還是嘗試看看，於是，我先把化糞池吸乾，看著沉入池底的東西，完好包裝的保險套、衛生棉，甚至發現鑰匙圈上的小熊娃娃也有一隻，這些到底怎麼吸入管線的？

我用強力水柱沖著化糞池，手電筒一照果真看到一個金黃閃光的物件，過濾之後還真的撈到一個戒指。猜想可能是吵著離婚的夫妻吧，或是結婚數十年後拿出婚戒出來欣賞時不小心掉到馬桶裡面，只是……誰會大剌剌去管委會那邊招領一個掉入糞坑的結婚戒指，然後再戴回手上？

我想，那人應該要趁夜領取才行。

終於，數週過去，我發現自己看到髒污，竟然漸漸習慣，也不再會發抖和嘔吐了。回到家，看著自己寫的日記記錄，對於髒污的這件事情，心理上似乎愈來愈能接受了，然而，我想我不是習慣髒亂，而是我必須要了解，這是人生中不可避免的狀態，而且坦白說，這也像我之前的工作；簡而言之，人每天都要進料，經過身體的加工之後，就會run出來一些「貨」，不同的是這些「貨」沒有人搶著要，大部分的人們看見這些「貨」，只會露出嫌惡的眼神而已。

工作數月之後，我確定，我不再感受到背後那監視我的眼神，而我竟然有點滿意我現在的上下班生活，我覺得真奇怪，如果是要做這件事情，我不需要多花幾年念到碩士也能開水肥車啊！只能說未來難料吧，但是更難料的是，有一天，我工作完回到租屋處，竟然收到了一張白帖子。

老王死了？我瞪大眼睛看著手上那張帖子上的姓名。但……就連我在公司這麼親的朋友死了，我也不是收到第一手的電話通知，難道我真的離群索居？慌張地打了電話問了一些之前工作上的朋友，他們也都支支吾吾地談起，原來我離職之後，許多新人都受不了不定期熬夜的日子而紛紛離職，而這次要出貨的歐洲單子很急，老王一人扛了兩人份的工作，因為連續熬夜，感冒併發心肌炎，回家休息的時候，老王坐在電腦桌前面看著旅遊網頁，手還握著滑鼠，就在要買旅行社套裝行程時睡著了，家人也沒發現，還替他披上一件薄被禦寒，而後睡眠中病發，他就這樣離世了。

如果是一位八十多歲的老人，在睡夢中離世是一場喜劇，然而一位才滿三十五歲的男人在睡夢中離世，只是無盡的悲傷。公司那邊，怕傳出過勞死這不好的名稱，會成為新聞焦點，影響公司股價，目前已經壓下來了，除了一些好朋友之外，其他人都不知道，而我離職了，當然更不會讓我曉得。

告別式那天一早，我到了告別式現場包了白包，但我沒參加告別式，我想，若瞻仰老王遺容，我怕會哭到崩潰。

那天上班的路上，我開著我的戰車時，還特意繞經過老王的家，想起老王曾說，他把之前還有配股時候的股票都賣了，獲利千萬元，替兒子女兒買了這棟別墅，這熱門學區以後十二年國教可以優先入學。人們就是這樣，要想辦法往上爬，爬上贏者圈，晉升社會不同階層，是我們這種南部鄉下窮孩子畢生的夢，只要前面人生的基礎打穩，往後就可以唸國立學校一直到研究所畢業，如此一來學費較省，不用像他那樣全額就學貸款一路艱辛到碩士畢業。

看著那棟嶄新建材的別墅，老王用一生心血打造而成，再想著老王，不免內心有點感傷。所以當我出勤在別墅型的客戶家前面，打開機器準備吸乾化糞池的時候，看著一棟棟華美的屋子，有種說不出口的激動心情。

老王是我這幾年來在公司少數能夠交談的人，面對這好友的離去，告別式後的這幾天，我坐在辦公室內等出勤的時候，總會發呆想起老王的身影。

「碩士，你又在神遊了喔？」阿娟掃完地，把掃把放到我旁邊，邊看著我發呆。

「水肥西施——你又要幹嘛？」我趕緊低頭填著表單，看著阿娟邊拖地邊看著我，讓我覺得不好意思。

「我終於知道了，你念到碩士還來開水肥車，一定有問題，你是別家水肥公司派來臥底的對不對，現在正在想如何盜取機密對不對！」

她把拖把一放，好奇地看著我。

「我幹嘛這麼無聊！」我轉過身去，繼續填寫出勤報告。

「你是不是覬覦我家財產，所以偷摸進來工作的！」

「誰會覬覦水肥車，你以為我是神經病喔！」

「神經病都會說自己不是神經病！」

「煩死了！」

我要上工了，上了車，水肥西施又跳上我的副駕駛座。

「幹嘛，水肥西施？」

「這是我家的車，要怎樣都是我高興啦！」

「喔！」

我開著水肥車帶著她到海線上去吸公廁的化糞池。同樣是經過這條路，看著車窗外，別人是悠哉地騎腳踏車看風景，我是去收水肥，想到不免莞爾。

「妳不怕大便嗎？」下了車，我看著專心拉管線的水肥西施，打著哈欠問到。

「不就是大便。」她無所謂的說著。

「不會髒嗎？」看著她染金的頭髮，熟練地操作加壓馬達，感覺比我還更不搭調。

「林志玲也要大便啦，Hellokitty如果會大便，也不會是粉紅色的。」她的口氣比砲哥更直接，讓我笑了出來。

我看著阿娟，她可以選擇更乾淨的工作，而她卻甘願在家裡面幫忙收水肥。她很不同，她選擇了大部分的人都不會走的一條路，我決定把這個啟示抄在我的筆記裡，抄在人生流程圖中，抄在沒有人會教導的，這堂人生的課堂筆記裡。

工作空檔，我站在海邊公廁旁的樹蔭下，下午的陽光金黃光線穿透葉隙，讓人感覺有些愜意。我再把目光看著更前方的粼粼波光，遠方迎風轉起的巨大白色發電風扇，迷人的風景令人沉醉。

如果幾個月前沒離職的話，現在的我又是如何呢？首先想起幾個月前的星期五所下的離職決定，既然開始回想就停不下來，進入公司那天意氣風發的樣子、退伍那天的大平頭、在我大學時期就因為車禍逝世的媽媽，想起更久以前我的童年時期，那時候的媽媽，被我那有第三者的爸爸家暴之後，媽媽就一直整理房間，把一切都歸位，像是百貨公司展示櫃那樣清潔整齊，嶄新潔白。

我想起那時候，每當我看見媽媽露出憂愁的面容時，我只要學媽媽把房間整理的乾乾淨淨，媽媽就會鼓勵我，帶我去買糖果吃，對我露出難得的笑容。

我想，這會不會這是我潔癖的開始？

應該就是如此吧，我再也想不出更深層的記憶了。

也許我該再去看一次心理醫生了，我對自己說。

「醫生，這就是我為什麼會回來回診的關係，我覺得或許是我的過去吧……」

在精神科診所裡面，我專心地說著自己上次離開診所之後所發生的事情，還有那些去水肥公司工作的經驗，還有，那些我所能回憶起，那些小時候的事。

「你的過去影響你的現在，這是一定的，而你的現在影響你的未來，恭喜你這麼認真的對待你自己……」

醫生誠懇地看著我，像是早已經參透了我的祕密，讓我有點不自在。

「其實，你一定沒有發現吧？你現在說話，已經和上次不一樣了，上次你說的話，一定要摻入幾句英文，而你離職之後，是不是就改變了？」

我張大嘴，想著我剛所說的話，的確是這樣，這習慣已經漸漸消失了。

「很好，上次開給你的藥，你一定沒吃對吧？把藥回收吧，我要開新的給你。」

我點點頭，領了藥，回到家想著這幾天發生的事情，有些興奮，有些睡不著，想起醫生說的話，我現在所做的事情將會影響我的未來，我一定要把我的問題解決，治好。我拿出我的藥「離憂」和安眠藥，打算吃一顆睡著。然而，就在此時，我把「離憂」藥錠的包裝翻過來一看，原來那藥的名稱就是「LEEYO」，那不正是我的英文名字？

我突然想起來我的Bedge，想起好久以前精神科醫生莞爾一笑，原來他看到了我填載病例上的英文名字吧。或許，醫生早已看出了什麼關聯性，藥據說有非常多種，他特別開了這種，說不定，就是希望我自己去發現自己的問題……

我沒有什麼疑慮了，我吃了藥，隨後沉沉的睡著，期待醒來之後，我會治好所有的問題。

隔天，等待分配工作的時候，我正在吃早餐，而經理接了電話看了資料，卻不按照出勤分派，直接和我說：「小李，這件交給你，園區的路你最熟，這件給你跑。」

經理交給我一些客戶資料，我一看資料，早餐差點從嘴裡噴出來，這客戶是之前工作的公司，原來那棟精美的科技建築，生活污水竟然沒接污水下水道？

我和水肥西施一起出勤，開車過去，戰戰兢兢地看著之前每天都會看見的警衛，壓低帽子怕被認出來，沒想到他也看不出來，說的也是，鐵打的廠房流水的作業員，如果是我，認識廠長和老闆的黑頭車才是最重要的事情。

警衛先帶著我去化糞池檢查，或許我只是個收水肥的，和他沒有什麼利害關係，他一邊低聲喃喃，一邊轉頭和我說起。

「馬的什麼建築設計師，建築物好看有屁用，這爛化糞池沒多久都裝滿了，大家都不用大便了，噁心死了。」

我聽了，順口說出：「我以前也在……這裡……園區工作，真不知道化糞池這麼快就滿了。」

「你在園區工作過喔？」

警衛好奇看著我，我只好趕緊和警衛解釋，那時候我在當廠線作業員而已。

我想，要是我說我每天管機台偵錯，程式處理，我想警衛也不會信吧？這時候水肥西施躍躍欲試要抖破我的祕密，我只好趕緊捏著水肥西施的手，看來回去又要討一頓罵。

「對了，先生，既然你說你以前在這邊工作過。」我檢查著化糞池，無聊的警衛又趁機和我抬槓。

「對啊，我……做過一段時間。」

「那你有聽過，以前廠房會鬧鬼的事嗎？」

「鬧鬼？」我搖搖頭，倒是沒聽說過。

警衛在我身後，一邊看我工作一邊繼續說著。那天，竟然有一隻紅色蝴蝶飛入了無塵室，當時在場的每一個人都懷疑自己的眼睛，蝴蝶最後又不知道飛到哪裡去了，這不是有鬼是什麼？

想像，無塵室內彷彿無聲靜止，機具運轉都失去了聲響，而蝴蝶就這樣拍翅，聲響震盪，吸引眾人包覆在無塵衣裡的眼神，就這麼呆若木雞看著蝴蝶飛過眼前，最後消失在機台後面。

警衛淺淺地說，說不定那隻蝴蝶是那位死掉的同事回來看看喔。

我本沒想太多，畢竟警衛的工作，就是整天無聊的罰站，很需要這種排解時間的話題，而且我那理工科的科學分析心理，馬上反駁了這疑問，整個無塵室層層管制，不是集體催眠、亂傳流言，就是有人惡作劇吧？

不過，想著老王的死，突然讓我想起公司福委會有和禮儀業者簽約，也省了一些麻煩，因為還有折扣送花圈，這時候不知道為什麼，這讓我有比股票配股還更有賺到的感覺，人到了這一步還在乎什麼配股呢。我想，老王的人生進程實在比我快太多，快到連這一步也都提早到來，那時候我不應該只包白包的，應該也要大方一點送個花圈，裡面的字就是：功在國家。

老王可是為了臺灣經濟犧牲的幕後英雄，出口賺來臺灣重要的外匯。想起我曾經也是這種英雄角色，但是我如今是臺灣經濟幕後英雄背後收水肥的。但是想了想，如果沒有我，這些幕後英雄家裡面的馬桶滿了也只能忍住不大便，肚子要是爆炸，就殞落一位幕後英雄。

我突然覺得我是幕後英雄背後真正的幕後英雄，不知道維士比會不會找我這種收水肥的拍廣告？那鏡頭該不該拍出我正在用馬達幫浦吸化糞池，而周潤發拍著我肩膀打氣，想到這不經意地笑了出來。

「喂，碩士，你又在發呆喔？」水肥西施看著我拉著管線在發呆，我點頭回覆：「想一些事情啦。」

「怪人……」

就在我邊抽著水肥邊偷笑的時候，突然眼角餘光看到了一隻蝴蝶，應該是那種名字很長的鳳蝶吧（很久以後我才知道，那是大紅紋鳳蝶），它黑色的翅膀上，有著濃紅相間的斑點，我看著它慢動作似的，緩慢地飄過我的眼前，直到飛到了我的水肥車邊。

我睜大眼睛，看著它優美的飄行線條，過往的生活裡，我從來都不對昆蟲有任何興趣，但是今天，我突然想起了警衛所說的話……說不定，這真的是回來看看機台的老王，回來觀察自己那批要出到歐洲的貨，有沒有如期履約？良率有沒有到達標準？

這一瞬間，我覺得既感動，卻又悲傷。

我放下手上的管線跟著蝴蝶向前走著，發現這隻蝴蝶飛到我的水肥車邊，從半開的窗戶飛進，就在方向盤上停了下來。這讓我突然想起，老王曾經說過想要開車帶著全家去環島，那廂型的拖車可以滿載一家的歡笑。

「碩士，你還好吧？」水肥西施操作加壓馬達，轟隆隆的吸著水肥。

看著那隻不知名的蝴蝶，腦袋竄過好多念頭，我於是放輕腳步向前走著，看著蝴蝶停在方向盤上，陽光透過樹隙，恰好碎落的光線映照著這隻蝴蝶翅膀張闔，而我，彷彿將周圍的事物都忽略，只看著蝴蝶身上的斑紋翅膀紋理，這是我人生中第一次體驗到，什麼叫做美的感受。

但其實，蝴蝶只是在吸我殘留在方向盤上，我手汗裡面的鹽分。

不對，那畢竟太科學了。

那是老王來對我告別了。

我看到眼眶泛紅，放輕腳步，走向前去想看得更清楚些，而那隻蝴蝶因為我的靠近，就這麼翩然飛出了半開的車窗，在天空拍出了美麗的弧線，愈飛愈高，愈飛愈小。我看著它飛起，突然發現背景是藍天下一朵純白的雲，那麼純白無瑕的雲，像一張白紙，像一面白牆，我突然意會到，我終於克服了我的問題，我可以很好地過下去。

老王，再見了。

我一邊想著這些話語，忘了自己，忘了這吸化糞池的馬達聲音，轟隆轟隆劃過耳際。

本文獲二〇一一年度竹塹文學獎短篇小說第三名

月光迴旋曲

張曉惠

張曉惠，筆名蘇菲亞，一九七七年生，臺灣桃園人，淡江大學中文所畢。臺灣文學創作者協會理事。曾任電腦雜誌採編、電視台執行製作、私立高職專任導師。曾獲臺灣之顏文學獎小說組首獎、九十九年教育部文藝創作獎短篇小說類優選、第十二屆臺北文學獎散文組佳作、第二十四屆聯合文學小說新人獎短篇小說類佳作、第十三屆菊島文學獎短篇小說類佳作、第一屆新北市文學獎短篇小說組第二名、第二屆桐花文學獎散文組首獎、第一屆臺中文學獎少年小說組佳作，目前專職寫作。

起初他們也是心慌得很，甚至願意回到淚水澎湃隨時潰堤的時光，那時圍繞在身邊的人很多，很吵，熱鬧得連衣櫃底層、電視機後面電線纏繞的地方都被聲音填得實實的，無意間滑落一顆淚水，馬上有人伸過盤子來接，之後，白日怕光，夜晚怕黑，人多的地方怕跌倒，人少的地方，怕風。

時時刻刻要復習那毛線球般複雜沉重又甜蜜的糾纏。

美術老師

母親走的時候，你剛將餐車擺定位，豆腐擺盤、油鍋加熱，確定泡菜存量還夠，就取了板凳坐下，又想到塑膠袋要掛起來，免洗筷可能不夠，站起來兜轉一陣後才又坐回板凳。雨大了起來，咚咚敲在塑膠遮雨棚上，清水的風像刀，每晚都在你臉上削割一番，入冬以來，傷痕累累，兩手凍腫，你用食指翻開書包，又闔上書包，又翻開書包撥弄那些講義考卷，又闔上，望著雨絲，和眼前裊裊白煙。

母親不說話，永遠都像和人生悶氣，爸在鎮公所找到清潔隊的工作，她的嘴角終於上揚零點五公分，一聽是菜市場清理水溝，而且要利用肉販菜商上工前的凌晨時間，嘴角又坍塌，你曾經想過，像男人一樣地想過，不快樂你就走吧，這是你和爸唯一能給她的。

早上你給弟妹多帶了一顆滷蛋，你想到他們打開便當的神情，然後想到自己應該要吃飯了，爸說天氣太冷路上沒人時就不要賣了，可是你想好歹要吃個便當賣個一兩份再走。

又忍過一陣凶狠的風，你能夠扯動或運轉的肌肉愈來愈少，只剩腦袋轉啊轉，不遠處站著三根電線桿，上面密密連纏延伸出理不清的墨色電線，是臺灣街道不能缺少的黑色傷口，你不要這樣醜陋的東西在畫上，想了一天一夜，決定讓電線轉彎，越過高樓和樹木，還飛過高山閃過鳥兒，再連到另一根電線桿上，老師的面容立刻烙上媽媽的影子，冷冷瞪著只講了一句：你不知道這是要參賽的作品嗎？

一字一句都像清水的風，然後你就被打入冷宮，大概有一個學期，老師不讓你出賽，也不要你畫，教室佈置也不用參加，「你放學不是要趕著賣臭豆腐？」

就這樣一路臭到國三。考上職校美工科後，你才確定，雨停了。你對陶藝起了興趣，每日捏著軟軟水水的陶土，想著美好未來即將成形，只要熬過高溫燒塑，任何可能或不可能的晶光璀璨都會發生，父親卻從垃圾車上摔了下來，摔斷了腿，你們只能搬到山邊，就地取材蓋了間沒有門牌當然也不用房租的鐵皮屋，苦過許多個鐵皮掀翻時咿呀慘叫的颱風天，和大雨滂沱時可以從屋牆裂縫游到屋外的淹水日，你終於當上美術老師。

某大企業的慈善部門熱烈邀聘，請你指導智障小孩捏陶。

禮儀師

你不只一次模擬著幻想著從陽台牆緣墜落的快感，或衝向自強號讓車頭撞碎顱骨胸骨，要不從父親的機車後座跌下讓後方來車追撞輾壓，只有墜落期間的驚恐比較難受，其餘的，就是痛一下下而已。

做父母的，為什麼從來都不知道自己的影響力有多大，多深，多久，你活在父親的影子下，因為父親真的當你是條狗，當你強壯得可以壓垮父親的影子時，驚駭的老父立刻還以更重的拳頭，讓你知道狗仗人勢的下場。

當拳頭一再加深窟窿的深度，你才知道，父子之間，裂開的鴻溝連太平洋的海水都填不滿。

國小的時候，班上轉來一個新同學，老師為了挪出位置，請班長先坐到你旁邊的空位，那個品學兼優的模範生班長，點頭的同時眼淚就掉下來了，蒼白著臉顫抖著雙手拖動桌椅、書包，同學都抱以無限同情，老師只能假裝沒看到，你心裡想著，這個新轉來的女生真漂亮，而眼前要死不活靠北靠母的同學老師真欠揍，放學後要全部抓來揍一頓。

升上國中後，你的塊頭更大拳頭當然更有力了，每晚和醉父切磋的結果，你在校園的地位直逼主任教官，尤其遍布大小傷口長短血痂的手臂和大腿，光看就很嚇人，老師管不動，幾次不得以冒著生命危險向父親告狀，或者字跡工整地在聯絡簿寫下「懇請家長嚴加管教」，然後那個原本關小黑的白鐵狗籠就會安安靜靜在灶腳等著你了，遇到父親工作不順情緒惡劣時，會在一陣毒辣抽打猛力搥撞之外，加演潑水戲碼，熱水或冷水的待遇則完全依他心情，你在籠內根本無處閃躲，跳著叫著更會激發父親恨意，或者，快意，你的自尊在一瞬間萎縮成豬狗不如的皺巴巴的紙張，所有死亡的畫面和方式如惡鬼般不停閃現並演練，所以你也愛聽老師同學的慘叫，你喜歡像父親那樣拿人頭顱去撞牆，那伴隨哀求的清脆碰擊聲最能撩撥心弦，讓萎扁的自尊快速壯大，你看見自己映在廁所地磚上的影子像父親那樣龐大，可以籠罩全世界。

直到社會局介入，你在育幼院落腳。

彼得潘

你看見子恩一個人在教室吃麥當勞，你很驚訝，張子恩有麥當勞吃卻沒有告訴你，想衝上去理論的時候，子恩忽然抬起頭，眼神充滿悲傷，兩道鮮紅色的淚水慢慢溢出眼眶，流淌到嘴角，滴在脖子，你嚇一跳，而掃具堆前面那個沒人坐的破爛課桌椅上，阿雄正背對你坐著，那個座位鬧鬼，坐過的人都很衰，你和寶弟曾經星期一起個大早在上面畫符唸咒，然後各灑了一泡尿，驅邪！你突然不知道是要叫子恩看阿雄，還是要叫阿雄看子恩，驚慌中，頭上有個晃動的影子，你一抬眼，光頭土灰色的臉卡在燈管上好像市場肉攤上垂吊的豬肝，笨重的身體隨時會把吊燈扯下來，而旁邊，是阿國瞪大眼珠的斷頭，再旁邊，是林欣怡，而孔鏘瀅透的身體竟折疊在窗框裡，只露出一張雙眼緊閉的青色的臉……源自五臟六腑與腦殼深處的驚駭鼓脹成一團酸噁，伴隨劇烈心跳迫切向外排擠，一聲驚天動地的尖叫在你睜眼同時震撼耳膜。

深夜裡，阿嬤關心的速度沒那麼快了，自從和輔導老師談過後，面對你這顆已經爆過但隨時還會再爆的炸彈，她變得比較鎮定。

事情發生之前，你的偶像是小豬羅志祥，最大的願望是吃麥當勞，最好的朋友是子恩、阿雄、光頭、寶弟、阿國和孔鏘，最想去的地方是臺北一〇一和兒童樂園。

山上的時光比較綠，每個人都悠哉悠哉的，樹木也像人一樣，不管清晨或夜晚，總愛隨風擺頭，擺向誰就和誰談笑，正午日頭最艷的時候，一個個就低頭不語，那憨態和涼椅上的阿公一模一樣，正吐納著天塌下來也吵不醒的午夢泡泡。都市的一切都是灰色，連樹也是。

事情發生之後，你的偶像是我自己，最大的願望還是吃麥當勞，最想去的地方是，天堂。

班上只有八個人，所以做籤只要做八支，而你的運氣特別壞，抬便當有你，掃廁所有你，假日來校打掃也有你，連支援外掃區都逃不了，你不只一次去檢查那個泰山八寶粥做的籤桶，確定班長沒有作弊，到臺北校外教學那次，校長要找一個五年級的代表全校上台、獻花，然後致詞感謝贊助企業，就那麼註死，還是你，你已經養成什麼事都抱著必死的決心，還好班上同學很麻吉，對這個宇宙無敵超級大衰神還算友愛，當你又被抽到掃廁所還要清水溝時，子恩和光頭那些人很兄弟很義氣地拍拍你肩：你真的太苦命了。然後眉頭深鎖重嘆一口氣，用肝膽相照的豪情喊著，好啦！一句話！幫你啦！

而當你知道自己是全班八個人連同老師九個人唯一一個逃過滅村災難時，只能仰天大哭，就因為阿嬤在颱風來的前一天突然想去湖口姨婆家，你不死心，在收容所兜來繞去找同學，卻老看到抗議群眾聲嘶力竭地爭賠償、爭財產。哭了一個月哭到兩眼腫燙嘴唇乾裂的時候，看著都市上空灰茫茫十分陌生難懂的天，怨恨地問，「為什麼又是我？」

阿嬤說，山崩地裂那個清晨，在大城市上班的子恩媽媽夢見子恩一個人在老家的客廳吃糖果。你去探望子恩媽媽，在門口窺見一個低頭摺蓮花的婦人，牆上有子恩的黑白照，一股腥鹹海水立刻漲上來淹得你喘不過氣也看不清楚，站了一會後，從屋子旁邊的暗巷走掉了。

一個多月後，當初贊助校外教學的企業又贊助了一次，坐高鐵去臺北一〇一和兒童樂園玩，午餐吃麥當勞，下午去洗頭和理髮，只有像你一樣，同學都死光或家人死很多的小孩才可以參加。

萬事幫

你拚命想逃離大家庭，討厭無處閃躲的笑聲、哭聲、交談、吵鬧，尤其是時不時迸發突然壯大或莫名消失的爭執，青春期的時候，連不受干擾好好自慰一場都像美夢般，要看緣份的，根本沒有隱私，那些個嬸嬸姑姑姨婆舅母，不是在外嚷著「呷旺來」、「呷彭果」、「呷胖」，就是用異常誇張的尖嗓叫罵小孩，一會兒又異常綿軟地疼著哄著，阿嬤阿公動不動就「俊男啊」、「有呷飯沒？枵否（餓否）？」

等這些聲音都踱回房裡時，阿爸或阿叔會突然從門埕那一帶的地方朝內大喊：出來看豬母生豬仔囝喔、緊來喔鳥鼠仔抓到了、今天要看火金姑的小朋友快來、要看的擠手！他大伯最愛惡作劇朝他房門大叫：俊男啊，阿玉仔來囉，緊、緊、緊，出來招待你米來的水某喔。

剛滿十九歲那年，他真的不小心讓阿玉仔大肚子了，阿母提住他耳將他摜在床上，問他是何居心？平日交代拋諸流水，這樣管不住你小雞雞啊，袂見笑，你拿什麼養人家！

你不敢回答就是管不住啊，更不能回答故意的，「誰叫你一看我躺在床上沒在讀書就大驚小怪，沒發燒也被你摸到發燒了！」

沒多久你就懂得了，組織新家庭，是逃離大家庭最愚蠢的方法。

為了養家，你幹過廚師、水電工、裝潢工，在工地挑磚，也賣過保險和靈骨塔，但終究逃不了那紛亂糾結的大毛線球，搬出去的時候，你以為自己是那唯一一條清清楚楚只要抓緊線頭用力一抽就能一躍而出的線，可是經濟方面生活方面帶養小孩方面，那些個姑姑嬸嬸姨婆舅母，總以其無邊愛心無盡熱情和殷殷叫喚美味飯菜，為你編好一張舒適柔軟可以暫拋煩憂忘記妻小的空中吊床，就是吵了點。

沒想到一場颱風就終結所有聲音。

你果然是那唯一一條清清楚楚只要抓緊線頭用力就能一躍而出的線，一口風就能飛滾一段，你把線黏在溼溼的臉頰，開始大哭，重現無可避免的笑聲哭聲交談吵鬧，尤其時不時迸發突然壯大或莫名消失的爭執，通通回來了，吵得讓人要奪門、要在每張嘴上貼膠帶！

線段萎軟慢慢沉落，你繼續用大雨澆灌，在八月天裡渴望一場又一場豪雨。心慌得六神無主，從此萬事得靠自己了，你自稱幫主，成立萬事幫。

劉玉芬

你蹲在那點火、搧風，鐵桶改建的簡易爐灶上，還安著蒸鍋，遠看，像一個少婦生火煮飯，你又丟了一些白色紙張，火焰冒湧，突地彈出炙烈大舌向你舔舐，他在屋裡一陣心驚，可是你沒閃躲，放任一些無情卻巨大的東西輾壓、侵犯。

有很長一段時間，你到處挖掘。舉著阿公的鋤頭，憑藉樹林位置、山頭方位、日照角度，或者風的氣味、沒來由的預感和直覺，選定地點，鑿挖真相。

你確定自己和平地人長得大同小異，卻對活在人間感到懷疑，每一台都有麥當勞和偶像劇，每一台也都在提醒家園的毀滅，很多人開始吵架、尖叫和怒吼，為了土石流發生時到底有沒有黃金七十二小時，有人說沖入土石流等於溺水，想像自己掉入像山谷一樣深的轉動中的預拌水泥車，就知道為什麼只能找到殘碎不全的屍塊。

放眼，一大片乾涸灰礫，原始得好像沉睡中從未被喚醒的星球，可是四野翠綠，腳下的寸草不生顯得太詭異，而無助，於是你懂了，你必須掘出一些什麼，讓世人知道這裡不是外太空，十年之後不會變鬼村，讓活著的人記起親人的氣味和容貌，讓同學看見，日後相聚的信物。

於是挖掘成了每日放學的工作。

但也常常放棄，不得不相信，那些個什麼在另一處，必須重新定位，憑藉河川遺址、樹林方向、山頭位置、日照角度，或者風的氣味、沒來由的預感和直覺，你確定教室已經變成小溪流，操場成了殘木堆，而好朋友的家應該就在你所站地點的正下方，再次揚起鋤頭、砍下，她們一定還有話對你說，關於暑假的計畫、班導的八卦、新來美術老師的手機號碼，還有，班對的秘密，還有，八號的新戀情二十三號的真正愛人和飛輪海的簽唱會，她們總是攬住你頸聚在教室後面說話，然後一起像神經病一樣竊笑或狂笑，你們是六人幫，寫好的作業和數學解答傳來傳去，誰愛誰的心事每次都說好不要講最後也是傳來傳去，畢業旅行的時候講到半夜還被導師亂罵一通，大家說好將來要合開咖啡廳和設計公司，要一起去環島旅行，去臺北找以前的數學老師，還有……

然後，你挖到了！沾滿污泥泡爛又風乾了的陳育珊的國文課本！上面有密密麻麻的少女塗鴉，你激動得跪下來，汗水不停滑落像雨滴，但沒有哭，怕課本一沾水就要融化，像她們那一張張親愛的可愛的臉現在全部溶為水泥一樣，你忍住抖動翻到有塗鴉的最後一頁，上面是六人幫的大頭畫，天啊育珊記得你喜歡的髮型，她把自己留到最後才畫，卻終止在右眼的輪廓，你馬上記起她的淡眉小眼，她總是苦惱著自己的眉毛好醜好醜，可是你再也沒機會告訴她不會不會，只能站起來繼續挖，用力擲下鋤頭，再奮力舉起，不然你們的故事要永遠凝固了。

阿公在屋內一陣心酸，可是始終沒有走出來，他知道擱下你的鋤頭，會觸動淚水的鎖頭，他搞不清楚妳們這年紀的小姐在想什麼，連落雨聲都會怕，多半小心觀察著，你說有空了要回來找朋友，他就牽出和他一樣老的機車頂著滿天塵沙帶你上來同學會，然後在附近的破爛茅屋下候著，和他一樣老的太子宮，是村仔內唯一活下來的建築物，可見上天對老人家還是有眷顧，他會在那一帶繞來繞去，好像巡田，也好像找一個好久不來聊天的老友，直到有人在牆上用很漂亮的字體寫下「家是唯一的想念」，阿公看到後，就止步了，退回茅屋裡說要躲太陽，遠遠看著你生火燒紙，或開墾。

劉朝義

只要想想老家的美好，就比較能活下去。

在臺北打工，你總是這樣度過每個清晨與黃昏，他們說你有憂鬱症，你才覺得他們有神經病，在這樣骯髒的城市也敢大口呼吸大聲笑，真的很勇敢，你不能忍受隨時呼嘯而過的汽機車，隨地可見的垃圾和貓狗排泄物，討厭住一樓的臺灣人，前庭往外推，後院拓寬加蓋，鐵門做好後，門口還要加佔一個停車位，每次停個摩托車就一直看，好像你是小偷，好像你有多白目，為什麼先進的都市人都能接受這一切，把樹砍光光，出門才要戴墨鏡和口罩，放假時又跑到山上擠爆你們回家的路，你得一直想著彩虹瀑布噴灑而下的清涼和葉叢間閃爍起舞的螢火蟲，還有那個贏過阿里山好幾倍的玉打山日出，假裝自己正被群山環繞，才能呼吸得順暢一點。

颱風來的那晚，雨水是用潑的，你們一家都睡不著，老人家都說沒事啦，「下午還聽到青蛙歡喜鳴叫」，可是自己還不是在那邊走來走去，被轟咚一聲嚇得跳起來時外頭有人大喊土石流，學校被沖走了，一家十二口人什麼都沒拿就互相抓緊了跟著跑出去，遠遠看到校長揮趕人群的手勢，就拼命衝，踩著潰堤溪水和爛泥一路上到公墓，回頭一看，泥流淹沒村莊，而大水正往鄉公所那邊去，想到剛剛往那邊分散逃跑的人，腳下一陣陰寒，在平台上望著灰藍色的天，不能相信美好山野和家園，像溜滑梯一樣滑落山谷消失在滾沸泥水裡，你舉著大帆布的手軟了，裡頭有大批老弱傷殘正用垃圾袋當睡袋，接雨水當開水，阿母急著打聽大伯二姑五叔公的下落，就這樣等了四天四夜，等到焦急失眠的村民都沉靜下來再無力氣砸手機或翻找食物時，直升機來了，你們一家都得救，但族裡親戚、同學，一直沒有消息，你們和那些焦急失眠的村民們一樣，在臨時收容所吃著紅蘿蔔燉豬肉，吃得太快太撐，然後突然想到再也回不去的家，和從小一起跳水抓魚的同學們，就再也無法支撐地痛哭起來……

隔天，衛生局社工來訪，對災民進行心理篩檢，考量家庭情形與身心現況，你被列入「不需輔導」名單，阿爸也催著北上，要你回到上天總是比較疼愛的臺北，回到日常生活，家裡事不要牽掛，不管政府勘查，喊什麼畫定危險區域，一定會想辦法回家的，「就算家沒了，阿爸還在，驚啥啊！？」

你笑了笑，意思是知道了，阿爸放心。

總幹事

清晨六點，你從夢中轉醒，好像有某種聲音在招喚，或干擾，遲遲無法再入睡，只好起身，踱入廟前廣場。

遠方，日頭還沒露臉，群山在薄霧間安睡，只有南風陣陣撫過臉頰。你信步來到香客大樓，用力推開鑲有彩繪琉璃的厚重大門，瞬間回到當時。

直升機偌大的身軀就停在廟前，颳著十級強風讓人站都站不住，四十四位災民由救護人員攙扶著一一走下，一一被請入大廳，臉上盡是乾涸泥灰，而且滿身泥濘，看不出任何表情，他們順服的領了宋江陣成員穿的、臨時拿來應急的功夫服，依著志工指示喝水、洗澡、進食，用過餐後走失的三魂七魄終於歸位，然後，放聲大哭。

哭聲異常淒厲，聽者肝腸寸斷。這驚動天地的綿長哀喊後來成為你揮之不去的夢境。

接下來的幾天，陸陸續續有直升機降落、起飛、降落、起飛，運出一批批驚恐無助的災民，整個大廳人潮洶湧，受災戶、受災戶的親屬、國內外電視台記者、國內外報刊記者、慈濟志工、政府官員、抗議群眾，身為廟方總幹事，你日夜顛倒領著廟裡義工張羅大量吃食、隨時整理場地，連在冷氣房裡也能汗濕整件襯衫，溝通、指揮、指揮、溝通，宛如命運之神用力執下的陀螺。

有一對潘姓夫妻，成天守在廣場上等待，等待颳起颶風、轟轟響起雷鳴的直升機送來生還家屬，他們的父母、三個女兒，全部失聯，八月十一日，最後一批小林村生還災民抵達，潘姓夫妻雙眼看穿了都看不到熟悉臉孔時，徹底崩潰，你立刻命人整理二樓最寬敞舒適的房間，讓夫妻倆好好休息、平復心情，傍晚，潘先生卻趁太太下樓時，撞牆。

當時你正在廚房。聽說原住民愛吃肉，請人載來一整車紅蘿蔔與豬肉，鍋裡總備著香噴噴紅蘿蔔燉豬肉，結果，原住民朋友用餐時，把紅蘿蔔全部挑開，埋頭猛吃豬肉與雞腿，眾人傻眼，但也稍感安慰，相信樂觀天性終能帶領他們重建家園。

軳虎是你印象最深的原住民朋友，不高，卻粗壯得很，聲音沙啞略帶磁性，當過兩屆高雄縣議員，如今成為那瑪夏鄉南沙魯村對外的溝通管道，在總統先生南下開協調會議的時候，隻身阻擋大批的抗議群眾。那些抗議政府、謾罵官員、拍桌砸椅的臉孔令你錯愕，那一張張五官扭曲面露兇光的面孔明明就不是日日看在眼裡疼在心裡的受災戶，卻敲鑼打鼓出拳動腳爭賠償、爭財產，連警察先生都不放在眼裡，可軳虎憑著蠻力和嗓門，竟能將他們限制在大廳之外，讓協調會順利進行。後來，軳虎成了大愛園區重建家園的總班長，聽說連他那曾怒氣沖沖嚷著要慈濟把老公還來的老婆，也加入志工行列。

之後，記者依約來到香客大樓。一眼就看到冷清咖啡座裡怔怔獨坐的你，你起身自我介紹，請人準備飲料點心，記者禮貌拒絕的同時感謝你願意敞開記憶之窗、協助特別報導的製作，於是你又沉入重重疊疊包裹傷痛與淚水的二〇〇九盛夏，你說，潘先生撞牆倒地的聲音驚嚇眾人，身軀被抬下樓時正僵硬地抽蓄，醫護人員緊急搶救，你後悔自己警覺性太低，原來遭受重大變故的人不能獨處啊，那是第一次，你避開吵雜人群偷偷掉淚。

「那幾天還看到頭蓋骨翻開的小Baby，媽媽的淚水流乾了也沒有放棄，晚上所有大人背對背著撐起塑膠布擋雨，守護這個脆弱的生命……還有一個小林村陳太太，倉皇逃命的時候有帶出奶粉，連續兩天都用雨水泡奶，十號被直昇機救下來時，小Baby嚴重腹瀉，要馬上送醫治療……」你頓了一下，用哽咽聲音又說著，「虱虎是三包泡麵十九個人吃啊，有湯湯水水進口就好，怕自己多喝一口，下一個人就沒了……」

還有小腿受傷感染蜂窩性組織炎的阿公，徒手挖出土石堆裡的孫子，堅持要回頭去找弟弟和兒子，他媳婦在爛泥裡踩到釘子，還能抓起三個小孩繼續逃命，還有……

每一個故事都吶喊著活命，記者深怕救不到，聽著的同時飛快記下，來不及寫時甚至用畫的。

神祕召喚

那聲音誰都未曾聽過，悠揚，如聖詩吟唱，又低緩得像在啜泣，從遠處飄來，像唱詩班漸行漸近，開窗探查，卻看不到吟唱隊伍的行進身影，於是你更專注，闔眼聆聽、尋覓，開門、下樓、追索，然後跟上，夢遊般順著風勢前進，溫潤月光下一切行動柔和的彷彿磁性物質相互牽引，離開車陣和人群往夜色深處，城市喧囂淡成收音機裡微弱不清的雜訊，你的衣衫飄動，走過想喊住你一時間卻搜尋不到任何字眼的熱心人士，你也習慣了，當熟悉的名字不再從熟稔的嘴唇熟練地發出，甚至，靈肉分離又藕斷絲連的窒息感，瀕臨死亡直達崩潰邊緣的痛與苦，所以，當那夾雜軟甜月色與淡淡歡喜的歌聲召喚時，你毫不抗拒放任身體移動、跟隨。

終於，都到了盛滿月光的山谷底，圍成不太漂亮的圓，當麻繩垂落到腰際時，你們下意識地抓緊然後纏在腰上或胸口，轉圈，再轉圈，確定自己和繩子再也難分難捨後，便去纏別人的繩子，拿頭栽入他或她的線圈空隙，或者兩人前後並立，一次轉繞兩條麻繩，很快地，你們全部纏在一起，繩索的重量密不可分的糾纏讓人很難獨立，在草地上成了亂七八糟還髒兮兮的龐大線球，可是你們都笑了，而萬事幫笑得最開懷，明顯享受著被牽絆被壓住起不來也跑不掉的沉甸甸的麻煩，彼得潘和劉玉芬還有點靦腆，美術老師流著汗，整個人鬆軟下來仰望星子，於是，都確定自己是活生生的、不孤單的肉體了，有重量的。

開始品嘗那毛線球般複雜沉重又甜蜜的人際糾葛的同時，也立刻記起了被至親擺落且遺棄的恐怖，細微的哭聲馬上逸出，接著都像傳染流感一般，哭聲此起彼落，有人放聲，其他人也不害羞地嚎啕起來，最後終於匯成異常磅礡、發自腹腔胸骨穿破雲層直達天上的詭異交響樂，以繁複音節和豐富表現力演繹無邊苦痛。

日出之際，召喚終止，繩索收回。

總幹事

二〇〇九年八月二十八日，原住順賢宮災民收容中心的那瑪夏鄉民族村一五八位災民準備離開，前往下一個安置點陸軍工兵學校，為感謝廟方費心照顧，特別舉辦小小惜別會，編織原住民傳統的竹籃提袋送給廟方，並以感恩詩歌向工作人員及志工表達謝意，許多人紅了眼眶。握著提袋拿起麥克風時，你還在克制顫抖，但一點也不悲傷地說，「等你們重建家園後，豐年祭再邀請我們一起去喝小米酒唷！」

二〇一〇年三月十四日，鞋虎在大愛村接受電視台訪問，坦誠災難發生至今遭受許多批評，參與慈濟重建工程時，更要面對族人的誤解、妻子的反對，在談及終於得到太太諒解、願意同心做慈濟時，掉下了男兒淚；而抽菸、喝酒、嚼檳榔，確實不是布農族的傳統，他願與大愛園區的族人溝通，而對於眼前的一切，充滿感恩。

你站在香客大樓的大電視機前，對著鞋虎的眼淚，落淚。

劉朝義

一個月後，你被同事發現上吊在工寮，床上桌上凌亂散佈著酒瓶。報紙的社會版下了這樣的註解，「留下的，終究選擇離開……」同時詳細介紹了那瑪夏鄉和楠梓仙溪令人戀戀不捨的美麗，記者感性地結論：老天爺造就這一切，也親手毀了這一切。

那一年，你二十九歲。像小林村罹難者家屬在樹上繫黃絲帶一樣，阿爸保留了那條工地用的麻繩，慎重綁上黃色緞帶，裝好揣在懷裡，喃喃唸著二十一線搶通了，回家囉……

劉玉芬

回去的路上，阿公突破轟隆引擎的包圍，喊問著暗時要吃什麼，你因為哭得太專心沒怎麼聽見，又怕阿公不高興，很是抱怨地說，山下學校的功課太多，害我沒時間寫信給同學，沒時間哭！

阿公搖搖頭，再次運轉油門，打算衝出這片黯淡天色……

萬事幫

有個二十出頭的宅男來電，要收購男性穿過、有味道的襪子。你想了想，潛入民宅竊取洗衣籃裡的髒襪子是最快方法，可是沒必要為了賺幾個錢犯法，況且竊盜不是你專長，而且，要多臭多酸才算有味道，你搔著頭，直接坐上機車騎到客戶家，見到宅男後，當場脫了自己的襪子遞上去，老實說，對方舉到鼻前驗貨那一刻，早上吞下肚的水煮蛋玉米濃湯險險要露出原型，沒想到對方滿意地點了點頭，你跟著陪笑，表示任務達成，有萬事幫萬事OK，拿了三百塊有點心虛又有點高興地離開了。

有父母要求跟監兒子、海蟑螂要求去法拍屋潑尿、喪家委託守靈，還有代陪老人、代跑銀行、代遛狗、代送禮、代掃墓、代搬家、代點光明燈，你在網站匿名「萬事皆可幫」，歡迎來電，協助告白、終結愛情，無論大小事，「萬事幫」幫你完成！

對外，都說是開當舖，人力公司兼營時間當舖，客人要以等值物品換取時間人力，你也不拒絕。因為case太多，生意好到引起平面周刊記者注意，她問你立幫緣起，你笑笑講出「吾少也賤，故多能鄙事」這種話，得意歸納出委託人中以二十五歲到三十五歲的女性出手最大方，她問你為何梅雨季休幫，七八月旺季也休幫，你說要陪家人，她又問，聽說你家人在八八風災全部罹難，你說搞錯了，生在大家庭人多嘴雜……你發現天色暗了下去，越來越多灰色雲朵在附近聚集、喧鬧，開始焦躁起來，女記者順你眼神看向窗外，也察覺變天了，趕著追問最特別的案子和平均月收入，你急切站起，說家人要來了請你們快出去，女記者看著攝影記者，攝影記者看著女記者，一顆雨滴打落窗溝，又一顆，你吼著出去出去，快出去！

來客極不甘願，收著器材和文件，被莫名羞辱的驚慌寫在臉上，大批雨滴叮叮咚咚咚咚叮叮輕快落下，最後索性用推的把攝影器材連同客人向外迫擠，關門鎖緊。

爬上窗台坐定後，你任兩腳旋盪在十樓高的風雨中，兩手緊抱著一本滿是回憶的大相簿，哭著，笑了……

彼得潘

設計師的電動推刀在耳邊吱吱作響，你突然記起，山崩地裂那個清晨，子恩也有來，你們一起去阿公的菜園餵雞餵鴨，一隻吃得太飽的鴨子對你們嘎嘎叫個不停，矮籬巴裡到處是臭得很新鮮的雞鴨屎糞，子恩卻忽然轉頭說，再見。

再見。

設計師的推刀就要爬上頭頂了，你驚起一陣顫慄，身後很多拿著糖果高興地跑來跑去的辮子頭和三分頭，有幾個女同學在遠一點的地方寫白板，鏡子裡的阿嬤雙手抱胸，微笑著看你，許多尖尖刺刺的短毛飛揚在四周，氣氛很熱鬧，那些接受記者訪問的阿姨阿婆又在擦眼淚，你快要張不開眼睛了，身後大人鼓譟著，要你忍耐不要揉不要揉。

推刀再次爬過耳際時，一陣酥酥麻麻的掌聲響起，那些眼底閃著水光的大人突然興奮起來，好像抽到好運籤似的喊著：理好了！理好了！

禮儀師

你還在摸索老師院長的脾性時，拳頭就已經知道不能鬆懈了。原來失愛少年可以如此輕易組成一座彈藥庫，原來青春與叛逆睡在同一張床上，有破洞的心，期待被縫補又害怕被窺看，根本禁不起挑動和刺探，你在一場群體鬥毆事件中被迫離開育幼院。

你不在的時候，被愧疚和淡淡思念包圍的父親，也就是個憨直寡言的中年勞工，皮膚黝黑，微笑時傻傻露出一排黃牙，你回到家，他不會當父親的事實又那麼明白地曝曬在陽光下，你被他拖入暗影，用最熟悉的方式愛著。

直到你逃離，把自己像難以回收不好消滅的寶特瓶一樣拋出家門，過著收入不穩居無定所的流浪漢生活，走投無路時報名了那個辦給國中失學青少年的職涯體驗課。

你認份上了半年課，也接受實習課程的安排。可是總經理第一眼看到你，還是愣住了，好像看到黑社會版刺龍刺鳳的牛鬼蛇神，比寺廟石壁上的地獄圖象還恐怖，他難以理解時下的青少年，正如你第一次看到大體。

你無法不盯著他，就算腳底發麻牙齒打顫，也要盯著他，就怕錯過那往生者突然張眼的時刻，你得讓他知道，你會助他渡向彼岸步入來生，在陰陽交界的混沌不明處也不用害怕，免得他不聽指揮甚至變成殭屍來索命。之後，你陷入一次又一次的「禮生就位」、「獻祭物」、「奠拜」、「扶、送棺」，重複又重複地演練完全合乎舞臺標準的表情儀態、站立姿勢、音量語調、鞠躬角度和獻花獻香的手勢、扶棺送棺的動作，終於從翻攪滾動的掙扎恐懼變成莊重肅穆的禮儀師，帶領家屬和亡者，在最後一場戲裡，完美謝幕。

你才知道親情間原來有那麼多那麼多拳頭打不爛巴掌甩不掉的生離死別，那樣濃烈的不捨和悲慟，完全溢出事前的排練、佈置與走位，竟能將你慢慢推出家暴陰影，憶及父親時你深深渴望，原諒。

你要讓他知道，你原諒他了，真的，你原諒了，父親卻早一步蒙主原諒，祂用很激進很猛烈的土石流接收了他，連狗籠都收得一乾二淨，放眼蒼茫大地，你像一個有理想有抱負的年輕人，低頭對著乾涸泥地，喜悅卻很小聲、像對情人懺悔似地低喃著，我要報考丙級禮儀師了……不知道考不考得上……以前基礎太差你要保佑我勒……至少讀到高中畢業……也許將來……有一天……送你一程……

美術老師

年輕的時候，對窯內的世界極好奇，無時無刻想像著，一千度的高溫凌虐下，銅幣會如何？花朵會如何？磚塊會如何？布料會如何？而你日夜精雕細琢淋釉施藥的坏體又會如何？實習期間每天偷渡一種物品進去燒，好像自己是愛迪生，很快就能翻轉世界並創造一朵朵振奮人心的驚世瓷花，因此當你看到那些淌著口水歪嘴斜眼的孩子時，陌生又奇異的感覺立刻浮湧，你又想知道，結果會如何？

況且這些孩子的可塑性和陶土不相上下，便答應了。

結果當然不是達利畫上因為曝曬過度懶懶流動的軟時鐘，也不是風一吹隨即灰飛煙滅的乾燥花，孩子的精力與破壞力遠在可塑性之上，他們也要老師見識他們的好奇心和探索欲，上課期間輪番偷渡老師的耐心體力進去燒，好像自己是愛迪生，很快就能翻轉教室並創造出一個個震撼師長的驚世瓷娃，短短二年內，你屢屢進出醫院，課程結束後的善後工作，那些飛天泥渣遍地暗器，全部委請助教整理、收拾，不然你教不下去了。

很多年後回想起來，這個被敬稱美術老師的工作其實沒那麼苦澀，至少，那個助教後來被你娶回家了。

但是很多事再回想起來，苦澀還是比較多，最大的苦難在二女兒出生後降臨，你以為醫生產檢也像你啟動鍋爐巡視窯房那樣，很多步驟都會再三確認，沒想到子宮內的窯變這麼恐怖，你們燒出一個畸形，隔著玻璃牆隔著保溫箱，你還是不忍卒睹，那樣一個唇顎裂開上肢末端萎縮下肢相連的怪物，如果它夠巨大，你一定毫不留情擊敗它，可是它是那麼小一個，小得連淚水都能淹沒，好幾次在撇過頭去時忽然看到母親離開的身影，當年應該哭泣的，你驚訝自己竟然能在臭豆腐攤上忍過一個又一個凜冽寒冬，可是當年應該哭泣，當年沒有哭媽媽，攢下的淚水竟然用來哭女兒！

之後是一連串走不到盡頭的手術、急救、轉診，眼睜睜看那青蛙無助卻異常乖順地任人翻動察看，你努力在加護病房和寶來山上快荒廢的工作室間奔波，等氣切手術也完成，終於可以返家時，她已經是個週歲的孩子。

你清楚記得，颱風來的那晚，你答應四歲的大女兒去坐摩天輪，要獎勵她一年來把爸媽讓給妹妹，雖然嫉妒哭鬧的時候比較多，可是多少該彌補一年來的疏忽，只要風停雨歇，太陽公公出來了就走，沒想到這微小平凡的家庭再沒有天晴的時候，你在二樓趕一個景泰藍結晶釉皿，也監督窗外的鬼哭神號，凌晨兩點多伏案休息前，還下樓察看家人，死神卻在清晨微光中騎著土石流無聲來襲。

一樓滅頂。

起初，他們也是心慌得很，甚至願意回到淚水澎湃隨時潰堤的時光，那時圍繞在身邊的人很多，很吵，熱鬧得連衣櫃底層、電視機後面電線纏繞的地方都被聲音填得實實的，可是人潮退去攝影機撤離後，變得再也沒有什麼東西能抵擋心底和門外的落雨聲。直到神秘召喚，跟著能夠熨貼驚恐的歌聲來到盛滿月光的山谷，六人一組拉緊繩索，彼此密密糾纏，直到日出之際，直到傷口長出新芽。

劉朝義卻提前退出，對災難很熟悉的總幹事來遞補，他拉起他的線，教大家像泰山一樣跳盪，像輻射飛椅那樣坐著旋轉，他說，飛吧，飛翔的快樂直達天聽，他們會知道的……

本文獲第一屆新北市文學獎短篇小說類第二名

一〇〇年度小說紀事

邱怡瑄

一月

・十六日，桃園縣政府客家事務局為小說家鍾肇政舉辦八十六歲慶生會，舉辦「客家文化推手：鍾肇政的文學時光」主題展，展出鍾肇政的大河小說相關作品及紀錄片。

二月

・八日，由行政院文建會、德國柏林文學學會主辦，財團法人臺灣文學發展基金會承辦之「臺德文學交流合作計畫」，邀請四位德國漢學家暨翻譯家高立希、梅儒佩、呂福克及白嘉琳來台參訪，並於二月十六日舉辦「雙聲交響——臺灣文學討論會」，邀學者陳芳明、吳明益、李癸雲，及作家劉克襄、蔡素芬、甘耀明共同與會。

・九至十四日，由財團法人臺北書展基金會主辦的「閱讀，幸福進行式——第十九屆臺北國際書展」，首次規畫「朗讀節」，邀請蓉子、張曉風、羅智成、董啟章等作家朗讀作品。主題活動「華人作家會」則邀請余華、余秋雨、楊澤、楊照、梁秉鈞及黎紫書等人舉辦多場座談。

・十五日，「九歌兩百萬長篇小說徵文」揭曉，張經宏《摩鐵路之城》獲得首獎，獎金兩百萬元。其他入圍者包括徐嘉澤《詐騙家族》、周立書《口袋人生》、葉覆鹿（本名陳栢青）《小城市》。五月四日舉行贈獎典禮。

・二月，由楊宗翰策畫的「臺灣七年級文學金典」系列，推出《臺灣七年級小說金典》、《臺灣七年級散文金典》、《臺灣七年級新詩金典》三本新書，選出小說八家、散文八家與新詩十家，共二十六位七年級作家。十九日，由「釀出版」主辦的「誰怕七年級？七年級文學金典新書座談會」，假Cafe Philo地下沙龍舉行。由小說編者朱宥勳、黃崇凱，散文編者甘炤文、陳建男，新詩編者謝三進、廖亮羽，暢談新書編選的成果。

三月

・十日，由九歌出版社主辦「九十九年年度選新書發表會暨贈獎典禮」，假中國文藝協會舉行。現場發表《九十九年散文選》、《九十九年小說選》及《九十九年童話選》，並頒發年度散文獎、小說獎及童話獎，分別為蔣勳《滅燭・憐光滿》、李永平《大河盡頭》（下卷）及黃蕙君《糖果奶奶》。

・十二日～四月三日，由臺灣創價學會、冰心研究會、冰心文學館主辦，臺灣國際創價學會、勤宣文教基金會協辦的「有了愛就有了一切——冰心生平與創作展」，假臺灣創價學會至善藝文中心舉行。

- 三十一日，鍾文音《女島紀行》英文版（Woman Islands）出版，由C. J. Wu翻譯，加州聖地牙哥大學後現代文學教授Lawrence. F. McCaffery專文推薦。

四月

- 六日，由行人文化實驗室策畫、目宿媒體製作出品的「他們在島嶼寫作——文學大師系列電影」舉行聯合發表會。「文學大師系列電影」是五個導演為六位臺灣文學巨擘執導的紀錄片，分別為林海音《兩地》、周夢蝶《化城再來人》、余光中《逍遙遊》、鄭愁予《如霧起時》、王文興《尋找背海的人》、楊牧《朝向一首詩的完成》共六部文學電影。
- 八日，由國立臺灣文學館主辦，財團法人臺灣文學發展基金會承辦的「臺灣現當代作家研究資料彙編暨資料庫建置」成果發表會，展示大型臺灣文學研究系統工程——《評論資料目錄》八冊、《研究資料彙編》十五冊及線上研究資料庫的豐碩成果。《臺灣現當代作家評論資料目錄》，收錄三一〇位臺灣重要作家的評論資料條目，總計近九萬筆；《臺灣現當代作家研究資料彙編》則為十五位作家評傳、研究資料。
- 二十二日，小說家王文興獲頒法國藝術暨文學騎士勳章，表彰他對台法文學交流的貢獻。王文興曾翻譯法國文豪波特萊爾作品《惡之華》，其代表作小說《家變》、《背海的人》也翻譯成法文在法國出版，下階段目標則是中國筆記小說的翻譯工程。

・二十三日～五月二十四日，由國家圖書館、臺灣大學文學院、趨勢教育基金會、南村落、文訊雜誌社合辦的「百年文學新趨勢」系列活動，四月二十三日～五月二十二日於國家圖書館舉行「駐訪愛荷華之臺灣小說作家展」及「駐訪愛荷華之臺灣小說作家主題書展」。五月十六日於台大文學院舉行「聶華苓學術研討會」，五月十七～二十二日於臺北市中山堂舉行系列展覽，包括作家身影紀錄片、百年圖書展、愛荷華作家作品與簡介展覽。另外，五月十九日登場的「百年文學新趨勢」文學茶會及聶華苓《三輩子》新書發表會。五月二十一～二十四日，文訊雜誌社則分別於臺北、臺南舉辦「百年小說研討會」。

・二十八日，由BenQ明碁友達基金會、《中國時報》人間副刊創辦的第一屆「BenQ華文世界電影小說獎」頒獎典禮，假臺北國際藝術村舉行。得獎者分別為：首獎雙雪濤《飛》（更名為《翅鬼》出版）；二獎莫小城《那年夏日天光大作》，三獎邵培勛《老子不差錢》。

・三十、三十一日，由財團法人臺北市巫永福文化基金會、靜宜大學臺灣文學系主辦的「巫永福文學創作國際學術研討會」，假靜宜大學舉行，並同時舉行巫永福文學獎頒獎典禮。

六月

・十日，由明道大學中文系、明道文教基金會，與香港、澳門、徐州師範大學、廈門、等大學舉辦的「隱地與華文文學」兩岸三地學術研討會，假明道大學舉行。並舉行《都市心靈工程師：隱地的文學心田》新書發表。

・二十一日至七月二十日，行政院原住民族委員會臺灣原住民族圖書資訊中心舉行「原住民族歷史書寫與巴代的小說」手稿展，並於六月二十四日由巴代主講「原住民族歷史書寫與巴代的小說」。

・六月，舞鶴代表作《餘生》法文版，由法國ACTES SUD出版社出版，由法蘭西學院漢學研究學者卓立翻譯。並由主編何碧玉撰寫推薦序。

七月

・十六日起，由文建會、國立臺灣文學館主辦，文訊雜誌社企畫執行的「重返文學現場」踏查活動分五梯次舉辦，分別為七月十六日彰化文學地景之旅、七月二十四日鹽分地帶文學之旅、七月三十日鍾理和文學地景之旅、八月七日臺北城南文學之路及八月十三日宜蘭文學地景之旅。

・十六日至八月二十八日，由紫藤蘆文化協會主辦「重建星空的時代：七〇年代小型刊物展」展出《文星》、《歐洲雜誌》、《大學》，以及七〇年代文學、藝術、政治與思想等代表性刊物二十多種，現場並放映參與當時刊物編輯的文化界前輩訪談影像。七月十六日開幕舉行「耕莘再現：王禎和《望你早歸》重新搬演&座談」，與談人有黃以功、周渝、廖仁義。七月二十四、三十一日，由「耕莘實驗劇團」重現當年遭禁演的王禎和作品《望你早歸》。

八月

・二日，由文建會指導、九歌文教基金會主辦的第十九屆「九歌現代少兒文學獎」，舉辦贈獎典禮。文建會特別獎為朱加正《恐龍蛋》，評審獎為鄭端端《燕飛翔》，推薦獎為李皇慶《看著貓的少女》；另有榮譽獎五名，分別為張英珉《黑洞垃圾桶》、顏志豪《送馬給文昌帝君》、陳榕笙《珊瑚潭的大冒險》、劉碧玲《天生好手》、吳洲星《居民樓裡的時光》。

・二十日起，新化楊逵文學紀念館舉辦「大目降舊文新聲研習」，暢談新化王則修、楊逵、許正平三代文人的文采，並規畫大目降文學地圖，帶領學員走訪王則修的「學仔巷」，體驗新化昔日風華。

・已故作家鍾理和的長子，本身亦為小說家的鍾鐵民，二十二日過世，享年七十歲。鍾鐵民一九四一年生。曾任高雄縣文化基金會董事、「鍾理和紀念館」負責人、鍾理和文教基金會董事、高雄縣社區大學主任。文學創作以散文、小說為主，著有散文《山城棲地》、《山居散記》、《鄉居手記》，小說《石罅中的小花》、

《菸田》、《三伯公的傳奇》，兒童文學《永恆的彩虹》、《月光下的小鎮》等十餘本。九月十日上午舉行告別式與追思會，同時在鍾理和紀念館二樓舉行「意志如鐵，所寫為民」紀念特展。

．二十二日，作家羅盤辭世，享年八十五歲。羅盤，本名羅德湛，一九二七年生。早期創作以小說、劇本、小說研究論著為主。著有論述《小說寫作基本論》、《文學之怒——評中國的憤世小說》，小說《高山青》，劇本《倦鳥歸林》等二十餘種。

九月

．一日，作家張曼娟接任香港光華新聞中心主任一職。計畫舉辦不同的活動讓港人更認識臺灣文化，包括兩岸年輕詩人文學家談城市生活、旅行寫作等。

．三日，由國立中央圖書館臺灣分館與真理大學臺灣文學資料館合辦日治時期臺灣文學界的風雲人物西川滿之「西川滿大展」開幕茶會，展覽內容涵括西川滿各時期的詩作、小說、詩刊、雜誌、兒童文學作品、單行本、手稿、藏書票、彩繪作品、供奉的媽祖神像及其他文物等。此展覽展期至十一月二十七日。

．十六日，由臺灣文學館主辦、聯合文學執行的「私文學年代：七年級作家新典律論壇」，於臺灣大學文學院演講廳舉行。「小說」場：梅家玲引言主持，參與作家為郭強生、神小風、楊富閔、朱宥勳、盛浩偉、陳育萱。

．二十四日由東華大學空間與文學研究室、英美語文學系主辦，假臺灣大學文學院演

十月

講廳舉行「第二屆空間與文學國際學術研討會——李永平與臺灣／馬華書寫」。

・二十七日，第十五屆國家文藝獎頒獎典禮假中山堂舉行，本屆國家文藝獎五位得主，分別為：小說家陳若曦、攝影家莊靈、電影導演張作驥、戲曲導演李小平、歌劇藝術家曾道雄。

・一日，作家朱介凡辭世，享年一〇〇歲。朱介凡，一九一二年生。曾任《新生報》撰述委員、空軍大隊新聞室主任、警備總部政治部副主任等。創作包括論述、散文、小說、傳記，以俗文學方面的研究為主。著有論述《中國諺語論》、《俗文學論集》，散文《臺灣紀遊》、《秋暉隨筆》，小說《百年國變》，傳記《壽堂雜憶》等四十餘本。

・一日，由臺積電文教基金會、《聯合報》副刊主辦的第八屆台積電青年學生文學獎，假市長官邸藝文沙龍表演廳舉行贈獎典禮。得獎名單如下：短篇小說首獎黃子容〈行進的楷書〉，二獎鍾旻瑞〈醒來〉，三獎李卿雅〈除舊〉，優勝獎趙唯彤、許起墉、徐韻雅、畢雯雯、何芸。

・二、十六日，假國語日報會議室舉辦「少年小說創作營」，課程名稱及講師分別為：十月二日，子魚「少年小說的書寫探討」、張嘉驊「臺灣少年小說的創作環境」；十月十六日，張子樟「談少年小說的種種」、朱曙明「少年小說與戲劇」。

・二日，第三十四屆時報文學獎得獎名單揭曉。短篇小說組首獎黃正宇〈土匪〉，評審獎廖梅璇〈咕咕〉、錢佳楠〈一顆死牙〉。

・四日，臺灣文學發展基金會與文訊雜誌社假臺大醫院國際會議中心舉行「二〇一一文藝雅集暨百年一薈藝文特展」，現場展出「百年一薈・時間光廊」與「百年一薈・臺灣匯聚」，呈現數百位臺灣文藝界人士精采的生命歷程，另外並以多媒體方式，展現他們生命的遷徙過程與行旅軌跡。

・七日，臺北市文化局於臺灣新文化運動紀念館籌備處舉行「日據時期臺灣鄉土文學特展」開幕記者會，展期至十月三十日。十六日舉辦「日據時期臺灣鄉土文學座談會」。

・七日，詩人愚溪獲頒二〇一一「法蘭茲・卡夫卡文學獎」，布拉格卡夫卡歐洲學會表示，愚溪著作包含詩集、散文、文學繪本、小說及長卷軸詩，已陸續翻譯成英文、法文、蒙文等。

・九、十日，由中央大學、台文館主辦的「璀璨波光——二〇一一劉吶鷗國際研討會」，假中央大學文學院國際會議廳舉行。

・十五日，位於屏東縣高樹鄉大路關的鍾理和故居舉行竣工典禮，配合鍾理和故居的修復，於十、十一月舉辦懷舊電影播放、六堆文學營、大地書房演唱會等活動。

・十六日，作家楊千鶴辭世，享年九十一歲。楊千鶴，一九二一年生，臺北靜修高等女學校、臺北女子高等學院畢業。一九四一年成為《臺灣日日新報》首位女記者，也是臺灣史上第一位女記者。曾於《文藝臺灣》、《民俗臺灣》、《臺灣文學》等雜誌發表文章。創作包括論述、散文及小說。著有傳記《人生的三稜鏡》，合集《花開時節》。

・十九日，由客家電視台製作、林靖傑導演的《跟著賴和去壯遊》紀錄片，於臺北光點多功能藝文廳首映，記錄六位壯遊少年跟隨賴和足跡，從臺北徒步走回彰化，如實記錄臺灣百年前後的樣貌與年輕世代的想法。

・為紀念張愛玲九十一歲冥誕，張愛玲遺產執行人宋以朗推動首屆「張愛玲五年計畫」，以關注張愛玲劇本而入選獲獎助的符立中，於二十八日舉辦「張愛玲紀念音樂會」。符立中也在音樂會上與宋以朗朗讀、公開從未面市的《小團圓》散文版，還原張愛玲的創作軌跡。

十一月

・二日，陳芳明《臺灣新文學史》，由聯經出版公司出版，假中正紀念堂國家戲劇院舉行新書發表會，陳芳明、林載爵、余光中、周芬伶、鄭毓瑜、吳明益等文藝界人士應邀出席。

・六日，第三十三屆聯合報文學獎暨聯合文學二十七周年、第二十五屆聯合文學小說新人獎、二〇一一全國巡迴文藝營創作獎贈獎典禮，於聯合報總社舉行。聯合報文學獎得獎名單：短篇小說首獎陳麒淩，評審獎葉佳怡、方達明。聯合文學小說新人獎得獎名單：短篇小說首獎（文建會特別獎）草白，推薦獎羅乙珊，佳作曹栩、胡云琳、朱宥任；中篇小說首獎（文建會特別獎）張婉雯。二〇一一全國巡迴文藝營創作獎得獎名單：小說類首獎陳容，佳作蕭秀芳、陳倢敏。

・九日，作家何偉康辭世，享年八十一歲。何偉康，筆名康白，曾任軍官、影評人、編劇、導演、《中國風》雜誌創辦人兼總編輯、《世界論壇報》主筆、青田劇團負責人等。創作包括論述、詩、散文、小說，並有舞台劇、廣播劇十數本，電影、電視劇數百本。著有散文《昨日之哭》，小說《百靈鳥之戀》、《同光櫛照》，劇本《皇帝變》等。

・十五日，「首屆全球華文文學星雲獎」得獎名單揭曉。全球華文文學星雲獎由公益信託星雲大師教育基金設置，獎項分為「貢獻獎」、「特別獎」、「創作獎」，得獎名單如下：貢獻獎余光中；特別獎林良、聶華苓；創作獎歷史小說類首獎從缺，佳作姚蜀平〈他從東方來〉。

・十七日，由國立臺灣文學館主辦的二〇一一臺灣文學獎得獎名單揭曉，圖書類長篇小說金典獎張萬康《道濟群生錄》。頒獎典禮訂於十二月十日假國立臺灣文學館舉行。

・十八、十九日成功大學文學院舉辦「成功大學文學家國際學術研討會」，以成功大學文學家為論文論述對象，分別以蘇雪林、葉石濤、陳之藩、白先勇、馬森、黃永武、汪其楣、蘇偉貞、舞鶴、董橋、閻振瀛、龍應台、林梵、夏烈、夏曼・藍波安、痞子蔡共十六位成功大學文學家為專題進行論文發表，並由馬森專題演講。

・二十六日，第七屆林榮三文學獎頒獎典禮在自由時報總社國際演藝廳舉行。得獎名單為：短篇小說獎首獎吳明倫〈湊陣〉，二獎李桐豪〈非殺人小說〉，三獎擬雀〈門神〉，佳作張耀仁、連明偉、馬景珊。

十二月

・六日至二〇一二年二月二十六日，「臺灣兒童百年好書精選一〇〇」主題書展，於國立臺灣文學館展出一〇〇本臺灣本土作家精選兒童好書。並整理出「臺灣圖畫書發展簡史」。

・二十四日，中國婦女寫作協會出版「泱泱女聲：我們的一百年」《中國婦女寫作協會史料集》、《中國婦女寫作協會創作集》（詩・小說卷與散文卷）共三冊。

F1087 沒人出海捕魚（小說）	陳榕笙編	240元
F1088 九十九年散文選（散文）	宇文正編	380元
F1089 九十九年小說選（小說）	郭強生編	360元
F1090 溫泉洗去我們的憂傷 ——追憶逝水空間（散文）	郝譽翔著	300元
F1091 我鄉與她鄉（散文）	陳若曦著	250元
F1092 早安　兄弟（小說）	戴　萍著	320元
F1093 煮字為藥（增訂版）（散文）	徐國能著	240元
F1094 人性的解讀（論述）	蔡文甫、孫曉東著	220元
F1095 附身（小說）	李　昂著	260元
F1096 水鄉（小說）	莊華堂著	350元
F1097 艋舺戀花恰恰恰（小說）	楊麗玲著	360元
F1098 堅持．無悔 ——陳若曦七十自述（增訂版）（傳記）	陳若曦著	350元
F1099 交談（增訂新版）（散文）	林文月著	250元
F1100 消逝的文學風華（散文）	古遠清著	240元
F1101 我叫他，爺爺（散文）	王健壯著	280元
F1102 給世界的筆記（新詩）	李長青著	180元
F1103 憶春臺舊友（增訂版）（散文）	彭　歌著	220元
F1104 木部十二劃（散文）	陳大為著	220元
F1105 出不來的遊戲（小說）	張經宏著	280元
F1106 耳鳴（小說）	方秋停著	240元
F1107 下一站（散文）	李家同著	280元
F1108 九歌100年散文選（散文）	鍾怡雯編	380元
F1109 九歌100年小說選（小說）	侯文詠編	300元

◎定價如有調整，請以各該書新版版權頁定價為準。

◎購書方法：

- 單冊郵購八五折，大量訂購，另有優待辦法。
- 如以信用卡購書，請電（或傳真 02-25789205）索信用卡購書單。
- 網路訂購：九歌文學網：www.chiuko.com.tw
- 郵政劃撥：0112295-1　九歌出版社有限公司
- 電洽客服部：02-25776564 分機 9

F1060	孩子，我想說的是……（散文） ——書煒媽咪寫給寶貝愛的40	林書煒著	300元
F1061	天使的微光（散文） ——一個女醫師的行醫記事	林育靖著	240元
F1062	蘭花辭（散文）	周芬伶著	250元
F1063	花甲男孩（小說）	楊富閔著	250元
F1064	我看日本文化精神（散文） ——有感人生	賴東明著	260元
F1065	虎尾溪的浮光（散文）	古蒙仁著	220元
F1066	北港香爐人人插（小說）	李　昂著	260元
F1067	情深，萬象皆深（散文） ——情的菩提	林清玄著	280元
F1068	大眼蛙的夏天（小說）	徐嘉澤著	240元
F1069	丈量黑夜的方式（散文）	馮　傑著	240元
F1070	風華的印記（散文）	曹又方著	199元
F1071	故事效應：創意與創價（評論）	楊　照著	250元
F1072	研讀張愛玲長短錄（評論）	陳子善著	260元
F1073	城市邊上小生活（散文）	楊　明著	250元
F1074	青衣（小說）	畢飛宇著	280元
F1075	我們應該有第二次工業革命（評論）	李家同著	240元
F1076	海峽心．兩岸情（散文）	張克輝著	280元
F1077	境明，千里皆明（散文） ——境的菩提	林清玄著	250元
F1078	全球華文女作家散文選（散文）	石麗東著	300元
F1079	終於起舞（新詩）	李東霖著	200元
F1080	白先勇與符立中對談（散文） ——從台北人到紐約客	符立中著	300元
F1081	文學中的男人與性（散文）	謝鵬雄著	260元
F1082	屋頂的石頭在說話（新詩）	歐陽柏燕著	220元
F1083	黃光男的藝術散步（散文）	黃光男著	320元
F1084	三個永遠（小說）	馬景珊著	320元
F1085	不遠的地方（散文）	凌明玉著	250元
F1086	葡萄熟了（散文）	王鼎鈞著	280元

F1028	公務員快意人生（散文）	王壽來著	230元
F1029	流動的美感（散文）	黃光男著	260元
F1030	跣足舞者（新詩）	張菱舲著	230元
	——綸音		
F1031	天使補習班（散文）	游乾桂著	250元
F1032	青春一條街（散文）	周芬伶著	240元
F1033	九十七年散文選（散文）	周芬伶編	350元
F1034	九十七年小說選（小說）	季　季編	300元
F1035	先說愛的人，怎麼可以先放手（散文）	廖輝英著	240元
F1036	等待（散文）	何寄澎著	250元
F1037	或許，與愛無關（小說）	袁瓊瓊著	250元
F1038	邊界（新詩）	陳義芝著	230元
F1039	收藏的雅趣（散文）	漢寶德著	320元
F1040	在矽谷喝Java咖啡（散文）	陳漢平著	250元
F1041	弄堂裡的白馬（附朗讀CD）（小說）	王安憶著	260元
F1042	我這溫柔的廚娘（散文）	虹　影著	250元
F1043	推拿（小說）	畢飛宇著	280元
F1044	一束樂音（新詩）	張菱舲著	280元
	——語蕊		
F1045	司馬中原笑談人生（散文）	司馬中原著	240元
F1047	台灣觀點：書話東西文學地圖（評論）	李奭學著	270元
F1048	管簫二重奏：禪意畫情（新詩）	管管、蕭蕭著	200元
F1049	春光關不住（小說）	張瀛太著	210元
F1050	好兒女花（小說）	虹　影著	350元
F1051	門內的父親（散文）	徐嘉澤著	230元
F1052	憶春臺舊友（散文）	彭　歌著	200元
F1053	親愛練習（小說）	張耀仁著	280元
F1054	司馬中原鬼靈經（散文）	司馬中原著	250元
F1055	人間異色之感官胡亂推理事件簿（小說）	成英姝著	280元
F1056	九十八年散文選（散文）	張曼娟編	360元
F1057	九十八年小說選（小說）	駱以軍編	320元
F1058	愛如一炬之火（散文）	李惠綿著	260元
F1059	心美，一切皆美（散文）	林清玄著	250元
	——心的菩提		

九歌最新叢書

F1002	火鳳燎原的午後（散文）	陳大為著	200元
F1003	沉靜的老虎（新詩）	虹　影著	200元
F1004	尋回失落的美感（散文）	韓　秀著	240元
F1005	幕永不落下（附有聲書）（散文）	李家同著	（平）280元 （精）350元
F1006	我這人話多：導演講故事（散文）	王正方著	230元
F1007	李順大造屋（小說）	高曉聲著	280元
F1008	除了野薑花，沒人在家（新詩）	李進文著	250元
F1009	我將如何記憶你（散文）	宇文正著	220元
F1010	九十六年散文選（散文）	林文義編	380元
F1011	九十六年小說選（小說）	李　昂編	250元
F1012	天繭（新詩）	張菱舲著	220元
F1013	花朵的究竟（散文）	硯　香著	300元
F1014	書話中國與世界小說（評論）	李奭學著	250元
F1015	舞女生涯原是夢（小說）	鍾　虹著	260元
F1016	在歐洲天空下（散文） ——旅歐華文作家文選	丘彥明編	260元
F1017	西洋文學關鍵閱讀（散文）	謝鵬雄著	250元
F1018	月光照不回的路（散文）	辛金順著	210元
F1019	燕尾與馬背的燦爛時光（新詩）	歐陽柏燕著	180元
F1020	閃亮的生命（散文） ——10個不向命運屈服的故事	蔡文甫編	230元
F1021	創造奇蹟的人：閃亮的生命2（散文）	蔡澤松編	240元
F1022	九歌繞樑30年（社史） ——見證台灣文學1978～2008	汪淑珍著	200元
F1023	詩歌天保（評論） ——余光中教授八十壽慶專集	蘇其康編	360元
F1024	30年後的世界（散文）	封德屏編	240元
F1025	在夜雨中素描（新詩）	王　丹著	200元
F1026	追求成長的十堂課（散文）	朱　炎著	210元
F1027	小林的桃花源（小說）	康芸薇著	230元

九歌文庫 1109

九歌100年小說選
Collected Short Stories 2011

主編	侯文詠
執行編輯	莊文松
發行人	蔡文甫
出版發行	九歌出版社有限公司
	臺北市105八德路3段12巷57弄40號
	電話／02-25776564‧傳真／02-25789205
	郵政劃撥／0112295-1
九歌文學網	www.chiuko.com.tw
印刷	前進彩藝有限公司
法律顧問	龍躍天律師‧蕭雄淋律師‧董安丹律師
初版	2012（民國101）年03月
初版7印	2014（民國103）年05月
定價	300元

書號	F1109
ISBN	978-957-444-820-3

（缺頁、破損或裝訂錯誤，請寄回本公司更換）

本書榮獲臺北市政府文化局贊助

版權所有‧翻印必究　Printed in Taiwan

國家圖書館出版品預行編目資料

九歌100年小說選 / 侯文詠主編. – 初版. --
臺北市：九歌, 民101.03

面； 公分. -- (九歌文庫 ; 1109)

ISBN 978-957-444-820-3(平裝)

857.61 101000941